也耕書屋

百〇二歲叟 馬識途

朱丹枫 / 著

上海人民出版社

一叶丹枫能知秋

——序朱丹枫文论集《心耘书香》

梁　平

记住朱丹枫的名字，应该在20世纪80年代中末期。那时他还是朝气蓬勃的文学青年，在成都，谋职于文物系统。我还不老，在重庆，主编文化局主办的《重庆文化报》。那份报纸虽然是内刊，但是有经费，有固定刊期，有几个专职记者、编辑，除了一、二版刊发文化新闻外，三、四版都是文学作品，包括了短篇小说、散文随笔、诗歌和杂谈，在成渝两地乃至省外颇有些影响。在这张报纸上，朱丹枫的散文随笔和杂谈挣了不少散碎银子。这期间，成渝两城同属一个省，应该交往甚多，却不知什么原因，我和他一直未曾谋面，只是编辑与作者之间，有几次简短书信。年轻的朱丹枫在他日渐丰满的文字里，给我留下了机智与老到、敏感和尖锐的深刻印象。

90年代末，我到了市委宣传部，丹枫也早已离开文物系统，在省委宣传部文艺处任职。只可惜，四川与重庆已经行政区划调整，没有了隶属关系，可能走动得更少了。从正常概率讲，这样一个节奏，我和丹枫完全有可能在某年某月的某个地方擦肩而过。

也许是上天有意，偏不让我们错过。在新世纪初，我选择从重庆转场到成都，接任了《星星》诗刊的主编。记得刚到成都，文朋诗友安排的第一场接风，丹枫就来了。刚四十出头的朱丹枫英姿勃发，帅气逼人，比我想象中的那个丹枫更加儒雅和沉稳。落座以后，往事可以回首，其他几个朋友与他相比，就自然少了许多话题。于是在成都，我这生性大大咧咧、不拘小节的人，与细腻、严谨的丹枫有了互补，有了更多的交集。没过多久，丹枫便作为省委宣传部领导分管文艺，我这个资深的文艺工作者，就这样落入了他的掌心。

丹枫分管四川的文艺工作，是四川文艺的有幸。新世纪这十几年，他之前所有文学艺术的积淀，成就了他在这个岗位上的职务履行，我说的掌心就是得心应手的拿捏。谁都知道，文艺系统盛产"妖怪"，这个"妖怪"不是贬义，而是褒义。说的是文艺系统各文学艺术门类，名家多、专家多，饱读诗书和著作等身的"人物"不胜枚举，不是谁都能在这个场子混吃混喝的。恐怕大江南北、长城内外某些分管文艺的官员，闹出的笑话可以集锦了吧？作家陈忠实怀揣清贫一走了之，他曾经在陕西某次会上，面对这样的官员甩过一句著名的"你懂个尿"。这句话在忠实先生走后曝光，很快刷屏，恰恰说明了这不是个例。

从青年丹枫开始，他写散文随笔，写杂谈与时评、写文学评论，三十余年不曾搁笔，已经不事声张地出版了《戏剧的现代思考》《微言碎语》《山川回望》《理论品格——邓小平文艺思想研究》《文化的诉求——全球化与可持续发展道路上的文化建设》等个人著作5部。如果不是繁杂的工作事务，像我们这样被称为半职业作家的，很多人都没有他这样的勤奋和高产。他把为人处世的低调，带到了文学艺术这个场域的笔耕，不作宣传、不开研讨会，却能每每让自己的文字精准抵达，或美的发现，或力透纸背。现在某些官员在作文、写字，但大多附庸风雅，不敢恭维。而丹枫的写作，之所以能够远离功利和职场表情，得益于他几十年对文学艺术的钟爱，不忘初心。难能可贵的是，他的写作保持了和其他写作者一样的心态，而不是职业身份，职业身份带给他的是更广阔的视野和更深的思考，这样的视野和思考作用于他的作品，就有了旁人所不及的重量。

我和丹枫从80年代交往已有三十余年，尤其在成都，我知道很多作家、艺术家都成为他很好的朋友，这种朋友的结交是一种平等的结交，靠的是作品的交流和文学艺术见解的交流，这是丹枫自己建树起来的平等。我一直觉得，某种职务要刻意去跟职务管理内的“人物”交朋友是很可疑的，他最大的可疑之处在于，不是顺其自然，不是真正用心、用情，而是高高在上：我要和你交朋友。我以为这样的结交靠不住，绝大部分一旦职务变更，朋友就渐行渐远，甚至形同陌路。当然，这也包括某些不靠谱的“人物”，结交的时候看的是某种职务、某种“可用之处”，如果这些有了调整、变更，就很快躲闪、淡出、屏蔽，甚至立马换一副面孔，比川剧的变脸还要神速。三十年岁月流逝，我和丹枫共同经历和见证了凡此种种，看过春风得意，看过雨打芭蕉，过眼一抹云烟。我们彼此都格外珍惜这时光打磨的三十年，喜怒哀乐一律打包珍藏。这些年来，各种朋友聚会，一个眼神，可以会心一笑，一笑了之；二人对饮，可以打开瓶盖对半，计较点滴。同在一个城市，关于天气、关于脸谱，关于文学与艺术，我们无话不说，畅快淋漓，因为我们不仅是朋友，而且是兄弟。

现在我案头上这本《心耘书香》，是丹枫即将付梓的文论新著，洋洋洒洒近十五万字，几乎包罗了整个文学艺术各门类。由于近来成都高烧不退，我汗流浃背断断续续花了一月时间读完，时有清凉扑面。掩卷之余，感慨良久，我对我熟悉的、不熟悉的那些文学艺术领域的成果有了重新的认识和理解，值了。

“从前，喜好历史，梦想作为一番。今生阴差阳错，没有成为‘埋首故纸’的考古者，却入了文艺——这个让人羡慕又令人发怵的领域，还在不知不觉中做了个说三道四、评头论足的‘食客’。那时，一月一篇，继而半月一篇，甚至数篇，未曾想到，这一发而不可收拾。”这是丹枫在《心耘书香》里一篇小随笔的自述，稍微细心，就能够从他漫不经心的文字叙述里，读出夜半的孤灯，节假日伏案的清寂。像我等这种“散眼子”，读到此处，心生惭愧和敬仰。

我非常惊异丹枫文论涉及领域的宽泛以及他进入的深度，这些文章长有数千字，短可几百字，但笔力所及，皆能留下精彩可圈可点。论及杂技的《期待东方艺术明珠的璀璨勃发》，论及著名美学家王世德的《艺臻通达，创新不竭》，论及川剧的《温故而知新》，以及《关于文化的诉求》等，那种提供给读者陌生的新鲜可谓精心、精到。论及阿来、包川的小说，论及李致、江兰、竖琴、宓月的散文，论及徐棻、加力的戏剧，论及打工群体的生命诗歌，论及桂全智、贾宗强的摄影，论及周华君、任光荣、刘拥、王梦雪的画作等等，旁征博引，行云流水，字里行间激情流淌的是极具个性的真知灼见。

在我看来，一卷《心耘书香》，是丹枫着眼于小，置身于小，在一个巴掌大的方寸地，潜心钻研、精于深耕，挖掘出一个新鲜、新奇的、比天还大的矿藏。相对于大千世界，文学艺术固然是小，但是门类繁多，高深莫测，不少人身在其中，自以为是，自鸣得意，而不得要领。值得欣喜的是，在这个领域，丹枫三十余年来“深扎”，创作与批评已多有著述，作为“厨师”，他创作的散文、随笔为我们奉献了众多“美食佳肴”；作为“食客”，他能够一盘一碟地品尝，在文学艺术大餐里挑食，让我们获得美味的享受和全新的认知。

是为序。

2016.8.30于成都

CONTENTS
目录

荒疏园地中的耕耘

十年前一个冬日，写完《试论大足石刻艺术的形式美》后，我就告别了文物生涯，改行从事文艺行政。对历史的酷爱，对石窟的着迷，使我心里不免有些惆怅，然而，十年后又一个冬日，我却捧出来这本戏剧评论集，是人生路上的偶然，还是我自己文字命运的必然？是庆幸，还是遗憾？难以说清，倒像是在街边吃了餐冷啖杯，麻辣酸甜都有一点。

说来浅薄，我看戏既不是缘于个人兴趣，也无行家指点，全是工作使然。当初也不过出于好奇、看热闹，不料渐渐地竟然便知道了些门道，可以品出些韵味了。但此时，戏剧创作和演出都处于困境，报刊提供戏剧评论的版面愈来愈小，写戏剧评论的人也愈来愈少。受戏剧不景气的现状刺激，我决心闯入这块渐渐荒疏的园地去耕耘。操起戏剧评论之后，我才发觉自己实在过于天真。如果说四川独特的社会历史和社会生活为戏剧创作提供了丰饶的土壤，那么经济支撑的缺少和信息的匮乏，却使戏剧创作和戏剧批评寂寞起来，此其一。

当前四川戏剧既得到巴蜀优秀文化遗产之惠泽，又受到时代和观众审美情趣的制约，在商品经济的大潮面前显得困难重重、举步维艰，此其二。

繁忙的行政事务和数不清的文山会海，使得我的阅读、思索和写作都只能在更深夜阑如豆一灯下进行，而且就连这属于我的少得可怜的时间也不多，此其三。

近乎辛劳的耕耘终于有了点滴收获，凭着对戏评事业的执着，凭着对四川乃至中国戏剧的深情热爱，我曾这样抒发自己的感怀："理想意味着未来，标志着希望。而艺术理想犹如圣火，照亮了我攀登的遍布荆棘有时甚至是无希望的道路。它是我无穷灵感的归宿，也是我不断奋进的动力。我要确立一种在艰难曲折中为追求和实现艺术理想而百折不挠的献身精神与勇气。唯其如此，我自身的价值也才能闪现出几道光亮。"在这经济大潮冲涌之时，我说这些如同幼稚的小学生举手宣誓什么，但春夏秋冬整十载，戏剧以它特有的魅力吸引着我，那真是个神秘和神奇的所在，一旦入港，便难他移了。我热爱在艰苦环境里不倦追求的戏剧艺术家，他们不仅以丰富的实践启迪了我的智慧，而且对我的品评表现出难得的宽容和理解，他们创作中的喜悦与烦恼、成功与失败，都时时牵动着我的心旌。我爱戏剧的今天和明天，深信伴随着改革开放和四化建设的发展，以塑造当代民族形象为主要特征的戏剧大作必将在我们这一代诞生。就这样，神飘魂飞，与戏共醉，为戏消得人憔悴。我开始尝到登峰过程中渐近霄汉的心灵安适和愉悦，这本《戏剧的现代思考》（四川文艺出版社1995年版）便是其结果。

为这本书，我确实付出了过量的心血，倘有缘细读一过的同行仍觉得浅陋，我当然只好套用球王贝利的名言，来宽慰我的读者和我自己：我的更耐看的著作是下一部……

1995.12.5

（本文是《戏剧的现代思考》后记）

碎语微言

我的短评随感写作，起步较晚，算起来，在80年代的中期尝试练笔。

从前，喜好历史，梦想作为一番。今生阴差阳错，没有成为“埋首故纸”的考古者，却入了文艺——这个让人羡慕又令人发怵的领域，还在不知不觉中做了个业余的说三道四、评头品足的“食客”。

那时，不甘心任光阴在无意义的“侃”玩中消逝，于修砌“长城”的牌桌上耗散，便开始了读书和业余写作。先读后写，一月一篇，继而半月一篇，甚至数篇。未曾想到，这一发不可收拾，我的业余写作“生涯”竟由此而发。

国人似乎对“炒”东西特别感兴趣，炒股票、炒房地产、炒邮票、炒电话卡等等，随时可令人赚大钱。不是资格“炒家”，就不妄做发财梦。将“把握生命里的每一分钟”视为准则，若一日不翻书几页，不读报几份，不写字几行，就像丢了魂似的。虽知现而今专致读书不易，潜心写作艰难，是苦行累差，可兴之所至，就好这个，倾情这个，能在这个里寻觅知音，找到感觉，体验愉悦。正谓：萝卜白菜，各有所爱。

自打干起了这一行，就感到评论难写、难写评论。身在其中，开心和尴尬兼而有之。从最严格的意义上讲，评论需要激情，没有激情就没有评论，可是评论又最忌激情的滥用。作品出版发表后，就由现在化为过去，史实的凝固要求评论的冷静。眼下的某些评论一方面缺乏激情，对真正新颖独创的优秀作品“冷静”得出奇，缺乏新鲜感受和准确概括，以及中肯的判断和科学的分析，不是举之上天，就是按之入地；另一方面情绪化，对一些趋时媚俗、浮光掠影之作，盲目吹捧，舆论一律，一团和气，溢媚之词充斥其间，使评论成了推销某种创作成品的广告和说明书。情绪化评论的泛滥，加剧了评论滑落及其应有的独立品位。

评论与创作是文艺繁荣发展的两翼，不可或缺。从某种角度看，生活是创作之源头，评论为创作之根基，没有评论就没有创作，没有创作评论也就失去对象。优化文艺的生态环境，既为创作之任务，也是评论的责任。人民需要艺术，艺术需要评论。在拒绝粗俗低劣的泡沫创作的同时，也拒绝苍白无力的泡沫评论，这应该是当务之急。人的能力有大小，水平境界有高低，在浩荡的评论队伍中，我充其量是一棵孱弱稚嫩的小草，不敢指望有大树参天和绿荫蔽日的气魄与魅力，唯愿多讲真话，不说假话，遵循求实原则，遵循艺术规律，真诚地为净化评论“空气”尽些微小之力，以期达到浇花去尘的目的。

此次结集（四川美术出版社1998年版），将旧文重翻一遍，深为内容的肤浅、立论的粗陋、语言的乏味而汗颜。好在可告慰自己和读者的，是不曾回避矛盾，飞越“雷区”，胡吹乱侃，棒打捧杀，扯旗作皮，狐假虎威。

微言碎语就此打住。

我期待着读者的评论，更盼望着专家的指正。

1996.12.5

（本文是《微言碎语》后记）

理论品格

本书《理论品格——邓小平文艺思想研究》（四川人民出版社2004年版）在百日内，将数年来邓小平文艺理论学习、研究之心得梳理出来，在写作上显得有些仓促，其中的一些思考还不太成熟，但书中的内容和一些思路却在我心中盘旋酝酿已久。

新时期以来，作为我国社会主义改革开放和现代化建设的总设计师，邓小平发表了一系列关于文化艺术的重要论述，如《在中国文学艺术工作者第四次代表大会上的祝辞》《关于反对错误思想倾向问题》《关于思想战线上的问题的谈话》《建设社会主义的物质文明和精神文明》《党在组织战线和思想战线上的迫切任务》以及许多收入《邓小平文选》《邓小平论文艺》中的其他著作和言论，对有中国特色社会主义的文化艺术的性质、特征、地位和职能等，进行了全面、系统地阐释和创造性地概括，这些论断都是在论述建设有中国特色社会主义理论的同时发表的，都是从建设有中国特色社会主义的战略高度上提出和进行阐述的，集中地体现了他对马列主义文艺理论、毛泽东文艺思想的极大继承与充实、丰富和发展。

邓小平文艺思想的形成及发展，是与他毕生的革命活动分不开的，而中国特色社会主义文艺理论，则是在党的十一届三中全会以后，以邓小平为代表的中国共产党人在改革开放的新的历史条件下最终创立的。

邓小平文艺理论是他创立的建设有中国特色社会主义理论的科学体系的一个有机组成部分，是党在领导新时期文艺工作的实践中，形成的一整套符合实际的理论思维，是当代中国的马克思主义文艺理论。

党的十四大报告指出："改革开放和现代化建设，有力地推动着我国人民解放思想、开阔眼界、面向世界、走向未来，焕发出自强不息、奋力拼搏的精神，同时也对精神文明建设提出了更高要求。"在"精神文明重在建设"的论述中，包括了坚持"两为"方向和"双百"方针；积极推进文化体制改革，完善文化事业的有关经济政策，繁荣社会主义文化；要重视社会效益，鼓励创作内容健康向上特别是讴歌改革开放和现代化建设的具有艺术魅力的精神产品，以及加强新闻、出版、广播、电视和文学艺术等方面的工作。在党的十四届三中全会上通过的《中共中央关于建立社会主义市场经济体制若干问题的决定》中，也将"加强以培养有理想、有道德、有文化、有纪律的新人为目标的社会主义精神文明建设"专列一条，作为党加强和改善对市场经济体制领导的一个内容。党的十四届六中全会，以社会主义精神文明建设为主题，对文艺问题作出更深入、具体的阐述。

党的十五大报告阐述了邓小平理论的主要内容，报告明确提出，“十一届三中全会以来，以邓小平同志为主要代表的中国共产党人，总结建国以来正反两方面的经验，解放思想，实事求是，实现全党工作中心向经济建设的转移，实行改革开放，开辟了社会主义事业发展的新时期，逐步形成了建设有中国特色社会主义的路线、方针、政策，阐明了在中国建设社会主义、巩固和发展社会主义的基本问题，创立了邓小平理论。邓小平理论是马克思列宁主义的基本原理同当代中国实践和时代特征相结合的产物，是毛泽东思想在新的历史条件下的继承和发展，是马克思主义在中国发展的新阶段，是当代中国的马克思主义，是中国共产党集体智慧的结晶，引导着我国社会主义现代化事业不断前进”，并要求“建设有中国特色社会主义，必须着力提高全民族的思想道德素质和科学文化素质，为经济发展和社会全面进步提供强大的精神动力和智力支持，培育适应社会主义现代化要求的一代又一代有理想、有道德、有文化、有纪律的公民。这是我国文化建设长期而艰巨的任务”。同时还指出：“中国文化有着辉煌的历史，在社会主义现代化建设的伟大实践中，我们一定会创造出更加绚丽多彩的有中国特色社会主义的文化，对人类文明作出应有的贡献。”这是迄今为止，在我们党的文献中，对有中国特色社会主义文化建设的目标和任务，作出的最新和最具权威的集中表述，充分反映了我们党对这个问题的认识，具有了更新的高度。

邓小平文艺理论在新的历史条件下的新发展，与马克思主义文艺理论特别是毛泽东文艺思想，其渊源继承关系是一脉相承的，是在继承的基础上的发展，它具有非常鲜明的继承性。

全面地继承毛泽东文艺思想。毛泽东文艺思想是毛泽东运用马克思主义的世界观和方法论考察、论证文艺问题的科学体系，是马克思列宁主义、毛泽东思想的基本原理和中国革命文艺工作的具体实践相结合的产物。毛泽东关于文艺问题的一系列著作、言论、书信和读书笔记，提出了许多关于文化艺术的基本原理、原则和方法，特别是1942年5月所作的《在延安文艺座谈会上的讲话》，是全面、系统地阐述毛泽东文艺思想的经典性著作。毛泽东关于生活美和艺术美的辩证关系，关于作为观念形态的文化（包括文学、艺术）与政治经济的关系，关于文艺要为最广大的人民群众服务的方向，关于文学艺术“要用形象思维方法”、要尊重艺术自身的规律，关于“百花齐放、百家争鸣”的方针，关于文艺批评原则和评价标准以及他最早提倡革命的现实主义与革命的浪漫主义相结合的创作方法等精辟论述，极大地丰富和发展了马克思主义文艺理论，具有深远普遍的意义和指导作用。但是，在80年代的一个时期，由于受西方错误思潮的影响，文艺界的资产阶级自由化思潮滋生蔓延开来，毛泽东文艺思想受到否定和贬斥，“双百”方针被歪曲为自由化的方针，造成了很大的思想混乱。在历史的关键时刻，邓小平挺身而出，勇敢捍卫毛泽东思想，率先倡导恢复毛泽东文艺思想的历史地位和本来面目。他明确指出，总结历史经验不能丢掉毛泽东，否定毛泽东就是否定中国革命大部分的历史。毛泽东创造性地把马克思列宁主义运用到中国革命的各个方面，包括哲学、政治、军事、文艺和其他领域，都有创造性的见解。毛泽东文艺思想是新时期我国文艺工作的指导思想。这些掷地有声的话语，充分表现了一位历史唯物主义者坚定的立场和过人的胆魄。党的十一届三中全会以来，邓小平对有中国特色社会主义文艺的特征、本质、任务、发展道路，对文艺与政治的关系，对衡量文艺工作的最根本的是非标准，对文艺创作的源泉，对加强和改善党对文艺工作的领导等方面的深刻阐述，无不闪烁着毛泽东文艺思想的光辉。邓小平文艺理论和毛泽东文艺思想是一脉相承的统一的科学体系。

批判地继承古今中外优秀文化成果。列宁曾指出：“无产阶级文化并不是天上掉下来的……无产阶级文化应当是人类在资本主义社会、地主社会和官僚社会压迫下创造出来的全部知识合乎规律的发展。”邓小平文艺理论的形成，还有一个重要来源，就是批判地继承古今中外优秀文化成果。如邓小平理论的精髓、邓小平文艺理论的哲学基础——实事求是的认识路线，在我国古代唯物主义哲学宝库中就有这种思想因素。古代思想家老子提出：

"以身观身，以家观家，以乡观乡，以邦观邦，以天下观天下。"意思是说认识事物，要根据事物本来面貌，不能有任何附加。孙子的"知彼知己，百战不殆"，体现了唯物主义认识论如实反映现实的精神。战国末期唯物主义思想家荀子强调学用一致，他说："不闻不若闻之，闻之不若见之，见之不若知之，知之不若行之，学至于行之而止矣。"荀子最早揭示了"行"高于"知"的道理。古人这些强调从实际出发，按照客观事物本来面貌认识事物，并经过实践检验的思想，对以实事求是为核心的认识路线形成与发展是有借鉴作用的。邓小平还十分强调学习、借鉴发达资本主义国家优秀文化成果，包括学习他们的先进科学、先进技术、先进管理经验和一切有利于我国社会生产力发展的积极文化成果。他很赞成"古为今用，洋为中用，百花齐放，推陈出新"的文艺方针，并特别强调："所有文艺工作者，都应当认真钻研、吸收、融化和发展古今中外艺术技巧中一切好的东西，创造出具有民族风格和时代特色的完美的艺术形式。"邓小平文艺理论的一些重要观点，本身也是学习借鉴国外一些先进思想而形成的，如他关于"人民需要艺术，艺术更需要人民"的著名论断，应该说，是从人类一些共同的思想素材中提炼概括出来的。德国古典唯心主义美学家、思想家席勒就说过，人类不可能再回到精神文化的原始形式中去，应当把一切人提高到能够享受这些财富的水平，使艺术真正成为人民的财富。黑格尔在他的《美学》一书中也提出："艺术不是为一小撮有文化修养的关在一个小圈子里的学者，而是为全国的人民大众。"俄国19世纪革命民主主义的思想家别林斯基、车尔尼雪夫斯基、杜勃罗留波夫等，也对艺术的人民性发表过许多有影响的论述。又如邓小平关于"要塑造四个现代化建设的创业者，表现他们那种有革命理想和科学态度、有高尚情操和创造能力、有宽阔眼界和求实精神的崭新面貌"的论述，与俄国著名的唯物主义哲学家、文艺批评家车尔尼雪夫斯基主张文艺作品要创造理想英雄人物的观点相比较可以看出，其思想内涵是一致的。邓小平年轻的时候曾在法国度过五年勤工俭学生活，接触过众多的法国文艺作品，一些进步的文艺思想对他曾经产生过深刻影响。正是通过批判地继承民族传统文化精华和吸收世界文化优秀成果，使邓小平文艺理论更富有独创性。

坚定地继承我们党优良的革命文艺传统。我们党在不同的历史时期领导全国人民进行革命和建设的实践中，积累和总结了丰富的文艺工作的经验，并逐步形成了优良的革命文艺传统。邓小平文艺理论，凝集了党和人民长期的革命文艺实践的集体经验和智慧的理论总结，是对我们党优良的革命文艺传统的发扬和光大。邓小平关于文艺的一系列重要论述，可以说大都是我们党优良的革命文艺传统的理论总结。比如：坚持"为人民服务，为社会主义服务"的方向、坚持"百花齐放、百家争鸣"的方针、加强和改善党对文艺工作的领导、要重视文艺人才的培养、深化文艺体制改革是繁荣和发展社会主义文艺事业的必由之路、要遵循文艺的特殊规律和严格按规律办事、正确开展两条战线的斗争等等，既是我们党领导文艺工作科学的经验总结，也是我们党优良的革命文艺传统。

邓小平是一位在理论上敢于突破陈规、勇于开拓新境界的世纪伟人。无论是他率先冲破“两个凡是”的严重束缚，支持并领导开展真理标准问题大讨论，带领全党和全国人民从僵化、半僵化精神状态下解放出来，还是他在80年代中后期国际国内政治风波严峻考验的重大历史关头，高瞻远瞩地回答了长期束缚人们思想的许多重大认识问题，诸如什么是社会主义、怎样建设社会主义等问题，都表现出他巨大的政治勇气和理论勇气。邓小平反复告诫人们，一切从本本出发，思想僵化，迷信盛行，就要亡党亡国。他明确要求“各级党委和每个党支部，都要鼓励、支持党员和群众勇于思考、勇于探索、勇于创新”。在文艺问题上，邓小平文艺理论以解决以往马克思主义文艺学说所没有遇到的新情况、新问题为己任，提出了许多独到的见解。如：关于社会主义文艺的方向问题，提出了“人民是文艺工作者的母亲”的命题，提出了描写和培养社会主义新人的任务，关于社会主义主旋律问题，提出了坚持四项基本原则的任务，关于两手抓、两手都要硬……回答了新时期文艺建设遇到的一系列新问题。

此外，邓小平文艺理论作为邓小平理论的有机组成部分，始终贯穿着解放思想、实事求是的精神，体现着他从人民的根本利益出发，从实际出发，研究新问题，总结新经验，寻找新路子的鲜明的革命风格。其独创性还在关于文艺在两个文明建设中的地位、文艺领导、文艺与政治的关系、文艺标准、文艺繁荣发展的途径等问题上。他在改革开放新的历史条件下，坚持、继承并创造性地丰富和发展了马克思主义文艺理论，对文艺“为人民服务、为社会主义服务”的方向和“百花齐放、百家争鸣”的方针作了新的、创造性的阐述，并提出了“人民是文艺工作者的母亲”“人民需要艺术，艺术更需要人民”的光辉论断，科学地阐明了文艺与时代、文艺与政治的关系，确立了我国当代社会主义文艺的基本任务，从文艺规律出发，完善了党领导文艺事业的思想理论，把文艺纳入社会主义精神文明建设的范畴，强调物质文明和精神文明要两手抓，两手都要硬，着重指出文艺的繁荣发展，一方面要更开放、更活跃；另一方面必须坚持四项基本原则，反对资产阶级自由化，等等，这些充满创造性和科学性的文艺思想，构成了邓小平文艺理论宏大、新颖、完整的内容体系。

邓小平文艺理论作为邓小平理论的一个有机组成部分，表现在：

——邓小平总是将文艺问题作为科学社会主义的一个重要问题来论述，总是将文艺事业作为社会主义事业的一条重要战线来对待。

——邓小平将文艺事业的建设、文艺创作的繁荣作为社会主义精神文明建设的一个重要组成部分来抓。他创造性地提出了社会主义物质文明和精神文明要“两手抓，两手都要硬”的方针，这是对马克思主义的一个创造性发展。

——邓小平继承发展了毛泽东文艺思想和对文艺的领导方法，将文艺的领导、管理和创作的组织引导，统一纳入我国现行的党、政、群组织工作系统之中。

总之，邓小平文艺理论是邓小平理论的一个有机组成部分，是建设有中国特色社会主义文艺的理论基础和行动指南。邓小平文艺理论所体现的为人民服务的根本出发点，在思想方法上的求是、务实、创新、开放和重视矛盾特殊性的特色，以及对马列主义文艺理论、毛泽东文艺思想基本原理的继承和发展，都正是邓小平理论基本立场、观点、方法的反映。

可见，邓小平文艺理论一直是作为建设有中国特色社会主义理论的一个有机组成部分提出来的，新时期的文艺事业，也是作为建设有中国特色社会主义宏伟事业的一个有机组成部分在实践着。

一言以蔽之，邓小平文艺理论以其勇敢的开拓性和独到的创新性，在文艺的诸多方面丰富和发展了马克思主义文艺理论和毛泽东文艺思想，科学地回答了新时期社会主义文艺建设遇到的一系列新问题，是对新的历史条件下社会主义文艺发展规律的深刻揭示。邓小平文艺理论富有独创性的建树，既是有中国特色社会主义文艺事业对马克思主义文艺科学提出的必然要求，也是马克思主义文艺学说历史和逻辑发展的必然结果。

改革开放近二十年来的文艺实践也证明，新时期我国社会主义文艺事业取得的突出成就，从根本上来讲，就是在邓小平文艺理论的指导下取得的。邓小平文艺理论为新时期社会主义文艺事业的发展提供了坚实的理论基础，是指导我国社会主义文艺繁荣和发展的正确理论。在新世纪来临之际，深入学习、深刻领会这一理论，在文艺实践中切实加以贯彻和运用，是繁荣、发展我国社会主义文艺最重要、最根本的保证。

十五大召开之际，正值人类处在世纪之交的转折点上，世界的发展、中国的发展都处在一个关键时期。伴随着科技革命、信息革命、知识经济的蓬勃发展，人类社会正在经历一场广泛而深刻的变革，这场变革将涉及人类社会的一切领域，不仅影响到社会的生产方式、交往方式和生活方式，而且改变着人们的思维方式和价值观念，从而预示着人类文化将发生重大的变化。

理论是时代精神的精华，是文明的活的灵魂，从理论的高度反思当代现实提出的一系列重大问题，透视未来政治、经济和文化的发展，对于实现十五大提出的建设有中国特色社会主义的宏伟纲领有重大的理论和实践意义。

我怀着极大的兴趣和热情对其中一些问题进行了学习与思考，或撰写论文；或与挚友研讨；更多的是师朋之间的讨论，书中一些篇目，曾在党校宣传部长班的学员及一些学术研讨会上，作过专题讨论，大家对邓小平文艺理论的热情与积极的对话，给了我许多启发，也促使着我作进一步的思索，正所谓三人行，必有我师焉。此书可算作我对有关邓小平文艺理论若干问题思考的一次梳理与总结。

因为书中只对关涉邓小平文艺理论的若干问题进行了思考与探索，并非是一部系统的邓小平文艺理论研究专著。况且，其中一些重要问题由于受自己学识的限制，而未能作出相应的论析。虽然查阅了相当的资料，做了厚厚的笔记，但是写出来的内容中亦有思考不够深入之处，尚有作进一步考察与研究的必要。

本书在撰写过程中，始终受到亲朋好友的关心与帮助，在遇到困难时，也得到了他们及时的鼓励与支持。吾虽多受前辈学者的沾溉，同辈友人的鼎力相助，但自知为学力所限，书中一定还存在着不少问题，恳请大家批评指教。

1998.10.27

（本文是《理论品格——邓小平文艺思想研究》后记）

回望山川

人生有着太多的偶然，我业余从事写作便是其一。

逝去的梦，色彩缤纷：儿时，想当旅行家，走遍地角天涯；大些，想参军当英雄，青史上留一个响名；后来，又想当一名新闻工作者，洒一腔热血为人民鼓与呼；再后来，又想做考古家探寻历史的真谛……人越长越大，梦越做越小。有的，梦想成真；有的，化为幻影。数番碰壁之后，空暇之余，最终缩进了稿纸的方格里，记录着行游的点点滴滴。

在无数行游的日子里，我踏遍了祖国的名川大山，我看多了人海微澜和无奇不有的世界，我听熟了南腔北调以及数不尽的鸡鸣马嘶；屐迹北国，走马中原，探胜江南，行至香江，环游西欧，寻幽山海，风土人情，名胜古迹，所见不无所感，所闻不无所思，有时兴之所至，便笔之于书，或片言只语，或累牍长篇，时间一长，心之累积，日渐凝重，行囊所载，满箧盈笥。这些不成样子的文字，在人，或许是不屑一顾，没有什么了不起；但在我，却是生活的记录，心灵的痕迹，见识的总和，实在是不可以轻易地抹杀。

写作源于生活，也是我对生活态度的体现。大自然风、雨、雾、晴、雪的千姿百态，山、水、树、岩、石的万般安排，城、庙、塔、桥、楼的人文遗存，处处融汇凝聚着上苍和先祖的创造，时时给我以灵感的闪烁，给我以智慧的启迪，给我以生命的体悟。每当午夜更阑，我不由得想起那行遍的巴蜀清丽地，那踏过的戈壁大沙漠；那到过的万泉河边，那攀过的云贵高原；那爬过的拉萨布达拉宫，那摸索过的蓬莱仙岛的东海岸；那翻越过的阿尔卑斯山脉，那乘坐过的威尼斯小木船……从中，我似乎触摸到了一种沉思的精灵，一种心灵的向往，一种躁动着的自觉创造意识。

先圣曰：读万卷书，行万里路；读书破万卷，下笔如有神。多年来，路虽行万里，书未破万卷，下笔亦未如有神，但我以此自律，自策。有失误，亦有收获；有苦恼，也有欢悦。收入《山川回望》（中国三峡出版社2000年版）集子的这97篇作品，是从我已发表的五百多篇习作中筛选出来的，其中不少篇目是省级以上的获奖作品。这里留下的是我真实的感情，于文，则未细推敲，敬希师友赐教。

1999.12.5

（本文是《山川回望》后记）

关于文化的诉求

以文化之诉求，来透视“全球化”进程中有关大众文化、娱乐工业、文化产业以及文化强省建设与社会可持续发展等的一些问题，是我们写作本书的愿望和意图。而我们能为当今文化工作敲这一声边鼓，尽这一点绵薄之力，也算了却了我们从事文化工作多年的心愿。

就像我们在本书开头所说的，尽管所谓“全球化”已是一个由来很久的古老话题，但当今关于“全球化”的看法及反思仍很热闹，众说纷纭，且几乎是与“后现代”的问题及其描述相呼应的。本书依然从全球棱镜来折射问题和展开讨论，是因为“全球化”的确在今天已变成了一个复杂的新话题。而显然，我国加入WTO以后，我们社会的方方面面都已自觉或不自觉地融入日益深刻的经济和文化上的全球化进程之中，以切近每个人的日常生活，特别是娱乐、消费生活方式而展开了。所以我们以为，从“全球化”角度来谈论文化动力、特别是本土文化的魅力、文化生产与文化建设及其可持续发展的前景，仍然是一个说不完、道不尽的极其“现代”和极具“现代性”的话题，对于当今的文化工作有一定裨益。

本书的篇幅不很长，但内容庞杂。在上篇中我们反思和讨论了面对新一轮全球化的文化的扩张中，有关文化的大众化、娱乐化、消费化现象；在下篇中我们探讨了在全球化背景中文化产业、文化建省、强省与当今文化生态及可持续发展的一些问题；而外篇，原本是单独写的文章，其中有关对东方戏曲在全球化进程中的自我认同与形象重塑，以及对当今城市化发展进程中有关城市文化建设等问题的探讨，内容看起来有些松散，各为体格，但与前两篇似又是联系紧密的，把它作为外篇而放进书中，反倒增加了本书的分量。所以，对文化问题有兴趣的读者，在阅读本书时，可以把上篇、下篇和外篇连贯起来读，也可以将其分开来读，因为本书不论是上篇、下篇，还是外一篇、外二篇，它既可以独立成章，又可以合而为一体。在当今这个“读图”的时代，对于阅读文字特别是阅读专业性较强的文字感觉很烦、很累的人来说，本书的阅读就不失为一种方便。

2003年10月，《文化的诉求——全球化与可持续发展道路上的文化建设》（与李远强合著，巴蜀书社2006年版）获得了四川省科技厅（软）科学研究项目基金立项，在两年多时断时续的写作过程中，得到了中共四川省委宣传部、四川省文化厅、四川省艺术创作中心的支持和关注，特别是四川省川剧艺术研究院对本课题研究的直接领导，才得以顺利完成，在此，我们一并表示深深的谢意！

谨以此书，献给那些愿为文化建设持续发展而努力创造的有志之士！

2009.11.5

（本文是《文化的诉求》后记）

在那遥远的地方

1998年8月，是个舒适美丽的时节，我带团出访西欧近二十天，考察了荷兰、比利时、法国、卢森堡、德国、意大利、瑞士等国家。一路上，所到之处，映入我们眼帘的，不是四通八达的高速公路和川流不息的各种汽车，就是郁郁葱葱的茂密森林和水面清净的河流湖泊；不是造型精美的房屋建筑和历史悠久的人物雕塑，就是和谐秀丽的碧草鲜花和悠然自得的候鸟游鱼……

从西欧考察归来，许多朋友问我，感受是什么？

文化西欧。西欧具有悠久的历史。灿烂的古希腊文明，从罗马文化的兴盛，到文艺复兴时期科学、文学、艺术的共同繁荣，对西欧的城市建设产生了广泛而深刻的影响。漫步在西欧的城市街道上，街景和建筑物上写满了文明、艺术和知识的历史，似乎是在阅读一部生动的西欧人文发展史诗。许多我们所熟知的科学家、艺术家和政治家的雕像或矗立于街头，或嵌于建筑物上。仅意大利的佛罗伦萨城，就可以看到点燃文艺复兴烈火、追寻自由与科学曙光的达·芬奇、米开朗琪罗、拉斐尔、但丁等四大杰出人物的光辉形象。米开朗琪罗的传世之作“大卫”雕像也赫然立于街头。

梵蒂冈的圣彼得堡教堂、法国的巴黎圣母院均花费了上百年才完全建成，这些教堂的建设周期虽然分别经历了几代甚至几十代人的努力，但从建筑来看，好像是一个建筑师、一班能工巧匠建造而成的，无论从建筑教堂的用料、施工工艺、雕塑与绘画艺术，还是整体建筑风格，都像是一气呵成，看不出任何不连贯的地方，哪怕是一个细节。从西欧的这些教堂建筑上，我们还可以看到西欧各地到处可见不朽的建筑，其柱梁是石头做的，其墙壁是石头做的，其屋顶是石头做的，室内装饰大部分还是石头做的。这些建筑所有的细节都特别讲究，比如五百多年前建造的巴黎圣母院的彩色玻璃每一块的绘画都十分科学，色彩是那样纯正和鲜艳。比如圣彼得堡有数不清的大理石雕像，每座雕塑人物的眼神、面部表情、皮肤纹理都栩栩如生，连所穿衣服的皱纹都十分逼真，据说这些大理石雕像每件作品的雕刻都耗时在五十年以上。在瑞士的卢塞恩，满街都是中世纪的教堂、塔楼、文艺复兴时期的宫殿，每座城市的古建筑都镶着一块铜牌，铜牌上记录了何年何月何人诞生在这座楼上，记录这座楼房历史上有何功用。意大利的罗马城，两千年前的古神殿和斗兽场巍然屹立，完好地保存着古城，清晰地透出古城的历史。通过考察，我们深切感受到，记住历史的方法可以是文字，但城市及其城市拥有的建筑，更能让人感动。西欧的城市是一部充满文化智慧和令人愉快的书。

文明西欧。西欧的文明进步是西欧人民创造出来的。我们随处可以感受到西欧对人的信任。西欧大部分宾馆房间内有付费饮料食品，客人离店时在宾馆前台自觉结账，而没有查房之说。陪同翻译告诉我们，在西欧购物，只要是在正规的商店，虽有价格高低之别，但少有假冒伪劣产品出售。在西欧的火车上都配有单独洗面池、洗漱用具及饮用矿泉水，在火车到站时，厕所是不锁的，厕所内贴有“停车时，厕所请勿使用”，旅客都能自觉做到。在西欧看不到占道非法经营的小商贩、小摊点，更看不到站在马路上的城市监管者。在荷兰，看不到一件衣服晾在阳台上；在德国，周末高速公路上飞驰的房车；在卢森堡，街口“车让路，人先行”勾画出一道人性风景线。这背后隐藏着一种生活观与人生观的结构性差异。世界给了每个人选择的自由，每个人选择的结果又堆砌出不同的人生。回到现实生活中，更是一样，人性要升华，一定要做好自己，尽量自度度人。

西欧人对工作认真负责，敬业精神很强；对人热情友善，文明礼貌蔚然成风；对公共场所环境非常爱护，自觉遵守社会公德。我们在西欧坐了十多天大巴车，司机是个近六十岁名叫彼尔的老人，他每天带着我们跑几百公里路，总是全神贯注，一丝不苟。西欧一些国家为了保证行车安全，对高速公路行驶的大车最高时速限制为100公里，我仔细观察，老人整个行程都控制在100公里。中午或晚上在饭店就餐时，我们下车，他还得留在车上守候，大家吃完以后带点东西给他吃，吃完又赶路，到目的地，他又主动为我们搬行李，我们帮忙还不行，直冲我们嚷嚷，因为这是他的活儿。忙了十多天，老人任劳任怨，彬彬有礼，很有绅士风范。西欧加油站多为无人加油站，彼尔每次加完油都按规定付费。有人不解地问彼尔，如果有人不交钱，加油站不是要亏本吗？他很奇怪地望着问话人说，在我们这里没有这样的人。他说的，虽有些绝对，但仍引起我深思。就拿无人加油站来说，我国目前恐怕还推行不了，不是我们造不出这样的设备，而是我们某些人不具备相应的素质。联想起我国不少城市中公共设施屡遭人为破坏的情况，我深深感到，在加强物质文明建设的同时，我们还需大力加强精神文明建设。勿以恶小而为之，勿以善小而不为。我们每一个人都应从小事做起，从我做起，才能在整个社会树立起良好的公德意识。

道德西欧。在西欧人的道德观念中首推诚信。《菜根谭》中曾说："做人以道德为本，道德以诚实为本；立家以勤奋为本，勤奋以不晚起为本；立功以助人为本，助人以不求报为本。"西欧人虽不一定看过《菜根谭》，但也认为一个没有诚信的人是最没道德的人，是不具备人格的，连做人都不配，根本没资格做人世间的一切工作，无论你成绩再高、本事再大。就说交税吧，那里基本上无偷税现象。在他们心目中，偷税就像我们心目中的乱伦那样可耻。税官也从不用催税，自觉纳税已成为人们的习惯。

在那里，经常可以在税务部门门口看到排队交税的人。听华人商团介绍，偷漏税的大多是外国人。再如，那里非常重视合同的履行，违约率几乎是零。又如，各种升学、结业、资格考试都是开卷的，他们把文化课考试首先看作对诚实的考试、对道德的考试。当今欧洲人相互之间崇尚互助而不互损，他们把“不违法，不危害他人，不危害环境”作为基本的准则。他们认为，竞争的最佳结局并非我吃掉你，而是以最小的代价获取最大的利益。这样，双赢就成为首选。即使双赢，也不让对方赢得太少、太尴尬，以防断了一条合作之路。资本主义社会资本积累阶段“尔虞我诈”“不是你死就是我活”的社会特征有所改观。

乐于助人这一中国的传统美德，在西欧也被人推崇，并身体力行。如我们在国外，凡向人求助，90%都得到大大超过我们期望值的回应。如一位团友外出迷路，拦车问路，司机花了1个多小时将他送到目的地。开始这位同胞心里犯嘀咕，怕是“黑车”拉人挨宰，结果拿钱示意时，人家大惑不解，连声“NO！NO！”听华侨说，只要有人途中招手，大部分司机都会送你到目的地。他们认为，作为地球人，能为同类做点什么是件很快乐的事。

西欧人活得比较轻松。在西欧，多数国家是福利社会，不仅老年人、残疾人、重病人有较高的福利和保险让人无忧，即使是社会流浪汉及乞讨人员也能得到社会救济。更重要的是世人不用花很多心思防上当受骗及疏通关系，不用花很多心思防别人的“黑枪”“暗箭”，中国“防人之心不可无”的古训在那里没有多少用武之地。到政府部门无论办什么事，都是一是一二是二，该如何就如何，自己的亲属朋友也得不到任何照顾，而生人也不用担心吃亏。听说，一台湾同胞因停错车位被罚款时，因递了根烟给警察而被加罚一倍（被认为是贿赂执法人员）。另一广东人因在法庭想获得法官好感向他微笑而被加处罚金（被认为是藐视法庭）。在那里，凡找熟人讲情的，执法者都会大惑不解并加重处罚。

在欧洲，人们之间互相信任程度较高。无论生人熟人还是竞争对手，很少有怀疑对方所言所行的。即使在莎士比亚《威尼斯商人》中描写的以吝啬奸诈出名的意大利人，在商业活动中，如今也极少有互不信任行为。如原籍北京的一位华侨说，他从罗马寄了一块价值约3万元人民币的瑞士表回家，家人收到包裹回家打开后才发现是空的，又没任何证据，他做好了去发发牢骚吵一架的心理准备到了邮局，出乎意料的是，人家别说让其举证，连一句情况都没问，3分钟就办完了邮寄价的赔偿手续。在西欧各名牌商店买过的东西，无论过多长时间，是否用过，有无发票，随时去退去换都可以。以至于有些素质差的人专门钻人家诚实和相信人的空子，衣服边穿边换着，总是新的，野营帐篷用后退回去不用花钱，在食品店、化妆品店以试吃、试用为名代替消费，人家从不怀疑会有人故意投机才这样做。在别人看来，西欧人这样做确实有点傻，但不要忘记西欧的经济是全球最发达的，也许人家正因为少了那种占小便宜的小聪明，才有那种干大事业的大智慧。

西欧国家社会道德素质较高跟他们深厚的文化底蕴密切相连。自古“知书”才能“达理”，“温文”才能“尔雅”。西欧各国不仅人民普及教育程度高，更重要的是商界、政界、军界等社会名流无不在子女道德素质上下最大的功夫和本钱，如几百年前的“文艺复兴”时期，意大利的商人们便开始注重三件事：请名流教子，建房，读《圣经》。

同资本主义发展前期和目前有些地区“人民是英雄钱是胆”“有钱能使鬼推磨”的拜金主义思想相比，当今西欧人最看不起的是有钱没素质，尤其是没道德素质的人。他们将此类人称作“暴发户”而予以鄙视。那里有句流行语：“三天可成暴发户，三十年难成绅士。”可见对“有钱没素质”的人的鄙夷。在西欧人看来，一个人是否有素质，是否在文明人之列，主要衡量标准之一是“三看”：看去图书馆、歌剧院、体育馆的次数；看为公益的环保救灾捐助残疾人的贡献；看你有多少艺术、学术和道德修养。

西欧人普遍认为“道德是心灵的法律”，故从立法上对不道德行为重典惩处，如普遍设有信誉局（有的叫社会安全局或其他名称），每个成年人都有一个同身份证一样的独一无二的社会安全码（又叫信誉码或道德码）。无论在何处，只要在电脑上点击此码，你的信誉情况、守法情况、各类奖惩情况一目了然，此项指标太差的人如同“过街老鼠，人人喊打”——你将租不到房，买不到分期付款商品，签不到任何商务合同，租房、买保险要付相当于常人数倍的金额。如奥地利规定，交通违规超过两次者，其汽车保险费将增加一倍，并继续累进增收。

在西欧，政治上众多的反对党和竞选对手使各类的公务员在道德行为上不敢有丝毫懈怠。如英国撒切尔夫人因公车顺路购物险丢相位；德国一位议员因吃剩约0.4马克（相当于一元多人民币）的食物而丢官；某国一位市长因一个假数字使整个市政班底倒台……凡各级公务员，只要出现不该去的地方去了，不该说的说了，不该拿的拿了，即使只居其一，无论多少，都会百分之百地威信扫地甚至下台，且在今后的就业、商务、消费各领域都将受到歧视，被打入“另册”。他们有关新闻的法律规定：对公务员等公职公众人物的不道德行为，只要有证据，任何媒体都可披露，不属侵权。很多新闻记者，或为成名或为尽职，成年累月地守候可能有不道德行为的各级公众人物，使之时时不敢越雷池半步……西欧国家的军政要人并非都是正人君子，但种种监督使之不敢轻举妄动。

生态西欧。西欧国家从政府到国民，都普遍重视环境问题。不论是名胜古迹，还是街道、广场、学校、商场、宾馆、机场，到处都很洁净，鲜花盛开，绿草如茵。我们驱车从罗马到维也纳，途经阿尔卑斯山脉，行程近千公里，映入眼帘的是一望无际的绿色牧场，一群群牛、羊、马悠闲自得地徜徉在阳光下，一幢幢极富西欧风情的别墅坐落在青山绿水之中，家家户户阳台上栽插着鲜艳的山花，照相机任取一个景点，都是风景如画，美不胜收。我们欣赏和赞叹这诗一般的优美环境，更敬重和钦佩西欧人爱护生态、保护环境的文明行为，以及人与自然、人与动物和谐统一的高尚境界。在西欧，人们形成了保护自然、善待动物的良好习惯，节假日许多人自发地打捞江河湖泊的漂浮物，清理公园、广场等公共场所的垃圾，喂养各种动物。由于长期友好相处，这里的白天鹅、鸽子、狗、猫到处可见，自由自在游玩嬉闹，它们都不怕人，我在德国的慕尼黑公园参观时，发现连麻雀也不怕人，在人们的手上跳来跳去争抢食物。由此我想到只有大自然和动物真正有了安全，人类自身才能获得安宁。联想起国内一些地方少数人还在猎杀藏羚羊、天鹅等珍奇动物的野蛮行为，我深深感到国内保护环境还任重道远。

这里需要说的是，中国和西欧的差距，没有人们想象的那样大。经过二十年的改革开放，我国的综合国力明显增强，与西方发达国家的差距不是在扩大而是在缩小，西欧并不是什么都比中国先进，在一些方面，甚至比中国还落后，比如，我们下榻的几乎所有宾馆房间的电视机，街头所见到人们使用的移动电话，样式不如我们，价格比我们还贵，如果不是亲眼所见，真不敢相信。

但是，我国与西欧在某些方面还是有差距的，而且差距还很大。我仅想从一些小的方面谈谈自己的感受。这次西欧之行虽然时间过于仓促，仍获益良多。许多或伟岸，或精美的景象在眼前一一掠过，我喜好错落有致、挺拔有力的造型手法。而科隆大教堂，无疑把这一手法发挥得淋漓尽致，还有德国小镇上那惊艳的街铺夜景。阿姆斯特丹运河两岸遗留下的古老住宅建筑记载着过往富豪的奢华生活，更激起几分怀旧的情思，卢浮宫的博大精深、凡尔赛宫的富丽堂皇、塞纳河畔瑰丽的古建筑群……当然，也有瑕疵，闻名遐迩的巴黎红磨坊，只不过是个不大不小的夜总会，其票价与表演水准，完全成很离谱的畸形比例。同时巴黎的街道有着现代化都市的通病——塞车且脏乱，人也不再有平日那般耐性和友好，但我仍佩服法国人，因为人家能把平常的东西捣鼓得举世闻名。这可能正是因为法国人强烈的民族自豪感和那种说不清的傲慢情结。巴黎大街上跑的车大多是法国本土的三个牌子：雪铁龙、标志和雷诺。

诸多感受，还待细细品味，但觉得最值得回味的，还是那些有着阳光般灿烂笑容的人们那种自由、洒脱的生活方式和对人生的理解。他们爽朗的性格和乐观的态度，足以令人振奋，足以产生创作的无限灵感。其实，我们所从事的也不仅仅是设计物质空间那么简单，更是设计精神空间，设计生活空间的种种可能。我觉得，作为人，真正要去感悟生活、发现生活、创造生活……

1998.12.31

（本文是《西欧随想》后记）

文化的积淀

在我国三百多个地方戏曲剧种中，川剧艺术独树一帜，独具魅力，是我国民族文化的璀璨瑰宝、巴蜀文化的突出代表，是我们宝贵的非物质文化遗产。这份珍贵的民族文化遗产需要我们去传承和弘扬。

系统整理出版川剧剧目是保护和继承川剧文化遗产的一项重要内容。川剧剧目丰富，有“唐三千、宋八百、演不完的三列国”的说法。并且，由于特殊的地域文化环境，历史上四川有诸多学养深厚、造诣精深的文化名家积极参与到川剧的剧本创作和剧目实践中，使川剧剧作更富有文学性和文化品位。这些剧作无疑是巴蜀文化中一份极其珍贵的遗产。对丰厚的剧作遗产进行有效的保护，是科学继承和发展创新川剧艺术的基础。

新中国建立之初，在“百花齐放”“推陈出新”方针的指引下，四川省开展了规模浩大的传统剧目鉴定工作，整理鉴定了《乔老爷奇遇》《拉郎配》《鸳鸯谱》《御河桥》《焚香记》《荆钗记》《玉簪记》《幽闺记》《白蛇传》《金貂记》《一只鞋》

《柳荫记》《绣襦记》《彩楼记》《红梅记》《芙奴传》《射雕记》等三百多个传统剧目，受到戏剧界专家和观众的高度评价和广泛欢迎。但客观地说，长期以来，对川剧传统剧目进行系统的整理出版一直是川剧工作的一个“短板”。20世纪五六十年代以来，曾经出版过一些川剧剧作集，如《四川地方戏剧选》《川剧优秀鉴定剧目选集》《黄吉安剧作选》《川剧传统喜剧选》（上下集）等，弥足珍贵但也为数甚寥。其中，比较全面系统的有《川剧传统剧本汇编》33集，遗憾的是在1963年后中断了此项工作。川剧传统剧作出版的滞后和川剧这一大剧种的地位极不相称。

为了更好地传承川剧艺术，让川剧剧目这份珍贵的遗产得以继承保留，传诸后世，2006年，四川省委宣传部、四川省文化厅和四川省振兴川剧领导小组决定继续编辑出版《川剧传统剧目集成》，四川省川剧艺术研究院随即着手进行这项具有重大价值的文化工程。

《川剧传统剧目集成》（四川人民出版社2009年版）所选剧目丰富、题材广泛、类别繁多。主要是经过推陈出新并经历了长期舞台检验的优秀剧目，也有一些虽然长期上演于舞台但从未正式出版过的深受观众欢迎的剧目。特别值得一提的是其中的时事时装戏剧目，这类剧目皆系民国时期创作演出、在当时有一定进步性且有较大社会影响的代表剧目。由于各种因素，这些时事时装戏已不见于舞台演出，基本上从未出版过，此次能出版面世，体现了编选者的独特视角，也为读者了解民国时期四川的社会风尚、人情事态以及重大社会事件打开了一个窗口。

《川剧传统剧目集成》的出版，是对丰厚博大的川剧传统剧目的一次集中展示，也是保护和传承优秀民族文化遗产的一项重要成果。我们衷心希望该《集成》能成为广大戏剧工作者和川剧爱好者研究、欣赏川剧艺术的有益范本。

2009.12.5

（本文是《川剧传统剧目集成》跋）

镜头下的历史

最近在不经意间看了一部反映游仙区交通事业发展的专题片《走向现代大交通》。观罢，为之一爽，为之一喜。为何？皆因游仙之缘故。

因为工作关系，我在游仙生活了两年。

两年，七百多个日日夜夜，不算长，但也不短。我对这方草木水土，都有亲近感；对这方乡民百姓，都有亲切感。尤其对逢山开路，遇水架桥的筑路人更是充满了敬意。

游仙，由路而兴，因路而名。1000平方公里的境内，高速公路、一级公路、县道、乡道、村道，专用道等密密麻麻、四通八达，无所不及、无处不在，是人们通往明朝之希冀所在。这得益于各级决策者的努力，又离不开当地百姓们的奉献，还凝结着筑路指挥者贾宗强的心血。

前些年，我和宗强晤面，就有一种认同感和接近感，彼此很谈得来，心契神投。常常天南地北海吹，经史艺文畅论，惺惺相惜，引为知己。他给我的印象是谦逊诚恳、豁达宽容，随时都在感知新事物，探索新世界。继而看到他的不少书法作品以及若干在省内外摄影界中有口碑的获奖佳作，随后其摄影之作纷然而至，可圈可点之作扑面而来，直至这部摄影画册《路魂》的出版，让人可以确切地说：宗强其人为政有声，其作有成。

宗强要我为他的《路魂》写点什么，我欣然应允。在翻阅了他送来的一大堆照片和文字之后，对他的从政追求、为艺理念、做人信条又有了新的认识，所以这部画册至少有以下“看点”：

——历史的真实记录。宗强的摄影作品，成了我们的历史。儒家传统依靠文字和书籍来传承历史，中国的史官们“左史记言，右史纪行”。帝王的起居言行被记录下来称为历史。梁启超、章太炎等大师曾说过相似的话：一部二十四史，其实就是帝王的相砍史、宫廷的谋杀史，这样的历史忽视民间生活，只有唐尧禹舜，本纪列传，烈女贞妇被片面的记录，很难窥得活生生的人类经历。中国的士大夫热衷文字，用长长的文字记录了两千多年的历史，这是长处。但忽略图片，并不是优点。人们知道，图片留下的历史信息，有时是超过文字的。宗强用图片信息作为时空的载体，始终聚焦普通百姓，通过镜头来展现生活、记录历史。

《路魂》所选图片，包含了大量的游仙历史信息，一帧帧照片生动再现了那一个个难忘的历史场景，真实记录了那一串串坚实的前进步伐，这对于人们从一个侧面了解游仙经济、政治和文化的发展，都是很有意义的。画册中的题材与他的本行——筑路有关。这种记录因其全景观、多角度、多层面的展示，具有了历史“同期声”见证的特殊价值。在《旧路回首》中，人们看到，游仙其时的旧有图景：一道道狭窄泥泞烂路，雨后车簸轮陷，天晴尘土飞扬；在《金色之路》中，一条条宽敞舒坦的标准路道，以其“人在车上坐，车在画中游”的崭新面貌，让人由衷的发出赞颂。读这两组图片，不禁感叹我们对路忽视太久，错失了追赶的许多良机和当下游仙人唯恐不及、急起直追、实现富裕的信念。同时，也因为宗强的思维方式、社会见识、文化视野和摄影功力，尤其是呕心沥血的敬业精神，使得既艰难又生动的筑路“蜕变”这一正在发生的历史，凸显得如此鲜明、深厚，使之具有强烈的审美效果。

——艺术的审美效应。在以往，要凑集一部完整的游仙风俗画，非常不易。有不少人拍摄了许多的图片，试图集游仙摄影图片之大成，但从体系上看，毕竟浮光掠影，比较凌乱，难成系统。还好宗强在他拍摄的成千上万帧图片中，精选出了两百多帧作品，这样人们可以借助于这些十多年间的图片，窥得宗强眼中游仙筑路的历程和各类风貌。

人们欣赏这些图片，在不同时空的转换过程中，当然有多意义要考虑。对读者来说，宗强的这本画册，一是具有认识价值：通过他的摄影，人们可以看到游仙的过去。那时游仙封闭落后、观念陈旧、发展缓慢，人们为生计奔波。例如80年代“要想富、先修路”的观念弥漫全中国，但在游仙几乎没有修筑一条新路，当然就找不到几幅筑路图和标准等级公路的图片，缺乏图片的记录也就是自然的了。而宗强在“不经意”间做了“有心人”，以前区境内破破烂烂的几条小道，被他的镜头记录下来，成为历史。民间虽有一些，保存好的更少。二是具有审美价值：人们可以通过这些图片看宗强、看游仙人如何对待筑路，以及路在宗强、游仙人心目中的位置，这可能是更有意思的事情。宗强是非“专业”人士，非“专业”人士从事摄影有他独到的角度，这种角度或许会出现某种偏差。正是这种行外的“偏见”，反而造成了“文化比较”的视野，让“身在庐山”而“不识庐山真面目”的人们恍然大悟。比如说，改革开放和建区以前的游仙人，不大自信，更不知自己所从事工作——筑路的意义。是自建区起，宗强率领筑路大军凭着对事业的执着，对人民的忠诚，顶风雪、冒酷暑，用智慧和劳动铸就了今日辉煌，也铸就了游仙人的自尊、自强和自豪。这期间的酸甜苦麻辣，为宗强提供了取之不尽的创作题材和灵感。无论是长期筑路的艰辛和愉悦，还是短暂采风与写生，那筑路的精心和简陋的设施，风餐的愉悦和露宿的苦困，坦途大路和羊肠小道，奇异的自然风情，丰美的草木林场和肥壮的牛羊，英姿爽朗的青年男女，简朴的服饰和自信的神情，孩童嬉戏、山路弯弯、雪中即景……都让他一一采撷提炼成一帧帧精美的图画，展现在人们面前，成为游仙人民精神和幸福生活的写照与见证，使人们有机会对这古老神奇的土地有了直观和形象的感受，有了新的憧憬和向往。正如著名画家乔舒亚·雷诺兹提出的：“真正的画家不是致力于作品描摹得精细美观去取悦人类，而是必须致力于以他的理想的崇高使人类进步。”宗强的作品就具有这样的内涵和魅力。

——积极开放的意识。历来的人们都是以自我为中心地看待世界，把对方作为一个陌生的“他者”。从不同的立场看世界，普天之下的世界竟然会变得如此不同。文化不同，差异必然。有些不同和差异是能够相互补充和欣赏的，有的则涉及利益和信仰，坚持不下，就相互间不断冲突。亨廷顿的文明冲突理论认为，人们已经找到了某些方法来平衡利益冲突，但却没有办法来消除不同文明间的信仰差异。如果这种理论确实，那人类就不可能有任何形态的合作，将战乱不断。显然，人类不会允许这种情况发生和持续。消除这种状况的唯一办法就是消除封闭的自我中心心态，积极地沟通和对话。通过对话，利益可以平衡，误解消除，或许某种人类的共性就能够被发现，“大同”理想也能实现。或许有人说，中国现在是世界上最渴求对话的国家，我们已经做得够多了。从这二十多年的“开放”和近百年来的“西化”诉求来看，或许可以这样说。但是，“对话”应该是双方地位平等才能顺利进行。既不应傲慢待人、也不自感屈辱，才能融洽。

宗强一直在谋求与外界的沟通，他有长久的沟通愿望，先是想从外界获得信息；后来就是要通过外界交往加速自己的发展，开阔自己的视野，提升自己的品位。在这个过程中，一些发达地区无疑是他最为向往的地方。借筑路之机，宗强出访国内外的许多地方，他的镜头也随之触向异域，以此为中介和纽带，从事着彼此间的交往。在过去的十年中，他保持了对待域外文明的渴望态度，并以积极的姿态向外界展示自己和本土文化的杰出成果。为此，人们应该看一看宗强是如何推介游仙和了解外界的，他为此作了诸多的努力。这部集十年游仙发展风景画之大成的摄影画册，正好可以看看宗强推介、了解的游仙和外界，是何等的仔细和生动。它不仅记载了游仙筑路之魂，亦承载了宗强心路之魂。

鲁迅先生说："其实地上本没有路，走的人多了，也便成了路。"路漫漫其修远，宗强凭借探索，凭借毅力，凭借积累，硬是在没有路的地方，蹚出了一条通衢大道。

感谢生活，让人们的未来充满希望。

感谢艺术，让人们的生活更加美好。

感谢宗强，让历史成了光荣的回忆。

是为序。

2003.1.16

（本文是贾宗强摄影集《路魂》序）

大爱无疆

2008年5月12日14时28分。四川汶川。来自地下14公里深处的震动，使坚硬古老的地壳从地缝处裂开。刹那间地动山摇，巨石崩裂，烟尘滚滚，房屋倒塌，滑坡泥石流频发，城市变废墟，村庄没了踪影，无数的生命被掩埋。

灾难来袭，全国人民万众一心，众志成城，共赴国难，表现出大无畏的英雄气概、大无畏的民族精神。灾难与救灾，都必将为历史所铭记。记录这个时刻，将这不幸升华成为人性的光辉，烛照民族的脊梁，激发昂扬的斗志，凝聚巨大的力量，音乐界责无旁贷。

那已经翻阅过去的一幕幕依旧让人泪流满面：

一位女孩，虽然双脚全断了，双手也被砸伤，但获救的那刻，她还是露出了笑容，在她的脸上，我们看到了信心和希望。

一位教师，双臂张开趴在课桌上，身下护着4个学生，学生获救，他不幸遇难。在他的臂上，我们看到了勇气和大爱。

一位男子，在大石下仍乐观顽强，坚持生的信念，是为了妻子和没出生的孩子，在他的身上，我们看到了责任和坚强。

……

汶川大地震是对四川人民的一次严峻考验，也是对音乐工作者的一场重大检验。在灾难面前，我省音乐工作者识大体、顾大局，慷慨解囊，同舟共济。四川音乐学院的同行们以自己的实际行动，用文艺作品为灾区人民出把力，为抗震救灾鼓与呼，为民族和历史留下一份永恒的珍贵记忆。他们在第一时间赶赴灾区，深入一线，精心创作，真实记录了抗震救灾的悲壮历程，热情讴歌了抗震救灾的优秀典型。《歌曲集》收录的9首作品就是其中精选出来的代表。

这一切说明：我省的文艺工作者、音乐工作者是一个有爱心、有担当、有公德的群体；他们始终与人民同呼吸、共命运、心连心。

是为序。

2008.6.22

（本文是《四川音乐学院抗震救灾创作歌曲集》序）

受人敬重的“剧苑知音”

今年7月中旬一天的上午，我在北京八大处参加全国抗震救灾大型主题展览大纲的写作，二哥（我们都这样称呼他）也就是李枝华打电话给我，贴着话筒我们聊了好一阵，彼此问这问那，谁都不想先说再见。我们虽同居一城，自“5·12”汶川大地震后就没见着面，经常是用短信联系。电话那端他告诉我：他的新著《门外谈戏》（四川美术出版社2009年版）一书即将出版，要我作序。电话这端，我慨然应允。但我坚持不是写序，而是作文。

记得二十年前，大约是冬季，我一次偶然受寒，因工作缠身，又仗着年轻，未及时处置，以致时时发作，疼痛缠身，彻夜难眠，虽几经辗转，治疗多时，却未有效果。怀揣沮丧的心情，拖着疲惫的双腿，抱着试试的态度，我骑着自行车在宽阔的新华大道由西往东一路前行，过了猛追湾后，便行进至建设路，进锦江电机厂大门，穿行于窄窄弯弯的宿舍小径，不一会儿来到厂区内四川枝华骨病骨伤中医药研究所附属医院。与二哥的交往就从这儿开始了，友谊就与日俱增，病痛便日渐消失。

二哥幼时苦寒，出身于一个贫苦的工人家庭，为了减轻父母的经济负担，小学尚未毕业便辍学参加工作，在繁重的劳动之余，向一位民间骨科高手学习医术，经过广采博撷，刻苦磨炼，创造了集武术、气功、医技于一体的“一指禅点穴推运手法”，以其神奇疗效被誉为“魔术之手”，并于1985年创建了四川第一家民办中医骨科研究所。由于他长期坚持科研与临床同步的方针和“永葆中医传统，弘扬国药精华”的宗旨，他所领导的四川枝华骨病骨伤中医药研究所附属医院，已成为国内颇负盛名的医疗风格独特的中医骨科专业医院。

“夫医者，非仁爱之士不可托也，非聪明理达不可任也，非廉洁纯良不可信也。”这是我国自古规范医德、医风的名言。

“没有任何一种职业比成为一位医生更困难，更需要责任心和义务感。”这是美国一本经典的医学教科书中的箴言。

“无德不为医”“一切为了患者满意！”这是二哥确立的办院理念。一位好医生不仅要有崇高的医德和高超的医术，还要讲究服务方式和服务艺术。毫无疑问，二哥就是一位具有这种崇高理念的身体力行者。只要走进四川枝华骨病骨伤中医药研究所附属医院，整洁优雅的环境和先进齐备的医疗设施会让人不禁惊叹，医护人员和蔼可亲的态度更会让你如沐春风。在门诊环形走廊墙壁、柱础等显著位置，多种警语警句和显示板的提示，温馨而又引人瞩目，绿树花鸟鱼虫遍及前庭后院。可见，他将所有人文关怀都化作了春风细雨般的服务。在各临床科室门口显要位置，价格公示栏内常用医疗服务收费项目及药品价格一目了然。几年来，医院推行价格公示制度、“一日清单”制度、医疗价格监督制度、投诉限时处理制度等一系列制度措施，深受每位患者的好评。

二哥认为做医生不难，做一个好医生很难，永远做好医生就更难。他常说：“医术不论高低，医德最是重要。医生在技术上有高低之分，但在医德上必须是高尚的，一个好的医生应该做到急病人之所急，想病人之所想，把病人当作自己的亲人。”在多年的交往中，我曾目睹，他为很多人看过病，但给我印象最深的是老少边穷地区的病人、收入低下的病人和农民病人。他们受着生活贫困和疾病的双重折磨。有一次他告诉我：我至今都清楚地记得他们找我时的痛苦表情，当时就感到无形中有一股力量和责任要求我一定要挽救他们的生命。面对患者，他常怀怜悯和恻隐之心，为他们解除病痛。一个紧张拘谨的患者，他会边理疗边摆龙门阵，把深奥的病理用浅显的话语表述传递出来，患者紧皱的双眉熨平了，绷紧的肌肉松弛了，紧张的心情舒坦了；一个囊中扁瘪的伤员，他会仔细地叮嘱药的吃法和用量及该注意的问题，下次记着带上纱布绷带、腰带，不时还塞给回家的路费。像这样的感人故事，在二哥的身上是常有的事。

二哥是一个戏迷，与不少演员结下了不解之缘。戏剧界的很多演员都到枝华治过病，有的剧团出国或到外地演出，为了保证演出成功，特地聘请他随团出访。在四川戏剧界，尤其是川剧界，提起二哥几乎是无人不知，无人不晓。这固然是因为省内外一批戏剧人士的健康和艺术生命得益于他的高超医术而声名远播，但更主要的还在于他对戏剧艺术的挚爱和对戏剧事业的热心支持，乃至可以说，振兴戏剧的强烈愿望，已经与这位中医骨科专家同戏剧界广大人士的亲密友谊融为一体，成为他的生活信念的一个重要内容。

当年指导二哥学医、习武的这位“良师益友”是个京戏迷，跟成都的群众京剧团和新声京剧团里的多位名家关系密切，二哥也因此而成了京剧团的“常客”，通过耳濡目染，逐渐萌发了当一名“表演艺术家”的梦想，而且也确实吃了几个月的“戏饭”，尽管某种客观原因改变了他的人生轨迹，但这个“演员情结”早已溶入了他的血液之中。

正因为这个“演员情结”，加上高超医术和医院“老板”的两大优势，使他有可能对伤病演员给予无私的帮助。为了让送到附属医院来的每一位伤病演员能得到及时的有效救治，他破例实行先抢救、先治疗、先住院，然后再办理有关手续的办法，如果医药费、住院费报销有困难，患者本人又无力负担，一切费用可以根据实际情况予以减、免。他说：“市场经济嘛，赚钱当然重要，但绝不能因为‘钱’而毁掉了一个演员的艺术生命！我宁可做‘蚀本’生意，也要保证他们尽快恢复健康，重登舞台，更好地为社会主义、为人民服务！”多年来，二哥为新凤霞、厉慧良、童芷苓、石维坚、王姬等著名演员以及川剧著名演员许倩云、竞华、晓艇、刘芸、田蔓莎、崔光丽等人治好了老伤和新伤。众多接受过他治疗的川剧演员联名送给他一块匾，上书“演员保护神”五个大字。

1995年1月5日、6日，在成都锦城艺术宫举行了由《四川戏剧》杂志编辑部主办的“梨园回春川剧名家演唱会”，可谓是别具一格，盛况空前，给中国戏剧史增添了一道奇特的风景——十几位川剧名家和两百多演职员通力合作，为了表达对一位医生的感激之情——而载入史册：《中国戏剧年鉴1999—2000》上就有关于这次演出活动的详细记述。

在“演唱会”组委会的总结会上，我曾讲道，这次“‘川剧名家演唱会’有四个首创：第一，振兴川剧，有关部门责无旁贷，但需要社会各界的努力，此次是‘民办’，未花政府一分钱，开创了一条‘社会振兴川剧’之路；第二，著名医生与著名演员合作，共同振兴川剧，这是戏剧界前所未有；第三，由一个刊物主办，有胆有识，在全省是个创举；第四，用‘民办’义演的方式，为振兴川剧基金会筹措资金，也是第一次”。后来我才知道，这些“金点子”都是二哥的主意，从一开始就反对突出他个人，强调要把“振兴川剧”作为这次活动的中心主题，把演出收入捐给振兴川剧基金会。

二哥的“金点子”给我留下了极深的印象，在佩服他高超医术的同时，更敬重他高尚的情操。在以后的岁月里，特别是在他受聘担任四川省川剧院名誉院长以来，全面地展现了他对戏剧艺术的深刻理解和对戏剧命运的深层思考。

他这个“名誉院长”，并非只挂个空的头衔，而是做了大量的实事，对剧院的艺术生产，从剧目选择，人员安排，组织实施，到正式演出，甚至社会公关，无不殚精竭虑，极尽关怀。我们从收入本书中有关省川剧院的那些文章里，就不难发现二哥对艺术生产的远见卓识，对剧院这几年取得的成就，无疑起到了积极的指导性作用。

当然，二哥的这几篇文章也不是单纯针对省川剧院而言，比如《品牌效应：戏剧振兴之路》所阐述的打造“品牌剧目”的原则，对整个戏剧的繁荣与发展都具有普遍的现实意义。“戏剧界尤其是戏曲界有一句老话，叫作‘十年磨一戏’，就是说要把一出戏打造成品牌，必须有锲而不舍的顽强意志和拼搏精神，新编剧目如此，传统剧目也如此。许多优秀传统剧目，都是历经了一代名家甚至是几代艺术家们呕心沥血、千锤百炼的结果。严格地讲，一部戏曲史，也就是众多优秀剧目和优秀艺术家一代一代的传承史，但艺术家的生命是有限的，优秀剧目的生命是无限的、不朽的。”这样的真知灼见，难道不是放之“百戏”而皆准的真理吗！实际上，他所关注的不仅仅是一个剧院，而是整个川剧，整个戏剧事业。

《礼记·中庸》说：“仁者人也，亲亲为大。”意为仁是人与人之间相互亲爱。清代医家喻昌在《医门法律》中说：“医，仁术也。”将医学与道德规范“仁”和“爱人”联系起来，作为医德的最高境界。二哥行医是这样，为艺亦是这样。他虽不是专业的戏剧理论工作者，但他的这本《门外谈戏》却具有较高的专业水准，每篇文章都是有感而发，有的放矢，往往是微言大义，一针见血。比如《川剧行当需要全面发展》《着手继承，放眼未来》等篇，都很有见地，切中时弊，言简意赅，直抒胸臆，善言人之不便言甚至不敢言，读起来发人深思，耐人寻味。这正是本书的又一特色。

前不久偶翻唐代著名医学家孙思邈所撰《大医精诚》，作者以“精”“诚”为重点论述医德修养。他认为医学是“至精至微之事”，告诫学医的人必须“博极医源、精勤不倦”。二哥作为医者品德高尚，爱国为民，创新求真；修身敬业，精益求精；扶善扬美，不事迎合；虚心学习，团结协作；见利思义，乐于奉献，并从“心、体、法”三个方面不知疲倦地践行着。《门外谈戏》正是他以高度的社会责任感，以“教”行德，以“行”为德，以“境”育德，为戏剧艺术献上的一份真心和真情。

是为序。

2008.7.18

（本文是李枝华文集《门外谈戏》序）

小荷才露尖尖角

近年洪霞笔耕不辍，在戏剧评论和创作等领域著述不菲。她的剧本创作现代川剧《藏刀》《山妮》和音乐剧《木兰》等自推出之初就受到业界专家的关注和好评，在新一代剧作者队伍中崭露头角；她对现代戏剧的研究也取得了初步的成果，如论文《国家精品剧目的都市化倾向浅析》，该文在公开发表之后被中国人民大学书报资料中心《舞台艺术》专辑（2008年第2期）全文转载；她关于先进文化的论文，获得过文化部的征文奖；而作为《四川戏剧》的编辑，她还获得了第十六届田汉戏剧优秀编辑奖。这是我以前知道的洪霞，而今天翻着这厚厚的书稿，仍是有些意外的欣喜。

身为杂志社的编辑，洪霞同志对戏剧艺术的涉足虽为时较晚，但她多样的阅历和深厚的功底，给予了她在戏剧研究中的独特视角和在戏剧创作中敏锐的洞察力。虽然，至今她的戏剧作品还没有被搬上舞台，但是，从她的作品中我们可以感受到作者认真虚心地“贴近实际、贴近生活、贴近群众”的创作观念，感受到她用发自内心对待生活的态度，以及用对待大众与人生的亲近姿态去烛照作品的思想内涵、人性深度所作的不懈努力。一个作家，剧作家要想在最大范围内，更高层次上获得人民大众的认可、欢迎，就必须认真虚心而不是虚与委蛇地潜入生活；与社会实践融为一体，与社会基层的大众荣辱与共；同时，摒弃身外的世俗浮华，以艺术良知者的眼光了解大众所冀所求，洞察大众审美取向，用平易近人的态度去捕捉和营造艺术家与大众间的关系。从这本集子里，我们可以看到正在生长和顽强地生长着的这一优点。虽然这本集子尚有待完善和提高之处，但是，它显露出的这一种对待艺术的态度，这一种清荷出水的秀姿，却值得我们关注。

在这个汶川大地震后的夏天，本来听说她是要出版剧文集，但今天面对的这部厚厚的集子却是剧作诗文选集《荷露涟雨》（四川美术出版社2008年版）。所以，我得以阅读那未知部分——诗歌。细读辑入的30首（章）诗和散文诗，能感受到作者当年的激情：低沉时婉约却并不悱恻，高昂时气势磅礴、荡气回肠，还有作者对现实、对新时期劳动人民的热情讴歌，这些作品出自她年少之时，尤其可贵。

洪霞同志的可贵更体现在她对待戏剧的态度上。她把自己定位成“一个勤奋学习的小学生，一边做课堂笔记，一边写下自己的真切之感”。她是这么说的，也是这么践行的，从这本集子收录的戏论、剧作部分可以明显地感觉到她的敏感与良知、客观与冷静、描述与品评。这些正是这个时代所需要和应该发出的声音；同时，我们可以感受到她的诗情和作为诗人的特质在这些作品中所得到的延续：澎湃的激情、熟练的语言驾驭能力、高超的写作技巧、创新而不因袭的观念。正是在这些先决条件的关照下，使她的作品清气四溢、机趣横生。这些创作是她智慧的凝结，可以清晰地看到作者思考的轨迹和不断创新的脚步，还可以感受到作者“从实际出发，不要花枪”的实事求是的作文原则。繁荣发展四川文艺事业需要我省文艺界集中力量，凝聚智慧，团结和激发更多的文艺人才。

小荷才露尖尖角。我们期待洪霞创作出更多精品，更上台阶；更多力作，奉献社会。

是为序。

2008.8.19

（本文是洪霞剧作诗文选集《荷露涟雨》序）

感动与希望

一百多天过去了，汶川特大地震依然刻骨铭心，历历在目。在这场突如其来的自然灾害面前，灾区的孩子们经受了巨大的伤痛，也表现出超常的勇气。从没见过的地动山摇，把他们的家园摧毁；从未经历的生离死别，让他们一夜长大。地震改变了他们的家园和生活，见证了他们的毅力和担当，让他们在磨砺中走向成熟，在危难中学会坚强。他们所展现出的坚强勇敢、团结互助、乐观向上的可贵精神，成就了一个时代永恒的记忆，昭示着一个民族伟大的复兴。

6月27日，“抗震救灾英雄少年”评选表彰活动揭晓，林浩等20名同学荣获“抗震救灾英雄少年”，马小凤等30名同学荣获“抗震救灾优秀少年”。中央文明办、教育部、共青团中央、全国妇联发出通知，号召广大未成年人向“抗震救灾英雄少年”和“抗震救灾优秀少年”学习。

谁说小小的肩膀承担不起太多的重量？谁说孱弱的身躯创造不了生命的奇迹？灾难面前，孩子们智勇双全，坚强乐观。他们有的冲进废墟，搜救同学；有的放声歌唱，鼓舞他人；有的你帮我扶，徒步脱险；有的舍己为人，献出生命……孩子们在灾难面前表现出的非凡勇气、崇高品格、顽强意志和可贵爱心，发扬了中华民族的优良传统，体现了当代少年的优秀品格和崇高精神风貌。

灾难已经过去，生活重新起航。孩子们承受了痛苦磨难，经历了人生历练。他们稚嫩的脸庞，令我们永久的感动。他们坚强的身影，给我们无限的希望。艰难困苦，玉汝于成。在抗震救灾小英雄们身上，我们看到了祖国的未来、民族的前途。

少年智则国智，少年强则国强。我们从《少年强则中国强——汶川大地震中的孩子们》（四川大学出版社2008年版）看到小英雄们用自己的行动为这个伟大时代增添光彩、为共和国的明天放飞梦想。让我们向小英雄们致敬，为他们送上鲜花和掌声。让我们为小英雄们祝福，祝他们健康快乐、茁壮成长。

是为序。

2008.8.30

（本文是《少年强则中国强——汶川大地震中的孩子们》序）

创意真精彩

成都人总是喜欢用“安逸”来描绘自己的生活状态。我认为，作为成都的常态，这看似寻常的安逸中，恰恰蕴含着某些不同寻常的东西。这些不同寻常的东西，便是文化创意。

文化创意，是在一定的文化背景下进行，但创意不是对传统文化的简单复制，而是依靠人的灵感和想象力，借助于智慧对传统文化资源的再提升。于是，人们看到宽窄巷子从两条似乎只适合怀旧的老巷子，变成了成都文化的聚集地，五朵金花从锦江区三环外的五个村子，变成了国家级4A级景区和新农村建设的范本，而金沙则从一堆充满故事却与我们略有距离的出土文物，衍生出可以零距离触摸的音乐剧。文化创意，让成都这座城市变得生动、鲜活，富有内涵而贴近当下。文化创意，改变着成都，也改变着我们的生活。

今天，创意与成都的城市正在加速融合，而我们成都，从来就不缺乏创意的意识，也不缺乏创意的底蕴，更不缺乏创意的人才。现在，我们要做的，便是将关于创意的各种资源整合起来，恰到好处地融会本土文化，形成具有成都特色的文化创意产业。

毫无疑问，在这个过程中，我们的本土文化创意企业应该想得更远，做得更多。首要任务，便是搭建一个稳定、积极、健康的平台，并且更加勇敢地站到前台来，担当起成都创意产业发展进步的先锋职责。为繁荣城市精神文明，促进文化创意产业的升级，广泛服务于人民群众，作出自己的贡献。

事实上，成都创意工作者们的脑海里，一直不乏这样的意识。关于成都文化创意产业发展的思考和践行，将会把这个行业推向一个新的高度，并且，越来越深入，越来越精彩。

是为序。

2008.9.10

（本文是《大智机构画册》序）

打工生涯的生命放歌

一个事实摆在面前：当今中国已越来越受到国际社会的普遍关注和赞誉。其根本原因，是我国坚持实行改革开放三十年来，综合国力显著提升，取得了举世瞩目的发展成就，开创了中国特色社会主义事业新局面，在国际舞台上发挥着越来越重要的作用。

三十年的改革开放，催生了一支新型的城市建设大军，为这三十年来改革开放的伟大成就立下汗马功劳，创造了不朽功勋——他们就是我们亲爱的农民工兄弟。从1978年开始，数以亿计的农民工从农村来到城市，投入城市经济、政治、文化、社会建设的大潮中，成为推动改革开放事业迅速发展不可替代的重要力量。他们是改革开放的见证者、参与者、推动者和受益者。我们欣喜地看到，他们在为社会创造物质文明的同时，也在丰富自身的精神世界，为社会主义精神文明建设作出积极的贡献。

胡锦涛同志在十七大报告中指出："重视城乡、区域文化协调发展，着力丰富农村、偏远地区、进城务工人员的精神文化生活。”这是我们新时期进一步做好农民工工作的指导方针。目前全国约有两亿多名农民工，四川是农民工输出大省，广东省是接纳农民工最多的省份，众达两千多万人，仅深圳就有八百多万。因此，做好农民工工作对两省来说尤为重要。

2008年，由四川省作家协会《星星》诗刊和广东深圳市劳动和社会保障局联合主办、深圳平安养老保险股份公司深圳分公司协办的“辉煌30年：首届农民工诗歌大奖赛”，以讴歌辉煌三十年为主题，提倡“农民工写，写农民工”，引起了社会的广泛关注，产生了积极的影响。短短半年时间，全国各地近万名农民工拿起笔来参赛，两万多首诗歌像雪片一样飞进编辑部，蔚为壮观。

这次大奖赛为农民工诗人和农民工题材的诗歌提供了一个广阔的展示平台。令人惊喜的是，本次获奖的农民工诗人诗作占大半，是一次真正意义上的农民工诗歌大赛。农民工诗人以诗言志，写打工生活，写爱情、思乡和理想，写出了打工生涯的辛酸与甜蜜、平淡与精彩。他们写身边之事，抒真实之情，喜怒哀乐间无不带着时代的烙印，是农民工打工生活的真实记录，是对改革开放三十年的诗意记载，以唤起全社会对农民工给以更多的人文关怀。

在这次大奖赛中，我们欣喜地看到农民工诗人热爱生活，感恩生活，创作出不少佳作。他们讴歌改革开放，享受着改革开放带来的成果："粮食们清楚地记得，大嫂连续五年秋后进城务工/已让它们顺利住上高高的楼房"（印子君《大嫂》）。他们讴歌农民工："想起一个支撑着这些城市建筑的/钢筋一样坚实的/词：民工，或者说：农民工人"（赵继波《想起从事做钢筋工的日子》）。他们讴歌劳动，表达了劳动创造幸福生活的喜悦："我爱上了这间小小的厂房/爱上了里面永无休止的劳动，我让你们看到/我勤劳、肯干，从不偷懒，我的小小力气/让那一块块生锈的铁，瞬间飞翔起来/我让你们相信，我的汗水是泪水，泪水是喜悦"（郑德宏《一天比一天爱上打工生活》）。他们唱出感恩的歌声："这个时候，东莞你是我/和珠三角的主人/我已把全部的心血和我的天空/都用来感恩/感谢你，东莞/给了我一块坚硬的糖/给我寻找的天空，划出了一道砾石的光"（野麦子飘《东莞是块坚硬的糖》）。

四川农民工诗人白连春的诗歌，始终把握积极反映农民工兄弟姐妹的心声，无论是思想性还是艺术性，都堪称上乘之作，读之令人动容，特等奖当之无愧："我就是一个农民，离开故乡/来到城市，这是我燃烧和加速的轨迹/我还要继续燃烧和加速/一生紧紧地追随着太阳的光芒/祖国是我永恒的心"（《我是一滴血燃烧着在祖国的血管》）。他们热爱这个时代，热爱家人和故乡："究竟是什么让我的心如此热爱/热爱一个崭新的前进的时代/一些人富起来了，一些人还穷着/热爱一个贫穷的落后的故乡/热爱父亲和母亲/而我，即使只剩下苍老了流着泪也要回去”（《究竟是什么让我的心如此热爱》）。他们讴歌千千万万农民工的可贵品质：“我们打工，一个新的祖国/一个二十一世纪的祖国/就这样在我们血里汗里泪里骨头里诞生了/这样真实的使命感让我们在痛苦中/仍然幸福，祖国需要我们打工/我们打工，如此多的农民/夜以继日前仆后继，没有一个半途而废”（《白天我们打工，黑夜我们打工》）。

这是一个生动的缩影。改革开放和农民工，将永远被历史讴歌，被岁月铭记。

中国是诗的国度，诗歌是人类精神的家园。诗意能够增添一个城市的色彩，诗意能够提升一个城市的魅力，如诗如画的和谐社会以及诗意栖居是人类的梦想。我把这次大奖赛及大赛成果《辉煌30年：首届农民工诗歌大赛获奖作品选》（四川民族出版社2009年版）看成是对农民工的诗意关怀，是为我国广大的农民工兄弟搭建了一个精神层面的舞台，一次有意义的尝试。这个舞台可以让全社会更加关注农民工的工作现实和生活现状，关心他们的精神领地和情感世界。值得一提的是，这次大奖赛，深圳方面采取重奖和破格免试招调落户深圳的激励办法，发现农民工人才，鼓励农民工成才，不拘一格调入农民工人才，为社会主义文化的建设和繁荣注入了新活力和提供了新思路。

我们伟大祖国改革开放事业本身就是一首伟大的诗篇。我们衷心祝愿农民工朋友技能成长、文化成才、科技成才、管理成才，成为祖国的栋梁，为祖国改革开放事业多作贡献。在新的历史起点上，我们肩负着“继续解放思想，坚持改革开放，推动科学发展，促进社会和谐”的重任，我们坚信，在以胡锦涛同志为总书记的党中央带领下，全国人民共同续写的改革开放事业诗篇，将会更加壮丽精彩！

是为序。

2009.4.3

（本文是《辉煌30年：首届农民工诗歌大赛获奖作品选》序）

腹有诗书气自华

“阅读”，我挚爱，尤喜文史类，但通宵达旦阅读的次数却不多。为应付竞聘做过这种秃头出家做和尚——被迫而无奈的事，几次而已。

记忆往前推至“文革”，那是一个很热的夏天。一个要好的同学带我上他家玩儿。累了，上阁楼休息，不经意间，竟在一堆废纸中发现了几本发黄的厚书，《顿河故事》《被开垦的处女地》《苦菜花》《百炼成钢》等。我激动得不行，用替他写三篇作文的代价借书到手，被允许带回看一周。兴奋的我把书包一撂，更深夜阑偷偷就着昏暗灯亮与书中故事主人翁同喜同悲，五天内更换了两支灯泡，直到晨曦微露。家中阿姨直抱怨，威胁要向我父母“告发”。

那之后，工作的二十年中，既无少年时的冲动，又无考试的压力，整宿纵情于文字的事情再也没有发生。而不久前，江兰文集《游艺辑》（天地出版社2010年版）像一只魔手，牵着我手不释卷，连续多个晚上读至东方露出鱼肚白。

游走于该书一串串文采飞扬的字里行间，在眼睛领略文学的灵动美善之时，我的心又与作家和作品中人物的脉搏一起律动。说白一点，就是既读文又阅人。这种美妙的感觉只可意会。

常言说“文如其人”，文学是作者人生观、世界观、价值观的艺术表现。每位作家的气质、才情、学问、经历等不同，其人生观、世界观、价值观在作品中的表现也千差万别，或含蓄，或鲜明，或激烈，或温和，从而形成作家不同的个人风格。所以，刘勰在《文心雕龙·体性》篇说：“才有庸俊，气有刚柔，学有浅深，习有雅郑，并情性所铄，陶染所凝，是以笔区云谲，文苑波诡有矣。”文学创作领域表现出的种种奇观，都是由作家性情特征及环境对作家的影响所形成。

巴山蜀水的奇险峻秀，多样文化的富集流行，这都使得四川成为最适宜培养风流、张扬个性的地方。巴蜀文化人便多以特立独行、愤世嫉俗、狂傲不羁的形象著称。这种独特的地貌、文化和气质，影响了文人，也影响了文章，那就是求奇求险求趣，求飘逸求空灵，求生动求鲜活，求义理之绝妙，求回味之无穷。司马相如、扬雄、李白、苏轼、沙汀、李宗吾、魏明伦……都具蜀地特有的“不羁”世风和与众不同的文化个性。

江兰就具有这样的气质。

江兰是当今蜀地少有的集学者、作家、编导于一身的人物。

为师者，他尽心传道、释疑、解惑。虽有师道，但不那么尊严，学生与他亦师亦友，其乐融融。教书时，为学生讲课、说书、做报告是家常便饭的事。江兰在演讲过程中思维缜密，口若悬河，引经据典，信手拈来，熔睿智、臧机趣、善思变、随景迁，时而小桥流水缓缓而过、温润婀娜，时而大江东去滔滔不绝、浩荡峥嵘；雄辩而又不失幽默，自信而略带疏狂。他的演讲倾倒在场的所有听众，会场内外不时响起会心的掌声和笑声。

为文时，他把笔触遥遥指向历史，从先哲前贤那里追寻生命应有的辉煌与壮美，同时又把笔触深深探入自己的内心，荡漾出了对生命的诚挚和感动。格局不大，但富有感触，字里行间涌动着一股生气、一份感动、一种神奇。

品读江兰的作品，读到了诚挚和真切，读出了情意和感兴。对生命之美的执着探寻，成就了江兰写作。在此之前，我是抱着一种期待，甚至是好奇的心态来揣测他的文学创作到底达到了什么样的艺术程度。作品表现的社会生活的宽度如何，对人物形象刻画的深度如何，展现的人物历程的长度又是如何？有一种什么样的意韵在作品中回荡？阅读完毕，一切释然。他的作品，不论小说、随笔，还是剧本、评论，都很有特点，在不长的篇幅中，故事紧凑，人物集中，形象鲜明，很有张力。几乎篇篇都有深刻的寓意，表现出一个较大的主题，让人读后深有所思，见有所识。

当下一个值得注意的方面，是不少作者包括一些文学名家，纷纷把自己的艺术目光移向社会生活的底层民众，投向日常生活中的寻常百姓，以小人物的生死歌哭和悲欢离合书写时代的曲折演进，状写社会的浑重背影，使得其作品在“以小见大”之中，更富于严谨的现实主义精神，也更具有亲和大众的人民性。江兰亦列其中。我感觉最大的特点是他写出了小人物的命运，并通过他们表现出了这一类人物的共同命运，进而批判了人性的劣根性和社会存在的阴暗面、不合理性，讴歌了善良、朴素、坚贞、坚强、勇敢等人性当中美好的东西。一切似乎在不温不火中，在不经意间，显示出作家驾驭语言和小说结构的功力，驾驭题材和文体的功力。文集里的那些出身普通、性格鲜明的“小人物”，自具神韵，各有千秋，他们通过作者的文学打磨和艺术提炼，已成为靠近大众经验又富于平民情趣的个性化典型和艺术化结晶。当然，作家很好地继承了古今中外文学大家们关注小人物命运的传统，并赋予了时代特色和中国特色。小说《侏罗纪荒煤》《蜩鸣》《蓝色沉积岩》《人间闹剧》，散文《她记不得我，我记得她》等一问世就受到读者和评论家的热捧，证明了个人叙事与宏大叙事并非水火不容，在文学“向自我、个人和内心的不断后撤或退缩”的时代，它再次彰显了文学依然拥有驾驭、言说重大社会与历史事件的能力。

站在《游艺辑》文本的门口，还感觉作品所透出的文化气息扑面而来：关注命运、同情弱者、感受沧桑、走读山水、留痕岁月、叩问生命、闲聊阅读、学林书话。行走期间，看不到浮躁与粗疏、狂妄与苍白，能见的是以作家和文学研究者特有的学术目光娓娓道来。在温柔客观又不乏幽默的言语间，我们感受到他的作品阅读起来既轻松也厚重。虽然篇幅不长，包容量却是大的。这里有人物性格的变化，时间和空间的跨度，更主要的是表现出的小说题旨的确定性和不确定性，凸显张力、批判意识和审美价值。由于人文环境、自然环境、历史环境和社会现实的发展变化，某些方面人类的进步愈易明显、智慧日益发达，而在某些方面却遭到了可耻的倒退，譬如良知、生态、人本的属性、对美和恶价值判断的标准等等。作家的观点是鲜明的，依然希望在社会批判和改造的基础上，追求“理想王国”“永恒正义”和“人性美好”等的永恒价值和终极希望。他在不断地讴歌着真善美，鞭斥着假恶丑。作品中，矛盾冲突表面并不激烈，情节转换并不令人眼花缭乱、目不暇接，人物性格的变化也没有大起大落，一切似乎在不言中，却像一条涌动的暗河，让人感受到了文学的力量。

江兰生性敏感，情感细腻。他的经历和学养，特别是他的视界和胸襟使他的写作不会停留于“自娱自乐”，而是他的生活的延伸、生命的延伸、精神的延伸。他始终关注时代，认为时代感受与个人体验是一枚硬币的两面，可以相互诠释、互为表里。在当代中国社会结构重组、文化主体已从中心向边缘转化的现实压力下，写作关涉到他如何对历史反思，如何对时代发言。因此，他的作品，既有与脚下这块热土和当今这个时代血肉相连的体验与记忆，又有在历史巨人的肩膀上进行的体验者的书写与思想者的言说。换言之，江兰是从历史反思和现实诉求的双向维度出发，既强调知识分子的独立性和批判精神，更强调其关怀当下、聚焦底层，积极参与社会热点、焦点和难点的现实介入性。作者把历史书写视为现实担当的印证，通过文学的方式体现出创作主体的思想投射和精神发现。生命中不能没有感发，不能没有激情，人也不能没有诗心，生活也不能缺少诗情。从这个意义上说，写作是一种“感发的生命”，它由作者传达给读者，而且可以不断生长，生生不已地流传下去。这种感发的生命，可以使人心境清新、青春勃发、永不衰老。江兰深谙此理，认为“言为心声”“诗言志”“不平则鸣”等传统写作理念并不过时。他的写作都是有针对性的，充满现实意义的。例如，多年前，当他感受到影视圈存在种种积弊的时候，他以春秋笔法，写下了《人间闹剧》以暗讽；当金钱至上唯利是图甚嚣尘上的时候，他奋笔疾书，写下了《“文人”与“用人”》，对“财主们”财大气粗的狂妄骄纵、鄙俗浅陋予以抨击；针对当下一些“学人”，好卖才学、扭捏作态的“心理”，他写下了小说《蜩鸣》，在插科打诨、冷嘲热讽、嘲笑假丑恶的同时，充满热情的期待、深刻的理解，蕴含着对真善美的肯定。他还满怀激情地写下了《生命的表现》，该文的结束语便是：

形而上的理论总是一派灰色

生命之树却常绿在生命的周围

当一种生命的乐章进入最后的交响

它会启动千万种生命永恒的交汇

这激情飞逸的文思、振聋发聩的礼赞，令人热血奔涌，精神一振。

“腹有诗书气自华”，说明了文化对一个人才情和气质的造就，也说明了才情是一个人文才、修养和情怀的外在表现。倘若作品能够表达作家的真实性灵和真诚心志，呈现作家内在的文化底蕴及其对外部事物的文化的审美的观照，这样的作品才是上品。江兰的《游艺辑》应该说诠释了作品的真品格，表达了作家真实的内心世界和一位学者对外部世界的文化思考和理性省察。

读《游艺辑》，最突出的感受是，由于作者特殊的阅历、生活环境，以及作者融贯古今的学问根底，这部作品的人文内涵和艺术品格非常内在，不是那种贴上去的“文化相”，而是作者人格、学养、才情、气质、心灵的外化。大有“石韫玉而山晖，水怀珠而川媚”的气象。作者的笔致从容、委婉含蓄，作品的风格外冷静而内热烈，它以当下小人物为中心，以飞速发展后社会在物质和精神层面的荡涤生活为主体，网络般伸展开来，扯出了各色人等，不但在家常语、平凡事中写出了道德滑坡之痛、流离之苦、漂泊之难、生存之艰，而且写出了当下知识分子多色调的人格图景。《游艺辑》最重要的特色，是对中国知识分子人格操守、道德理想、文化品性以至心灵历程的探索和描绘。这实际上也是江兰一以贯之的探索。

很感慨江兰出于精神寄托和人生追求的这样一种写作方式。它飞扬而纯正，发乎心而形于言，绝少功利和虚饰。我以为，他的文字有一种温度。他狂热地去收揽历史的光芒，他执拗地去发掘生活的真谛，从而拓展着自己的胸襟、升华着自己的灵魂。

是为序。

2009.8.13

（本文是江兰文论集《游艺辑》序）

温故而知新

中共四川省委提出“振兴川剧”已历二十五度春秋。2007年喜讯频传，令人振奋：第八届中国艺术节四川省川剧院的参演剧目《易胆大》，继《变脸》之后再次荣获中华人民共和国文化部“文华大奖”，入选国家舞台艺术精品工程“十大精品剧目”，建立起国家舞台艺术精品剧目生产基地。两个剧目都出自四川省剧作家魏明伦之手。一个剧作家，一个剧院，在“精品工程”中连获殊荣，在全国戏曲表演团体中确属凤毛麟角。这是新世纪以来“振兴川剧”取得的重大成果。

“振兴川剧”以“出人、出戏、赢得观众”为主旨。在各种形式的全省性调演或庆典中，曾涌现出不少颇受好评的新创剧目，以其轰动效应享誉当时。后来，由于种种原因未能保留下来，有识之士禁不住为之惋惜。2002年5月“振兴川剧”二十周年之际，四川省川剧院新任院长陈智林有感于此，毅然作出重排《巴山秀才》的战略决策。《巴山秀才》是第一届振兴川剧调演出现的优秀剧目，经自贡市川剧团搬上舞台，顿时享誉四川，很快蜚声全国。像这类深受观众欢迎的新创剧目，经过再度打磨完全能够成为舞台精品，做到“异地共赏”与“异时共存”；倘若任其束之高阁，那么，我们永远也不会有剧目的积累。所谓“出戏”，也只能是“猴子搬苞谷”。川剧拥有那么多优秀传统戏，所谓“唐三千、宋八百，还有数不完的三列国”，正是历代艺术家不断创造、发展和传承的结果。陈智林因领衔主演《巴山秀才》与《易胆大》，两度荣获中国戏剧“梅花奖”，连续两届被选为全国人大代表，成为享有盛誉的著名表演艺术家，成为剧院和剧种的代表人物。与此同时，出演《易胆大》的崔光丽（饰演麻五娘）、李莎（饰演易大嫂）、刘谊（饰演霓裳、花想容）等中、青年演员因此荣获中国戏剧“梅花奖”，成为观众熟悉和喜爱的优秀演员，在戏曲舞台上焕发着无限的魅力，为各个层次的观众所喜闻乐见。

充分肯定四川省川剧院取得的骄人成绩，不仅仅因为该院在全国各项重大演出活动中屡获大奖，更在于他们通过较长时间的艰苦奋斗，开始扭转“台上振兴、台下冷清”的被动局面。自1997年首演《变脸》十年来，他们不断地以精品意识打造精品剧目，不断地博得观众特别是青年观众的喜爱和好评。一个不可忽视的事实是，他们的演出在观众中口碑甚佳，不断地将那些从未看过川剧的新观众请进剧场。这正是国家舞台艺术精品工程的价值所在。一个贫穷落后的国家，不会产生精品剧目，更不会实施精品工程；创作演出舞台艺术精品剧目，观众不仅仅是领略灿烂的传统文化，同时还深切地感受到当代中国的全面发展和进步。

“振兴川剧”不仅出了精品剧目，同时还出了及时评论精品剧目的学术专著《蜀籁三部曲》，该书概括研究了由四川省川剧院演出、魏明伦创作的《易胆大》《变脸》以及与南国合作的《巴山秀才》，因为这三部剧作都非常鲜明地反映了近代四川的社会风情。作者陈国福系资深评论家，长期供职四川省川剧院，曾直接参与上述三部剧作的排练与演出，以其亲历亲见，所闻所感，高屋建瓴，纵横捭阖，探讨它们怎样从案头之作转化成场上之曲，从一个剧院说到一个剧种，从“振兴川剧”论及中国当代戏曲的发展。

中国当代戏曲进入改革开放的历史新时期，社会转型必然带来文化转型，戏剧观念的突破导致戏剧手法的创新。全书贯穿着鲜明的历史唯物主义观点，突破“就人说人、就戏说戏”的成规旧制，不落前人窠臼，提出独特见解。当《易胆大》回到20世纪80年代初期，便不仅是一个孤立的、静态的新创剧目或文化现象，剧作家在新时期的试笔之作，成为当代戏曲转型的标志性剧目，甚至可以看作新时期中国当代戏曲的开篇之作；《变脸》将川剧传统中的绝技“变”作舞台上的绝剧，演绎出一曲动人肺腑的人性悲歌，倘若将它放在世界历史发展的大舞台上再加审视，剧中对中国封建传统观念的形象批判，便明显地具有了世界话语。作者在重新评价剧本、充分肯定剧本的历史地位的同时，还就剧作家的“编剧主将制”“斗室文化”等观点提出了自己的见解。这些论述是会引起广大读者阅读的兴趣和思考的。

我与本书作者相识多年，此前由他著述的戏曲专著《天府之花》《川剧揽胜》《周企何舞台艺术》以及《中国川剧》等视角独特，影响颇大。这本书是他晚年倾心力作。既有深厚广博的学识，又有对戏曲舞台的深刻理解，毕集数十年之积累，以较多的篇幅论述舞台艺术，深入探讨其中的表演艺术、特别是舞台美术，从四川省川剧院追溯自贡市川剧团，从舞台装置论及古典戏台，从中国戏曲远涉西方戏剧……甚至从舞台艺术的深入剖析，提出重新界定中国戏曲现代戏。尽管戏曲与话剧属于两种不同的戏剧观，但在舞台实践中完全可以在相互碰撞之中融为一体，写实与写意其实能够并行不悖。熊源伟、查明哲两位著名话剧导演为“振兴川剧”注入了新鲜血液，为我们建立国家舞台艺术精品剧目生产基地奠定了坚实的基础。中国现当代戏曲在20世纪受过反复的政治折腾和西方文化的冲击，遭到各种各样的颠覆和解构，在戏剧创作、戏剧批评等方面，产生了理论上的混乱，导致一些剧目的流产。《蜀籁三部曲》有助于我们恢复和重建中国戏曲的传统美学。

当前，在川剧总体上还是不很景气的情况下，振兴川剧总结提炼的“好戏要广泛上演”“千锤百炼、精益求精”，目的是“赢得观众”“出人、出戏、出效益”等基本经验，应在实践中遵循并坚持。四川省川剧院在四川及各地演出引起强烈反响，令人注目，发人深思。《变脸》演出160余场，演出收入100万元，观众10万人次；《易胆大》演出75余场，演出收入180万元，观众5万人次；其走俏市场，受人欢迎的佳绩，让人欣喜不已；透过这些数字，我们可以看出四川省川剧院及其戏剧工作者付出的辛勤劳动，也可窥见舞台作品的成长和成熟过程。

三十多年来，四川省川剧院注重观念的创新，剧种资源的整合，人才优势的互补，演出渠道的拓展，对外交流的多元，培养和造就了一支精干的队伍，他们在创作中突出时代精神、鲜明的民族风格与浓郁的地方特色，使剧院拥有一批质量较高、久演不衰的保留剧目。尤其是近年来，剧院排演的《变脸》《易胆大》《巴山秀才》《董竹君》等，通过“名院+名编剧+名导演+名演员”的组合模式，汇集了全国著名的编剧魏明伦、徐棻，导演熊源伟、查明哲、任庭芳，演员陈智林、李莎、崔光丽、刘谊等，取得了耀眼的佳绩。

“若要人迷戏，先要戏迷人。”这是李致同志多次引用的两句话。川剧不是没有人看，关键在于要有好戏好演员，要多出闪耀着独特光彩的、有艺术价值的成果。怨天尤人于事无补，与其口头上絮絮叨叨，倒不如多下些实在的功夫吧！

是为序。

2009.9.2

（本文是陈国福文论集《蜀籁三部曲》序）

一代风流　川剧大家

在我国三百多个地方戏曲剧种中，川剧昆、高、胡、弹、灯声腔具备，生、旦、净、末、丑行当齐全，并以其独特的艺术风格和丰富的表现手法，在戏曲舞台上独树一帜，深受中外戏剧界的注目。川剧呈现出的千姿百态的人物形象、精湛奇巧的表演技艺、绚烂多姿的戏剧场面、浓郁隽永的乡土风情、亦庄亦谐的个性语言，使其成为我国地方戏曲园地中的一朵奇葩，在我国戏曲艺术历史长卷中占有重要的地位。

川剧艺术源远流长，川剧事业生生不息。川剧从形成、演变到发展，迄今已有近三百年的历史。其间，它曾有过花团锦簇，也出现过枝叶凋零。新中国成立后，这个古老的剧种才获得了新生和前所未有的发展。尤其是1982年中共四川省委提出“振兴川剧”以来，全省戏剧界团结一致，大胆探索，锐意进取，在“出人、出戏、出效益、赢得观众”方面，取得了足以自豪的成就。今天，川剧已经成为四川建设先进文化的载体、弘扬民族文化的品牌、展示地方文化的名片。

从“抢救、继承、改革、发展”到“保护、继承、改革、创新”，川剧事业的发展艰难曲折而又充满希望。在这条筚路蓝缕、玉汝以成的道路上，行走着一批又一批优秀的川剧艺术工作者，其中，就有这么一位温婉智慧、享有盛誉的著名剧作家徐棻。她的剧作受到广大观众的热烈欢迎，先后荣获中宣部“五个一工程奖”、文化部“文华剧目大奖”、曹禺戏剧文学奖、四川省“五个一工程奖”等多个重大奖项。这些作品，既是作者心血智慧的结晶，也是振兴川剧事业的硕果，对川剧的发展具有重大的现实意义和深远的历史意义。

徐棻是当代川剧艺术的杰出代表之一。今天，我们提及川剧艺术，必然要提及徐棻和她的作品。我认为，在川剧艺术承前启后、发展创新的过程中，徐棻和她的作品是一个重要的标杆或者说一个重要的标志。其重要性体现在以下三个方面。

第一，对传统戏曲的现代化进行了成功实践。源远流长的传统戏曲在长期的发展过程中产生了大批优秀作家和经典作品，深厚的历史积淀无疑是其继续发展的坚实基础。但传统戏曲如果囿于传统、止步不前，就会与时代脱节，与观众疏远。川剧要与时俱进、不断发展，就必须随时补充新鲜血液，不断吸收外来艺术营养，自觉体现现代艺术精神。徐棻的作品从表现形式上看是地道的川剧，具有鲜明的川剧自身面貌，但其包容性的思想观念、开放性的戏剧结构、多元化的叙述方式，均较传统戏剧有了巨大的差别，其核心是体现戏剧的当代性和人的当代性，从而使川剧艺术较之其他戏曲剧种更快、更鲜明地体现出“现代化”的特征。《田姐与庄周》《死水微澜》等脍炙人口的作品，表现了崭新的时代内容，尤其是对女性意识的自觉张扬，对人性的深层挖掘，开拓了传统戏曲的新天地，赋予传统戏曲新的时代精神与社会价值。可以说，在中国戏剧发展史上，徐棻的作品是地方戏曲剧种中最具备现代感和自觉性的。

第二，对外来戏剧的民族化进行了有益探索。如果说以《雷雨》为代表的经典作品标志着话剧这一外来艺术形式完成民族化从而开创了中国现代戏剧的新纪元，那么以《欲海狂潮》《马克白夫人》为代表的川剧新创剧目则标志着传统戏曲对西方现代话剧等外来艺术形式的成功转化，从而为外来戏剧民族化开拓了新的空间，昭示了新的可能。对戏曲而言，没有民族文化精神和传统艺术传承的“现代性”，便不具备戏曲的当代意义，民族艺术的“传统性”必须和西方现代派戏剧的“现代性”构成内在的有机联系；对川剧而言，没有民族文化审美心理和对当代中国人文形象的塑造，也便不具备川剧独特的审美价值，“本土化”和“现代性”也要形成内在的统一关联。离开了“传统性”和“本土性”，“现代性”就只能是无源之水、无本之木。不少改编外国剧目最大的困境，便是缺乏对这种中国式“现代性”的理论升华和系谱构建。徐棻的作品十分注重切入中国当下广阔的文化现实和深广的历史文脉，在秉持民族戏剧“内核”的基础上对西方现代戏剧进行中国化、民族化的改造，自觉地将象征主义、表现主义等现代派手法与中国传统戏曲的程式性、虚拟性、写意性、抒情性等美学特征有机融合，从而到达完全的中国化、戏曲化、川剧化。这样的“改编”实质上就是一种卓越的艺术创造，是民族传统文化“自知”与“自觉”之上的一种超越，是徐棻对川剧乃至中国戏剧的杰出贡献。

第三，对演出形态的创新化进行了积极尝试。当代戏曲在演出形态上不断发展，将传统戏曲的演员中心变为包括演员、舞美在内的立体、综合的演出形态，使剧本创作与舞台演出全面融合，这是对传统戏曲演出形态的新的探索。徐棻的作品也是如此。她每推出一个作品，都会给人一种惊喜甚至惊奇。她的作品突破了传统戏曲忽略舞台、布景、灯光等技术因素的陈规，创造性地将升降舞台引入川剧表演，大量借助布景、灯光来转换场景、描写环境、烘托氛围，将上述技术性因素创造性地融入戏曲表演，使之成为表现心理活动、推动情节发展的不可或缺的重要因素，使舞台从单一、外在的表演空间变成一体化、审美化的戏曲元素，从而拓展了戏曲的表现空间，丰富了戏曲的表现手段。需要指出的是，剧中舞台、灯光、布景等现代技术是服从、服务于人物塑造和情节推进的，并未突兀和游离于演出之外，舞台的中心和观众的注意始终聚焦在演员身上，从而加强了全剧的感染力、吸引力。正是在演出形态上成功处理了继承与创新的关系，才使她的作品得到老戏迷和新观众的共同喜爱。这说明，传统戏曲要为当今观众所接受，就需要在继承传统的同时巧妙创新，才能符合不断改变的社会心理和审美需求。

这种继承与开放、传统与创新的有机结合，是20世纪中国戏剧发展最为重要的特点之一，也是20世纪中国戏剧从古典走向现代的艰难历程所留给我们最宝贵的经验与启示。如果说1942年毛泽东为延安平剧院写下“推陈出新”的题词和1951年政务院颁布“关于戏曲改革工作的指示”（“五五指示”）从根本上决定了20世纪后半叶即新中国成立以来中国戏剧的道路与方向，那么以徐棻剧作为代表的传统戏曲新创剧目则在创作、演出的专业层面再次实践了这一方向并证明了它的正确性，从而在川剧乃至中国戏剧史上留下浓墨重彩的一笔。

民族灵魂，文以化之；国家精神，文以铸之。当前，文化的竞争日趋激烈，文化的战略意义日益凸显。在构建和谐社会、建设和谐文化的历史机遇期，面对文化大繁荣大发展和西部文化强省建设的崇高使命，我们无疑需要有更多、更强势的艺术品牌，通过品牌的凝聚力与辐射力、影响力与感召力，来引领创作道路，催生优秀作品，从而担当起讴歌时代、鼓舞人民、满足群众精神文化需求的社会责任。四川文艺要在全国占有一席之地，就必须拥有自己的优势特色。四川要从文化资源大省向文化强省跨越，就必须打造自己的著名品牌。在汲取外来文明的同时，作为捍卫中华优秀传统文化、构建民族精神家园的重要方面，本土艺术品牌具有不可替代的作用。无论古今，无论中外，任何民族精神的延续，任何时代风尚的升华，都体现出各自民族、各个时代的艺术品牌所能起到的文化担当作用。中外戏剧史上被视为不同国家和民族艺术品牌的剧作家、戏剧流派、都在不同的时代背景下实现了自己的文化担当。川剧源于生活，来自民间。它的生命在于源远流长的巴蜀文化，它的活力在于四川人的思维、语言、智慧，它的本质在于用艺术手段真实反映生活的悲欢离合、大众的喜怒哀乐。它不仅具有独特的审美价值，也承载了巨大的社会责任，在中国特色社会主义建设、和谐社会建设、特别是公共文化体系建设方面，更应当突出其品牌作用，强化其时代文化的担当的精神品质、道德勇气和艺术良心。一种融入民族精神、独具地域神韵的文化品牌确立于世界，则将是创造并保有这一品牌的艺术和剧种体貌更加坚实，魂魄更加健硕。因而，具有鲜明而独特的巴蜀风格、巴蜀特色、巴蜀气派的川剧艺术正是四川文艺的最大优势和四川文化的最好品牌之一。我们需要给予川剧艺术足够的关注、更多地投入，推出更多观众喜爱、影响广泛的精品剧目，使川剧不仅在四川，而且在全国、在世界都具有更大的影响力，从而让川剧继续成为四川对外交流的名片，把四川形象宣传出去，把四川文化推介出去。这就是徐棻剧作在当代文化建设中所具有的重要意义。

今年，我们迎来了共和国六十华诞。徐棻用她的作品见证了共和国发展的历程，引领了当代川剧艺术发展的方向。今天，这位为人谦和、善良可亲、为川剧艺术贡献了心血和才华的川剧老艺术家即将出版她的个人剧作精选，我们为她感到由衷的高兴和自豪。因为，在她的谦谦风范面前，我们常有“高山仰止、景行行止”之感；因为，我们喜爱她的作品，也敬爱她的为人。

我们祝贺《徐棻剧作精选》出版（四川文艺出版社2009年版）。

我们敬祝徐棻艺术青春永驻。

是为序。

2009.10.29

（本文是《徐棻剧作精选》序）

大家之言

具有巴蜀风格、巴蜀特色、巴蜀气派的川剧艺术，是四川文艺的最大优势和四川文化的最好品牌之一。加强对川剧艺术的研究，探寻川剧艺术形成发展的规律，认识川剧的性质、特征，提炼川剧在文化积淀、美学品格、思维方式、演剧形态、技艺表现等方面体现出来的特征，分析川剧的代表剧目、人物形象等等，是川剧理论、评论工作者的责任，也是振兴川剧的重要任务。

谈到对川剧的研究，就必然要提到当代川剧艺术的杰出代表之一——徐棻。徐棻是享有盛誉的著名剧作家，也是川剧史上第一位女剧作家。她崇高的艺术追求和高尚的人格风范深得各界人士的敬爱。徐棻多年来坚持为人民编剧，笔耕不辍，著作等身，剧作深受欢迎。她的作品既体现着对传统文化的传承，又推动了戏剧的改革创新，尤其是作品中对传统川剧的当代性展现、对外来戏剧的民族化探索、对演出形态的创新化尝试，体现了川剧继承与开放、传统与创新的有机结合。开展徐棻剧作的交流和研讨，思考、认识徐棻艺术创作的突破和创新，对新时期川剧的振兴和发展具有重大的现实意义和深远的历史意义。

近年来，作为振兴川剧事业的重点工程、亮点工程，“振兴川剧系列丛书”的编撰，已经成为四川文化强省建设的重要内容，成为发挥四川文化资源优势，荟萃川剧优秀剧目、收集川剧珍贵资料、深化川剧研究、丰富川剧文化、培养川剧新人、普及川剧知识的重要举措。“丛书”已先后编撰推出了《老一代革命家论川剧》《名人论川剧》《我与川剧》《魏明伦剧作研究》等多部川剧类图书和《川剧传统剧目集成》《川剧名家名段》等出版物。这些作品里既有名家名段的珍贵记录，也有对川剧艺术的理论研究，图文并茂，意趣辉映，具有很高的学术价值和收藏价值。

今天，继“振兴川剧系列丛书”推出《徐棻剧作精选》之后，我们将《徐棻剧作研究论文集粹》（四川文艺出版社2010年版）结集出版，收纳徐棻文艺创作六十年研讨会论文、评述徐棻戏剧精选和徐棻个人戏剧理论文章精选等理论研究文论，就是要深化徐棻川剧艺术的研究和传播，让徐棻的剧目作品与研究评论相映生辉，让川剧艺术实践与川剧艺术理论研究相互促进，让振兴川剧的成果更加丰茂。相信会有更多关心、支持川剧艺术的人，能够从这些朴素而富有见地的文字引领下，看到徐棻剧作的价值、意义和川剧艺术的美好明天。

2010.6.8

（本文是《徐棻剧作研究论文集粹》前言）

意韵悠长竖琴来

这个静夜，有一弯新月。我公务之后的一种积习，是秉灯夜读。读着陈竖琴新作散文集《大地众生》（四川文艺出版社2011年版），今夜不能入眠。这本有思想深度、有作者体验和感悟的精美之作，使人似乎亲聆着自然与生命、人文与历史的交响。

散文是一种生命存在的方式，这种生命方式是以诗的审美性穿透日常生活的平庸，呈现出超越时空的意义和价值。要之，散文是一种思想，一种精神，一种情怀。当下散文审美品格的演化，使散文的题材空间更大、更自由。散文语境的大小，不在乎其叙事话语的大小，而在于有无思想的力量、人格的力量和整合的力量。

竖琴是享誉巴蜀的知名作家。她的散文通过亲身经历、非常个性化的凡人小事的描写，织成一幅幅情事动人、色彩绚丽、富有张力的锦绣，让人们感受到生活之美，情感之美，人生之美，信念之美。

《大地众生》真实地记录了作者关于自然、关于人生、关于历史的独特体验和生命感悟。其文集的背景：五百里龙门山脉，以“5·12”为触点，记山河大地众生相。上篇记“5·12”特大地震降临前悠远神奇之龙门山，叙说这一地区人文地理民情风俗之实。中篇记平凡如尘土的芸芸众生们与灾难短兵相接之际的伟岸与坚忍，它让世人亲眼见到了释迦牟尼佛在菩提树下证知的真理：大地众生皆具如来智慧德相。下篇记龙门山灾后重建。当大地震将山河大地和百万山民的生活撕裂，幸存的人们如何生存？坍塌的历史如何链接？龙门山灾后重建之路艰辛伟大、复杂漫长，而带给世人更多的是感动和忧伤。在这部散文集中，贯穿着一个作者性灵的“我”之形象，流动着“我”的情感，凝聚着“我”的感悟。在岁月逝去的匆匆的脚步中，人们可聆听到作者心灵的倾诉，感受到作者噙着热泪的真情，看到作者留在“大地众生”中闪烁的大千世界和生命感应的思辨火花。

从《大地众生》沉吟的字里行间，真切地表现出了竖琴的心路历程，表现出了她对国家、民族的事业不懈的奋斗精神与“天地之大德曰生，生生之谓易”的气概，以及对人生真谛的叩问与追寻，对友情的怀缅与珍重。拳拳之心，涓涓之情，可观可鉴。

竖琴的散文，诗情盎然。其文篇幅虽不长，但往往恰到好处地把文章点到高潮，似乎任意而谈，无所顾忌，但笔意所致，缜密厚重。像《大师》《那一片云》《巫风》等散文，深得传统精髓，“形”“神”兼备，“形”为“神”备，“神”又凸现为“形”之“风骨”。进而言之，竖琴所叙之事、所描之物、所抒之情，都有一种高远的精神寓于其中，却又力戒空谈、清谈、玄谈。这些作品有入微的观察，有具体生活场景的展示和细节的描写，又有对人类终极问题的深刻而独到的探询。她在思考人类的困境问题，并认为人类通过爱情、友谊、关爱、感恩、享受生命的过程、承认差别和肯定欲望等途径，可以化解许多困境。她将“众生”的生命惨痛与整个人类的困境汇于同一调色板，在生命的苦涩荒凉中体验岁月在“众生”躯体上的划过。这样，便超越了一己的悲欢，从“小我”走向了“大我”。其最精彩的部分是让人难忘的幽默，如《我母亲和她的学习型社会》等，这是许多板着脸一心要深刻或深沉到底之作家的不足所在。

竖琴的散文，色调朴素。但朴素中从不缺乏洁净与质感、灵性与宽容。《五龙寨》便烘托出炊烟袅袅的羌山人文气息和清新自然的田园诗境。白云行空或日月交替反复循环，使读者在神秘的大自然里感受到人性本源之美，心灵深处忽略的柔情被发掘再现。羌寨倘若与现代文明的都市再打一仗，羌人能赢吗？白石神还能发威吗？血脉中千万年来未被染杂的遗传密码能够保存吗？类似的作品还有《法鼓山的鼓声》，从平凡的鼓声中，让我们听到了辉煌和永恒；在《大师》的细微天地中所观察到的个体生命脆弱，表现出感恩互助的伟力和创造智慧；在《羌乡五识》的淡泊生活中，感受到的是真诚与幸福、痛苦与孤独、无奈和奋争、友谊和丰富多彩的人间万象。《震中记事》《诺亚方舟》等还记叙了“5·12”特大地震。灾难是生命的洗礼，更是对民族精神的磨砺。虽然这些作品都触碰到灾难，但重要的不是写灾难本身，而是在灾难背后作者对生命的价值、人性的本质作了有力的开掘。此外，典型的生命细节、难忘的人生片断、耀眼的生命光彩，不时从《大地众生》中闪现出来，从而使作品笼罩着时代的氛围，成为时代精神的见证。

竖琴的散文，视野开阔。那种纵横古今中外的文化视野，以及从生活细节与万物草莽中发掘文化底蕴的慧眼与匠心，令人难忘。人们在自己生存的环境里，通过艺术的眼光，去贴近自然，拥抱自然。也正是通过这种眼光，把宇宙看成一个充盈着人类无限情趣的整体。从哲学意义上说，文化观照是最深沉的综合思考。从文化角度能够透视出人类社会发展进程中的内在精神。在文化的照耀下，人们能看到更多的东西，能理解更多的事情，能体味更复杂的情怀。如果说，竖琴在创作中表现出来的文化意识与文化精神，是一种醇厚凝练的形式，那么在《大地众生》中则是一种舒展坦荡的表达。不少篇目意蕴丰厚，既有缜密的哲学思辨，又有浓厚的生活感受以及对生命的热切呼唤。

竖琴的散文始终贯穿着强烈的创造精神和对散文形式的突破意识。既记事又抒情，既写实又写意，或纵横捭阖，或描摹入微，言辞简约，清丽俊俏，常融自然风物、人文传统、政治经济于一文之中，映照出作者攀越羌山、走过断裂带、漫游林海、驰骋原野的身影，形成一种从政者为文的独特风格。

竖琴的散文语言，确具文学的特质。俄国形式主义文评家面对滥世的俗语与套话，强调文学语言要“陌生化”，实际上合符了古来有识之人的要求：“作者手眼须使熟者生，或亦曰使文者野”，即所谓点铁成金、化朽为奇！“行业学科，各有专门，遂各具词汇，词汇亦各赋颜色。其字处本业词汇中，如白沙在泥，素丝入染，厕杂混同；而偶移置他业词汇，则分明夺目，如丛绿点红，雪枝立鹊”（钱锺书译丁耶诺夫语）。检视《大地众生》，可见不少令人“陌生”惊喜的句子：“种玉米时顺带往坑里扔几粒黄瓜籽。待到玉米苞吐出紫莹莹的缨子时，一根根俏生生的黄瓜已经坠在玉米秆上荡秋千了。”“尽管那是一大二公的岁月，黄瓜这类一泡尿的作物究竟不好纳入统收统支。”（《那一片云山》）“倘若打比方，那座青山是一羌家美妇，半山小院便是妇人腰间簇新的绣花腰带，很打眼。”“连瓦砾都被埋在百米之下，畜生们便傻眼了，远远地立着不知所措。”“政府不让回家去，也是为了幸存的人不再有事。以为就自己一家子犯规，一路走得偷偷摸摸。放眼一看，咦，幸存的人差不多走到一处了！山里人老实，犯规的事终不好意思出口，只各自低了头加快脚步。”（《羌乡五识》）

行文至此，不知怎的，我忽然想起了西洋乐器——“竖琴”。

“竖琴”是西方文化中最为古老和最具文化内涵的乐器之一，古希腊神话中的奥菲斯凭借美妙的琴声穿越冥河，展现出

“竖琴”动人心魄的神秘魅力。“竖琴”既敏感又浪漫，既高雅又清纯，气质如珠玉般晶莹，音色如朝露般清澄。独特的演奏效果，余韵悠长，闻之令人心醉。在我的脑海里，“竖琴”总是出现在背景音乐中，它总是位于交响乐团的后方，不深藏，也不浅露，很少有人关注这种乐器蕴含着一种怎样的音色。当演奏家端坐琴前，双手抚琴如行云流水般飞舞拨动琴弦时，多半是犹抱琵琶半遮面，而其大珠小珠落玉盘的清越，确如落在凡间的精灵。

竖琴和她的作品有如“竖琴”般的品行、气质、魅力。相信人们在对竖琴的散文加以洞识而形成对话之后，获得异乎寻常的艺术生趣，在对美文的欣赏中有了对美的充分感受。

何时一樽酒，重与细论文——我期待着竖琴的下一部作品，因为先贤说过：作者最好的作品是尚未写出来的。

是为序。

2010.6.18

（本文是陈竖琴散文集《大地众生》序）

灾难之后，一份特殊的文学记忆

时间没有停留在2008年那个黑色的记忆里。汶川“5·12”大地震已经过去两年多了，关于生命，关于人性，关于人间大爱的种种超越，无时无刻不在拷问和检验每一个亲历者的良心。应该说，我们的民族在这次大灾难中向世界交出了一份合格的答卷。而这答卷上的每一道题，虽然都是难题，但是都得到了一一破解。事实证明，破题和解题都体现了我们党和政府果断的决策和超凡的能力，体现了中华民族的意志和力量，体现了政府与民间，官员和百姓水乳交融的和谐与合力，体现了生与死血脉的指认与传承，体现了足以彪炳千秋的伟大的抗震救灾精神。

是的，有许多生命在这次灾难中停止了呼吸，但是有更多的生命在废墟上坚强地站起来，他们对逝者最好的祭奠就是擦干眼泪，以最快的速度、最优的质量、最具的情感重建自己的美好家园。两年过去了，仅仅只有两年，在这次大灾难中饱受创伤的灾区、重灾区、极重灾区发生了翻天覆地的变化，而且改变面貌的不仅仅是新建的房屋、道路、医院、学校这些基础设施，更为重要的是灾区人民精神面貌发生了深刻的变化，文化的重建，精神的重建成为灾后重建最为耀眼的成果。什邡是这次地震带距成都最近的地方之一，也是极重灾区之一，至今我们耳边依然回荡着在那个非常时期，总书记站在废墟前向世界发出的振聋发聩的声音："任何困难都难不倒英雄的中国人民！"这句话，鼓舞和激励了整个中华民族，这句话，今天的现实已经为此作出了最好的证明。因为我们已经欣喜地看见在这片废墟上，重新站起了新的家园，站起了灾区人民钢铁的意志和顽强奋进的精神。

地震之前，我曾经读过诗人梁平写的一本《诗意什邡》，我在那里面看到什邡厚重的历史积淀和浓郁的人文风情，周武帝身边的魏元嵩，刘邦旗下的雍齿、禅宗祖师马道一、瓦子庵的张师古、花间词夫人以及儒家学宫、高景关、富兴唐书庄、万年台子、皮影灯戏、红白场等等，这些在什邡的遗存给我留下深刻的印象。在这次地震中这些遗存有的已经不复存在了，有的经过两年的重建，已经焕然一新。我们有理由相信经历了这次大灾难，什邡会更加珍惜这些历史积淀和人文印记。

我面前摆放的这本《凤凰涅槃》就是什邡市委宣传部邀请我省近二十位作家集中书写什邡灾后重建的一本报告文学集，这是什邡非常有远见的举措。历史长河，大浪淘沙，所有历史进程中的每个环节、每个事件，最后可以留下活的印记的只有文学。在这本书里，作家们很少去罗列数据，很少如数家珍地在文字中去堆砌盖了多少房子，修了多少公路、多少医院、多少学校，而是从经历了这次灾难的人民群众的感同身受里切入，各条领域、各个战线无所不及，一些小故事、一些小人物，反映出来的却是我们正需要看到的什邡人民群众在灾难中的力量，什邡市委市政府带领什邡人民在灾后重建中体现出来的无私无畏、顽强奋进的精神面貌。

“翻开世界灾难记录，的确，物质方面的重建虽然不免花费巨额经费，但如同物质的损失是算得清的一样，重建的经费也是算得清的，而与物质的损失同时发生的精神层面的损失，却是无法用金钱来衡量的。更为重要的是，物质的损失可以依靠日后的重建得以恢复，但精神的损失，也许是永远无法恢复的。因此，可以说，每一个经历了“5·12”大地震的人，或多或少地，都面临着如何救赎自己的精神，重建自己的精神家园的严峻考验。”这是聂作平在结束采访之后的自己的思考。在他《草根的救赎》的文章里写了四个小人物，农民刘大平和赵小英，镇文化中心主任王安信、文管所所长杨剑。刘大平与赵小英是红白镇从小一起长大的邻居，两个人都有各自非常幸福的家，而在这次灾难中，两个家的亲属都不幸遇难了，巨大的伤痛让刘大平一直解脱不出来，最后想到了一死了之，就在他寻短见的那一刹那，被赵小英意外发现并救下了刘大平，两人相互鼓励、相互支撑，两年后的今天，两个人已经重新组织起一个新家。镇文化中心主任王安信和文管所所长杨剑都是文化战线的基层干部，同样经历了灾难而在灾难的第一时间来不及悲伤，想到的是自己的使命，无论在灾难发生时候的文物抢救还是灾后的文化重建，都在自己平凡的岗位上履行了自己的职责。我感谢作家有这样的书写，因为这样的书写会让我们记住这些名不见经传的小人物，记住了他们在灾难中的坚强，记住他们平凡中的伟大与崇高。

在《凤凰涅槃》里，我们看到的是一个整体的什邡，一个万众一心的什邡，一个自力更生、不屈不挠、浴火重生、凤凰涅槃的什邡。那里有农业的重建与生态修复，有工业的破茧成蝶，有教育的碧血结硕果、丹心谱华章，有医疗的白衣天使、生命的守护神，有强劲的交通大动脉，有商贸开不败的花朵，有民政与劳动社保的和谐民生，有重建的通信长城，有落地广厦千万间里的百姓生活，有拆迁安置里的温情，有慈善里流淌的纯净的爱，有保障援建资金安全，确保权力在阳光下运行的红色卫士，更有在什邡的一个个已经把什邡注入自己生命的北京人，那个北京援建团队异口同声说的“一定要写写”的刘学林，还有一百颗童心相伴的张权，先锋突击队队长任克强，挑大梁的“80后”张磊，打通生命线的开路先锋刘峰，倾情“鲁班奖”的张贝贝，大爱绽放的铿锵玫瑰付军，还有那几对激情燃烧的战地情侣……我特别感动的是，在《追赶太阳的领路人》这篇文章里有这样的一段文字：“翻开这本文稿，那些由点点滴滴的时间串起的一段特殊日子，再次将2008年5月12日突发的汶川大地震以及灾后两年重建中每一天每一刻都清晰地呈现出来，而重灾之地什邡在这场严峻的自然灾害考验面前，43万什邡人在什邡市委的带领下，在德阳市、四川省、北京援建方的大力支持下，在中央领导的亲切关怀下，携手并进，一个美丽的新什邡已逐步展示在世人面前，当震后两周年纪念日到来时，什邡人民已经有理由很自信地抬头笑迎八方客人，并感恩所有的大义和大爱。”这不是一本普通的资料汇编，它是中共什邡市委书记李成金自2009年2月上任市委书记至2009年12月间的工作日志、讲话稿、会议纪要及其他相关资料，同时也是什邡市主要领导史料的珍贵记载。在这个资料汇编的扉页有这样一个题记：

日子，总是在忙碌中不经意地流逝。

工作，不是生命的全部。但是，翻开生命的精彩画卷，每一天为工作而付出的努力和艰辛，都是浓墨重彩中不可或缺的那一笔。

岁月如歌。

如歌的日子更值得珍藏与回味。

由此我想到，什邡之所以能迅速走出阴影，重建美好家园，离不开带着什邡一路奔跑的一群领跑人，他们不仅是描绘什邡美丽蓝图的人，他们更是一群追赶太阳的人。因为有了他们，四川才依然美丽。《凤凰涅槃》这本书带给我的欣慰和感叹，不止于什邡，其他所有受灾的地区也和什邡一样，他们都在精心描绘美丽蓝图，都在奋力追赶太阳。应该说，什邡率先以文学的形式为这些英雄们留下了鲜活的印记，我相信在很多年以后，我们的子孙会记住他们。

是为序。

2010.8.5

（本文是什邡报告文学集《凤凰涅槃》序）

来自群众文化的感动

这是一个容易让人感动的世界！特别是《感动中国》近年来向全国观众推出的民间杰出人物、光彩耀眼明星、儒雅睿智学者……最是将我们心灵震撼的精神力量演绎到了极致。这是一个不可缺少感动的世界！不可否认，现实生活中多了很多“谢谢”，但却少了很多“对不起”……这就迫切需要召唤先进典型的示范效应。这是一个需要传递感动的世界！割肝救人、见义勇为、捐资助学……为人们津津乐道，广为传颂。但看到很多人在为之感慨感动的同时，心里不禁产生一丝失落：为什么我们只看到那些影响巨大的感人事件，却独独没有发现发生在自己身边的那些看似微小却也极其感人的事件呢？难道我们身边没有感动？不是的！生活中除了这些影响深远的感人事件之外，还有许多鲜为人知的感人情怀：它们可能是对你一次深情的注视，或者是在你失落时的一声鼓励，或者是在你生病时无微不至的照顾……这些其实就是发生在我们身边的感动，从某种意义上来讲，往往更能令我们刻骨铭心，难以忘怀。

我多了一份思索：为什么人们乐意关注那些发生在别人身上的感动，却偏偏忘记自己与亲人朋友间的感动呢？细细深究下去，不难得知，这其实也是当前社会现象的一种通病，不少人只知接受却不会给予，甚至对父母亲人的爱缺乏一种应有的感动，导致做事任性而为、我行我素，这实在让人感到无奈和担忧。有鉴于此，社会应教会大众常怀一颗感动之心，通过一些适当的事例影响大众、转移大众视线，让他们在关注社会的同时，不要忽略了来自身边的感动。

思索中的这种忧虑一直困扰着我——而我，似乎从南充市高坪区前不久开展的“身边的感动”活动中找到了答案。2010年10月17日晚，我应邀出席南充市高坪区“身边的感动”文艺下乡巡演启动暨汇报演出活动，感受颇深：《身边的感动》用身边的舞台演绎身边的故事，用身边的故事感动身边的群众，用“山寨版”“草根版”的群众文化传递感动。而这深深地感动了我。

虽然社会主义主旋律在不同的历史时期有着不同的解释，但基本原则应该是肯定的，那就是：全心全意为人民服务。正如胡锦涛总书记所说：“坚持以最广大人民为服务对象和表现主体，关心群众疾苦，体察人民愿望，把握群众需求，为人民放歌，为人民抒情，为人民呼吁。”当前时代主旋律的最强音是创造和谐社会、构建和谐社区、营造和谐人居。但主旋律的表现形式是可以多样化的，而且应该是多样化的，不再是生硬的说教和单调的宣扬。《身边的感动》文艺演出中所有涉及人物故事的原型都是从高坪区乡镇、社区132个典型人物中提炼出来的，他们就是发生在60万高坪人民身边的真人真事，他们是60万高坪人民的精髓，《身边的感动》只是将这些真实的感动搬上舞台而已，本身就具有极强的感染力，应该说很好地弘扬了时代主旋律。而这也是为什么《身边的感动》一经登台，就能够感动高坪、感动社会的成功之处。

特别是当前，文化体制改革正如火如荼进行，由于利益格局发生改变，这势必影响到我们各级文艺演出团队的去留走向以及各位专业演员的思想情绪，而恰恰他们又是我们文化服务人民的主要阵地和重要力量。那么，如何让演出团队和专业演员以本次改革为契机，焕发出更大的社会效益呢？这是摆在我们当前的一项重要课题。特别是基层文化部门编制少、人员少，难以承担日益繁重的文化工作任务的问题比较突出。各地要动员和鼓励各方面人才，特别是有一定专长的“乡土人才”投身基层文化事业，让想干事、干成事的基层文化人才有为有位，让基层文化事业日益根深叶茂，更加生机勃发。《身边的感动》这台节目的创作原型及演员全部来自高坪本地，这种“政府以奖补演，专业演员、业余演员同台竞技”的方式很好地满足了人民群众日益增长的多样性、多层次、多方面的精神文化需求。具有创新性、启迪性，值得首肯！

还有一点感动之处就是《身边的感动》这个名字取得非常好，用我们亲历亲见的身边事来感动人教育人，朴实而生动，亲切而自然。《身边的感动》首先经过逐级推荐和层层筛选，再由十多名国家级编剧走街串巷、进村入户对人物原型进行深度采访和精心加工创编而成，这何尝不是一个“累并感动着”的过程：真实存在的先进典型感动了编导、演员和群众。所以说，这实际上就是一个传递感动的过程！《身边的感动》定位很准确，不标新立异，不好大喜功，迎合了大众心理，理应受到群众好评和热烈追捧。这种静下心来、积极谋划让群众在家门口看到文艺精品的态度是值得我们基层学习和发扬的！

是为序。

2010.10.18

（本文是《身边的感动》文艺下乡巡演序）

居高声自远

加力是我省在全国有影响的剧作家。

加力是我尊敬的长辈和剧作家。

我喜欢加力的戏剧。1984年春夏，我在文物部门工作，偶然的一个机会，应友之邀，在位于红照壁的四川剧场，看了四川人艺儿童剧团演出的《月琴与小老虎》。依稀记得这是为庆祝中国少先队成立35周年赴京前的一次演出。剧中人物形象生动鲜明，情节跌宕起伏，充满儿童特有的情趣，表现了儿童独特的心理状况和思考方式，很快便把我裹挟入戏，溶化其中了。那时看戏，不怎么关注编剧导演，倒是剧中小老虎和拉呷的两位扮演者给我留下了较为深刻的印象。戏单上编剧一栏中加力的名字赫然醒目，但加力是谁，我则不知。巧的是，一年多后，我调进宣传部门，又联系文艺工作，在一次座谈会上与加力相识。他问我以前接触话剧没有。《月琴与小老虎》《西安事变》《霓虹灯下的哨兵》《万水千山》等我脱口而出，并称赞《月》剧时，他才告诉我这个戏是他与人合著的。

加力一直笔耕不辍，多年来，以“登山则情满于山，观海则意溢于海”的激情，创作发表了大量戏剧作品，得到了戏剧界的好评，也赢得了观众的喜爱。20世纪60年代，他即以六幕剧《刘文学》蜚声文坛；80年代之后，又陆续发表了数十部优秀儿童剧作，多次荣获包括全国优秀剧本创作奖、国际文化促进基金会特别奖等在内的国内外大奖，成就有目共睹。

优秀的文学作品具有穿越时空的强大生命力，虽历经岁月考验仍放射出耀目的光辉。《加力剧作选》（巴蜀书社2011年版）基本汇聚了他的代表作品。时间跨度几乎贯穿作者整个创作生涯，目之所及都是素材，信手拈来皆成文章，今天读来，仍不时为其深厚的文学修养、自如的题材驾驭能力和良好的审美情趣拊掌叹服。

加力剧作的一个显著特点就是打上了鲜明的时代烙印。这一方面使其作品成为重大历史事件的记录者、见证者，富有独特的时代气息和浓郁的“地气”，表现出作者对传播先进文化、繁荣文艺的拳拳赤子之心。另一方面，用今人之目光审视，似有些局限和不足。但金无足赤瑕不掩瑜，加力决定把这些作品一并出版，非但没有影响他在戏剧界的地位和已经取得的艺术成就，反倒显衬出他对创作的自信和无比坦荡的胸襟，更值得人们敬佩。我相信用心的读者亦会有类似的感触。

我认为在《加力剧作选》中，成就最高的大概要算是儿童剧。儿童剧的创作，平心而论，要取得成功难度是相当大的。相比成年人的思维和生活，儿童的思维模式独特而新奇，他们对生活的理解更富于理想色彩和浪漫色调，对文字的口味也更加挑剔，这就对儿童剧作者提出了更高的要求。鲁迅先生曾说“童年的情形，便是将来的命运”。儿童是可尊敬的，他们是国家的未来、民族的希望。怎样寓教于乐、寓庄于谐，创作出符合儿童审美心理又富有教育意义的剧作，使儿童在美的享受中延伸他们的意志力、想象力和创造力，锻炼他们的思维能力，培养起旺盛的求知欲，从而正确认识现实世界与周围事物，这是加力长期思考、探索并努力着的。

加力的儿童剧，注重用哲理启迪儿童观众的智慧，用积极的人生观陶冶儿童情操。但又不是强制灌输和枯燥说教，而是特别注意以儿童独特的审美趣味作为创作尺度，以儿童纯真的天然情怀作为创作源泉，蹲下身子和孩子交流，进入儿童世界同孩子对话，洋溢着天真活泼的童心童趣。加力精心为作品中的每一个人物设置最符合身份和最有表现力的台词、动作，通过个性十足的言行刻画，塑造出一批丰满动人的戏剧形象，如《月琴与小老虎》中机智勇敢的拉呷、《少年梦幻圆舞曲》中善良聪明的少年诗人、《水晶之歌》和《贤娃儿》中人小志气大的赖宁和贤娃等等，这些立体可感的人物都给观众留下了深刻印象。加力儿童剧的另一大成功之处在于，其剧作充分考虑到儿童的理解能力和欣赏情趣，适时安排紧张激烈的戏剧冲突，故事一波三折妙趣横生，取得了非常好的舞台效果和社会反响。以《月琴与小老虎》为例，据我所知，这出戏在中南海怀仁堂和其他地方演出时，儿童观众反应非常热烈。每当演到拉呷和小老虎纯真的交往，小老虎摇头摆尾撒娇，观众席上总是传来阵阵欢笑；当看到奴隶主威胁拉呷，孩子们着急地情不自禁跺脚叹息；当拉呷智斗奴隶主取得胜利，剧场里响起了经久不息的掌声。孩子是最真诚、最热情、也最苛刻的观众，他们的反应一点不掺假。在加力剧作的演出中孩子们完全沉浸其中，与剧中人同喜同乐同悲，“怪不得当拉呷认不出自己的好朋友小老虎时，小观众都情不自禁地提醒他：‘那是小老虎！那是小老虎！’”（孙敬修语）这种情感的自然流淌是对加力戏剧创作功力最直接也是最宝贵的肯定。发人深思而又不流于空洞的说教，充满童真，洋溢童趣，饱含童心，这就是加力的儿童剧受到孩子们喜爱的根本原因，也是其最可贵的艺术价值所在，今天年轻一代儿童剧作者应该认真研究和传承。

加力生活丰富，眼光独到，感觉敏锐，善于用雅俗共赏的艺术方式，挖掘人物的精神世界，表现形形色色的众生相，多角度多层面表达社会成员的理想、愿望、情趣与爱好。除成就显著的儿童剧外，其他形式的戏剧创作也同样令人瞩目，其形象塑造和对社会人生的思考，感动了无数观众。例如，《香港大亨》讽刺批判金钱至上的观念，把“金钱与人性”这样一个古老的话题演绎出了新意，震动了观众的心灵。这种对生活的开掘，对人性的描写，是一些作品所缺乏的。《巴姐，你好》赞美热情大方的巴士服务员，《魂断纽约》反映异乡客的漂泊无根状态，《这里不相信眼泪》表达对人生和爱情的深沉思索，等等。这些作品跨越国家、种族、性别和阶层，写出了生活的真情，写活了人物的性灵，展开了一幅幅多姿多彩的世俗风情画卷。

在加力剧作中，要特别提到的是《白圈里的X先生》。这部作品对当时社会和人的内心世界作了深层审视。交通警察X先生的种种怪异行为让观者无不捧腹大笑，但让人在大笑之后又不禁低头沉思，从而以新的眼光反过来审视和理解现实生活。读这部充满荒诞、戏谑而又渗透着作者对现实人生独特思考和理解的作品，让人自然而然会想到贝克特、尤内斯库等欧美荒诞派戏剧家。但不同的是，加力更加关注的是现实中个体人的某种悲喜交加的存在状态，并在剧中以非现实化的方式加以表现，通过一个喜剧性的通俗外壳，让观众在笑的同时产生感悟，从而相较于西方荒诞派远离大众的晦涩难懂甚至沉闷枯燥就有了全新的内涵。这也是加力对时代发展和现实生活进行观察与思考的艺术结晶。艺术贵在创新，然而没有探索就没有创新。这种探索与创新，首先应是艺术形式的创新，但“在创作中，还有一个法则：必须使人物一方面成为整个特殊世界的人物的代表，同时又是一个完整的、个别的人物”（别林斯基）。从这个角度来说，加力在探索新的戏剧表现手法和赋予戏剧形而上的审美感受方面是走在前列的，对于戏剧艺术突破传统意识的束缚、探索新的表现形式提供了一种新的思路。就是当下来看，仍有许多值得借鉴之处，应该引起人们的重视。

戏剧创作，剧本是创作中的重中之重，尽管在戏剧舞台演出中，导演、演员和舞美的艺术创造也很重要，哪一个环节都不能马虎，但首先要有好的剧本。好的导演可以使好的剧本锦上添花，可以通过舞台艺术手段和演员的表演弥补剧本的不足，但是，再好的导演也不可能在“朽木”上雕出“花”来，更不用说作“无米之炊”了。

实践表明，戏剧历史发展的每一步都是与优秀的剧作家紧密联系着的，而优秀的剧作家又是与优秀的作品联系在一起的。比如，我们一谈到《窦娥冤》《雷雨》《蔡文姬》《关汉卿》《茶馆》等作品，头脑中立刻会闪现出关汉卿、曹禺、郭沫若、田汉、老舍等剧作家来；提及新时期戏剧的发展，我们也会想到《丹心谱》与苏叔阳、《小井胡同》与李龙云、《狗儿爷涅槃》与刘锦云、《北京大爷》与中杰英、《地质师》与杨利民、《同船过渡》与沈虹光的联系等；论述四川戏剧的前行创新我们更会映现出魏明伦的《变脸》《巴山秀才》《易胆大》，徐棻的《田姐与庄周》《死水微澜》《欲海狂潮》等。正是他们的这些闪光的剧作支撑起戏剧舞台这座艺术大厦，吸引和培养了无数的戏剧观众。而加力作为剧作家，就是与他的优秀作品《月琴与小老虎》等联系在一起的。这样的戏剧作品才能流传下来。这就是加力剧作存在的意义和价值。

《加力剧作选》出版，是他多年心血的结聚，我深深地为他，也为广大读者感到高兴。这本书的出版，相信会让戏剧界对加力有一个更加全面的了解，也能让广大读者享受到丰盛的精神盛宴，可喜可贺。

短短数言，自然难以概括加力创作的全貌。蒙加力厚爱，我仅借此大胆谈谈自己的肤浅看法，唯愿起到抛砖引玉之功，为读者朋友阅读加力提供些许参考。

是为序。

2011.5.13

（本文是《加力剧作选》序）

中国诗篇的民族红

近代的中国是一个多灾多难的国度。自鸦片战争以来，中华民族为抵御外敌、保卫家园进行了不屈不挠的抗争，为国家统一、民族独立谱写了可歌可泣的诗篇。尤其是五四运动后，新思想的传播，新观念的解放，中国的革命浪潮更加汹涌热烈、澎湃激昂。1921年7月中国共产党的诞生，是中国历史上开天辟地的大事，是中国历史最伟大的转折点和最光辉的起跑点。自此，中国共产党带领着中国人民走向解放和胜利、走向繁荣和富强、走向民族复兴的光明前景。

今年7月1日是中国共产党诞辰九十周年的伟大节日。回首建党以来这段艰难而又光辉的历程，我们会发现，从这段波澜壮阔的历史中涌现出来的中国诗歌，自新民主主义革命伊始就打下了红色的烙印，留下了许多脍炙人口的诗篇，从南昌到井冈山、从延安到西柏坡，两万五千里长征、抗日战争、解放战争，红色诗歌为一段段红色的历史作出了诗意的记载和文化的标注。新中国成立以后，中国诗歌更是见证了中国共产党带领中国人民建设国家、发展壮大的伟大历程。尤其是改革开放以来，一个发展的、强大的中国正吸引着全世界的目光，中华民族以前所未有的雄姿巍然屹立在世界的东方。

在这样的历史进程中，中国诗歌比任何一种文学形式更直接、更真实、更完整、更艺术地呈现了这一突飞猛进的变化。这其中引人瞩目的“中国红”元素更是区别于其他任何国家诗歌的身份胎记。在建党九十周年之际，我们倾力打造中国第一本“中国诗歌红色经典”，把九十年来最优秀、最能代表“中国红”的红色诗歌经典整理、编辑成集，这无疑是对建党九十周年最好、最有意义的献礼，也是中国新诗九十年秉承文化传统“诗言志”“文以载道”的一次特殊梳理。同时，这也是向那些在革命斗争中抛头颅、洒热血的仁人志士的致敬，向那些在各条战线上创造着美好新生活的建设者的致敬。

在这本《中国红·中国新诗90年红色经典》（四川文艺出版社2011年版）选集中，既有冰心、艾青、郭小川这样已经去世的诗坛巨擘，又有高洪波、梁平、龚学敏这样仍活跃于诗坛的诗歌中坚；既有战争时期号召全民杀敌的战斗檄文，又有新时代赞美国富民强的豪迈凯歌……我们欣喜地看到，诗歌的薪火就这样代代传承，爱国的情怀就这样生生不息，伟大的中华民族就这样在前赴后继的战斗、奋进和开拓中走向新的辉煌。

我们知道，是无数先辈用他们宝贵的生命和沸腾的血泪，才换来了今天的幸福生活，我们需要倍加珍惜。我们坚信，在中国共产党的正确领导下，在全国人民的共同努力下，中华民族的明天将会是更绚烂的红，更美丽的红，更富希望的红！

是为序。

2011.5.23

（本文是《中国红·中国新诗90年红色经典》序）

永远年轻的事业

《红领巾》60岁了！

这无论是对包括我在内读着《红领巾》成长起来的无数读者，还是对四川文学界来说，都是一件可喜可贺的大事。

六十载非凡历程，留下一路芳华。不必说邓小平、朱德等党和国家领导人的殷切呵护，不必说叶圣陶、冰心、李颉人等文坛泰斗至今飘香的笔墨，也不必说数千万册的发行奇迹，单单是六十年、21900个日夜沉浸于少儿事业——这一人类最光辉的事业——“虽日久其志未移”的坚定、执着与责任、担当，就当令无数人动容，注定将流芳巴蜀文学史册。

少儿事业是一件永远年轻的事业。六十年来，《红领巾》杂志始终以冲刺状态在这个朝气勃勃的事业上接力奔跑，不仅给一代又一代留下永远难忘的童心童趣记忆，而且成为四川少儿文学的一面旗帜，成为我省少儿理想、信念和世界观教育的重要阵地，成为孩子感知这个日新月异多彩世界的窗口。时尚、快乐、智慧的理念，成就了《红领巾》自己六十年的不老青春。

祝福《红领巾》！

感谢《红领巾》！

六十年一甲子，说的是时间长度。“甲子”又是传统纪年的开端。真诚祝愿《红领巾》杂志社以六十周年为契机，承前启后，继往开来，发扬优良传统，发挥品牌影响力，坚持差异化办刊，吸取现代先进办刊理念，紧扣时代脉搏和少儿审美变化趋势，使《红领巾》在新的时代焕发出新的光彩，成为少儿文学当之无愧的一面红旗。

2011.6.9

（本文是贺《红领巾》创刊60周年）

颂歌献给党

2011年是中国共产党建党九十周年华诞。这一年，四川恢复重建取得全面胜利，西部经济高地加速崛起，文化强省建设蓝图初展，9000万四川人感恩奋进，在“两个加快”的征程中站上了新的历史起点。铭党恩，跟党走，颂伟业，添豪情。在建党九十周年的喜庆日子里，感恩共产党，成为巴蜀儿女心中最澎湃的情感；颂歌献给党，成为天府大地上最激越的旋律。

奋进的热土孕育了巴蜀舞台的姹紫嫣红，感恩的情怀催生了四川艺术的生机勃发。由中共四川省委宣传部、四川省文化厅、四川省文学艺术界联合会联合主办的“颂歌献给党——庆祝中国共产党成立九十周年四川省新剧目展演”于5月至10月华彩上演，为广大人民群众送上了一场舞台盛宴，为建党九十周年献上了一份艺术厚礼。

喜悦乘着歌声飞扬，欢笑伴着舞蹈荡漾。《感恩共产党——四川省庆祝中国共产党成立九十周年文艺晚会》《2011年四川省舞蹈新作比赛》等华美登台，川剧、话剧、京剧、舞剧、音乐剧、曲艺音乐剧以及歌舞剧、民俗剧、音画诗等形式各异的18台舞台剧（节）目竞相呈现，来自省、市、县三级专业院团和民营职业剧团及高校、群众文化系统的45家演艺单位参演，演出总计五十余场，历时五个多月，观众逾十万之众，媒体宣传形成声势，氛围热烈。展演剧目数量之多、质量之高、观众情绪之热烈、演出规模之宏大、社会影响之广泛，创近年创作演出之最。

本次展演是我省舞台艺术创作生产成果的一次大检阅、大展示，代表着我省文艺院团创演能力的最新水平。《感恩共产党——四川省庆祝中国共产党成立九十周年文艺晚会》《2011年四川省舞蹈新作比赛》以昂扬的主题、精彩的艺术表现领军登台，《红军花》《情歌中国》《大川之灵》《燃烧的雪野》《锦娘》《车耀先》《槐花大院》《魂系油气田》《情满玉树》《巴山魂》《槐花几时开》《蜀红》《杨汉秀》《江姐》《天上街市》《少年先锋颂》等16台剧目在精彩展演的同时参评四川省第二届文华奖评选，《红色少年》《巴山路》等优秀剧目也倾情上演。舞剧《红军花》、话剧《大川之灵》、京剧《魂系油气田》还代表四川参加文化部举办的纪念建党90周年现实题材重点剧目的展演，赢得了中央和中宣部、文化部、中国文联等有关部门、有关领导、文艺界以及社会各界人士的高度赞誉！

本次展演有两大亮点。一是围绕庆祝建党九十周年，深入挖掘创作题材，大力弘扬主旋律，在对生活的艺术表达中高扬时代精神；二是立足四川文化资源，多元互补，在对艺术的创新探索中展现文化自信。一方面本次展演围绕庆祝建党九十周年、灾后恢复重建三周年、纪念辛亥革命一百周年等重大主题展开，为全省的艺术创作起到了示范和引领作用；另一方面，本次展演以巴蜀文化鲜明的地域特色、独特的民风民俗和丰富的民间艺术表演形式，又为四川戏剧的发展和丰富提供了多样的可能。本次参展剧目中，不仅有我省代表性地方剧种川剧，还有被誉为国粹的京剧，时尚现代的音乐剧，中西融合的舞剧、歌舞剧以及歌舞诗画、器乐音画等，更有从曲艺中延伸和发展出来的曲艺音乐剧和金钱板音乐剧。剧目种类和地方元素的丰富，使舞台上呈现的艺术手段更加绚丽多姿，异彩纷呈。

应该说，今年四川舞台艺术创作生产硕果累累，成绩喜人！取得这样可喜的成绩，得益于各级党委宣传部、文化部门的高度重视，把繁荣艺术创作当作文化建设的重要内容，当作文化惠民、文化安民、文化乐民的重要指标和丰富广大人民群众精神文化生活的民生工程；得益于文化体制改革的进一步深化，让新的创作运行机制和市场运营模式被激活，强强联合、多元整合、人才引进及流动进一步活跃，民营剧团和多渠道资金的踊跃参与，为舞台艺术的创作生产注入了新的活力和动力，提供了多元发展的机遇和平台。

春华秋实，硕果高挂。我们相信，在党的十七届六中全会精神和省委九届九次全会精神指引下，在建设社会主义文化强国东风鼓舞下，我省广大文艺工作者将以高度的文化自觉和文化自信，立足四川丰厚的文化底蕴和文化资源，深化改革，锐意创新，努力创作生产出无愧于历史、无愧于时代、无愧于人民的优秀作品，用更加具有巴蜀特色、巴蜀风格和巴蜀气派的艺术实践提速四川文化建设，推动我省文艺的大繁荣大发展，为建设与西部经济发展高地相适应的文化强省作出新的更大贡献！

2011.10.1

（本文是庆祝中国共产党成立九十周年四川省新剧目展演前言）

清露晨流　新桐初引

“清露晨流，新桐初引”！初读宓月散文诗，脑袋里立即蹦出李清照词中的这一句。清丽雅致、生机勃勃，这是宓月散文诗给我留下的第一印象。散文诗作为兼具“散文”与“诗”两种艺术特性和文类功能的独特文体，它要求创作者既是一个好的散文家，又必须是好的诗人。这一要求不可谓不苛刻。而宓月作为一位“70后”的年轻文学创作者，却以清雅空灵的笔调，在散文诗创作上取得了不俗的实绩，这无论是对宓月个人，还是对散文诗的创作发展，都是值得称道的喜事。

散文诗作为一种独立文体出现于19世纪中叶。现代派诗歌大师波德莱尔的《巴黎的忧郁》作为世界上第一部完整的散文诗集，比较突出完整地表现了散文诗“立意的精辟，辞章的跌宕，足以应付那心灵的情绪、思想的起伏和知觉的变幻”的特征。随着“五四”新文化运动的风起云涌，散文诗在20世纪初降临中国。在诸多文体，特别是中国博大精深的诗歌传统中，舶来的散文诗显然只能算一个新晋的“小兄弟”。但正如中国现代美学之先行滕固所言："散文诗这个名词，我国没有的，是散文与诗两体，拼为诗中的一体……诗的内容亘于散文的行间，刹那间感情的冲动，不为向来的韵律所束缚；毫无顾忌地喷吐，舒适的发展；而自成格调。"正是由于散文诗融合了诗歌的凝练隽永与散文的挥洒自如于一身的特点，从而具有更加宽广、深透的表现力，迅速引起一大批文化名流的竞相创作。这其中以鲁迅的《野草》堪称翘楚，何其芳的《画梦录》也有很大的影响，沈尹默、郭沫若、李广田、丽尼等都在散文诗创作上取得了不俗的成就。新中国成立后，郭风、柯蓝等著名散文诗人也有不少佳作问世。但20世纪八九十年代后，散文诗逐渐走入低谷，好的作品的确不能算多。今天，我们非常欣喜地看到，散文诗又出现了回暖发展的趋势。以宓月等为代表的一批诗歌新秀们，主动继承老一辈散文诗家的优秀传统，自觉加以创新创造，使散文诗在新的历史条件下焕发出新的光彩。

在四川新生代诗人中，宓月是一位难得的兼具了"仰望星空"和"脚踏实地"两种特质的优秀文学工作者。2003年，宓月从四川大学毕业后进入中国唯一的专门登载散文诗作品的大型纯文学刊物——创刊于1992年、由老诗人海梦任主编的《散文诗世界》。几年来，从普通编辑一直到接任主编，一步步走来，她用自己的青春岁月精心耕耘着散文诗这片土地。众所周知，纯文学刊物在眼下的生存状态不容乐观。当下做诗刊一般说来是要赔钱的，写诗的人多，读诗的人少已经成为一种令人无奈的文学生态环境。何况散文诗是小众中的小众，相对来说更加不容易受到文化消费市场和理论界、创作界的关注。但就是在这样的情况下，《散文诗世界》仍以其高雅的格调、动人的文字、新鲜的时代气息，再加上新颖精美的版面设计，受到了越来越多文学爱好者的欢迎，巩固了其作为国内专门刊发散文诗作品的“主阵地”地位。近年来，该刊物不但从双月刊改为月刊，而且进行了扩版增容，发行量也不断攀升，并举办了多次国际性笔会和创作竞赛活动，搞得有声有色红红火火，效益显著。能把这本杂志办得这样好，宓月功不可没。不仅如此，用宓月自己的话来说，她是一个“痴迷于用文字垒砌人生的人”。在任中外散文诗学会副主席兼秘书长，肩负《散文诗世界》选稿、编排、印刷发行等繁重工作的情况下，她始终怀着满腔诗情，稍有空闲就全身心投入创作中，不断写出一篇篇满纸烟霞、含香吐蕊的优美文字。宓月的作品多次获得国内外大奖，收入本集的《珠穆朗玛，太阳的骄子》一文还赢得了温家宝总理的高度评价。我由衷地为宓月取得这样的成绩感到欣喜和骄傲。

《明天的背后》（四川文艺出版社2012年版）是宓月2007到2011年创作的八十多篇散文诗合集。当我第一眼看到样书的时候，这个名字就引起了我的注意。明天，是充满希望、生机勃发的未来，而在人们向往、奋斗的未来“背后”，是否还有不尽如人意的地方需要我们静观审思呢？这可能也是诗人对自己创作道路艰辛与快乐并存的现状和前景的思考和感慨吧。宓月的散文诗，从嘤嘤成韵的世情别绪、穿越千古的历史诘问到入木三分的人性关怀，内容庞杂，深刻隽永，既有鲜明的女性细腻柔美，也不乏敏锐深刻的哲理思考，读来常使人掩卷深思，收获颇多。她的语言舒卷得体、纤浓合度，不散漫也不拘谨，遣词用语考究而自然，语句抑扬顿挫具有内在的音乐性，叙述时有跳跃，往往把数十年的时间和数千里的空间浓缩于只言片语中，纸短情长。如《珠穆朗玛》《长白山》等篇章抒情大气洒脱、尽情尽兴，感染力强；《妈妈的小女孩》《水乡》等又含蓄内敛，留下许多耐人寻味的空白，读之令人沉醉；还有《远方，远方》《明天的背后》等，又充满哲理思辨，发人深省。尤其难能可贵的是，宓月的一些散文诗表现出令人尊敬的强烈社会担当意识，具有鲜明的时代印记。如《“5·12”汶川大地震》，以直抒胸臆的动人笔触，对灾难、救援、生命、人性、家国、希望等进行了浓墨重彩的铺陈表达，对“重建一个美好人间”给予了坚定信念，并对灾难中的人性、良知等进行了直抵灵魂深处的拷问。今天，恢复重建已经顺利结束，曾经满目疮痍的巴蜀大地，到处矗立着崭新的高楼，产业兴盛，人民安居乐业，坚韧的四川人民穿越灾难，万众一心，创造了抗震救灾的奇迹、灾后恢复重建的奇迹、加快发展的奇迹，书写了从悲壮挺立走向豪迈复兴、豪情跨越的辉煌篇章。回头再读宓月这首诗，就不能不对作者卓著的洞悉力和深刻的表现力动容。这与当下的一些书写讲求所谓的形式美，满足于高蹈、小我与象牙之塔，满篇轻歌曼舞，满纸仙乐飘飘，从而忽略写作者的立足点，忽略当下现实，忽略写作者与人心、与现实的对接相比，就更加令人嘉赏。美国作家西奥多·德莱塞说过：理想是人生的太阳。化用此话我们也许可以说：审美理想是文学的太阳。有审美理想作为精神内涵的文学将是阳光的，甚至是崇高的，能给人精神力量的。相信宓月继续坚持这样的创作理念，更加关注广阔丰厚的社会空间，植根大地，诘问古今，从“小感触”中悟出更多“大精神”，使更多人享受到散文诗“足以适应灵魂的抒情性的动荡、梦幻的波动和意识的惊跳”的魅力。

对宓月更加明亮的创作未来我满怀期待，充满信心。

明天的背后，是诗意的栖息。

是为序。

2012.1.5

（本文是《宓月散文诗》选）

期待东方艺术明珠的璀璨勃发

中国杂技是世界上最古老的表演艺术之一，是灿烂悠久的中国传统文化的重要组成部分。作为最具活力、最贴近群众的一种国粹艺术，中国杂技以“技”为核心，挖掘演员潜能，强调人对自身和客观事物的特殊驾驭能力，展现出绚丽多彩而古朴大方的艺术特色，被誉为“东方艺术明珠”。

古老的中国杂技萌芽于新石器时期，春秋战国时期初具雏形，兴盛于汉唐艺术盛世，宋代逐步走向民间。经过几千年的风风雨雨，有许多艺术品种日渐式微了，但是杂技艺术的绝招妙活，代代相承，精益求精，历久弥新，不断焕发出崭新的风采，显示出强大的艺术魅力和生命力。新中国成立后，特别是改革开放以来，在党和政府的关怀下，我国广大杂技艺术工作者坚持“两为”方向和“双百”方针，传承民族文化，弘扬时代精神，顽强拼搏、锐意创新，创演了大量既有民族特色又有时代精神的优秀作品，取得了令世人瞩目的成就。近年来，在国内外各种艺术观念的熏染下，随着舞台美术等高科技手段在演艺领域的广泛应用，尤其是在国家实施舞台艺术精品工程战略的推动下，中国杂技在创作编排中恰到好处地融合音乐、舞蹈和其他姊妹艺术等元素，形成了“杂技主题晚会”与“杂技剧”的创演热潮，传统与现代交相辉映，其艺术性和观赏性得到极大强化，用新的思维模式与创作理念满足了不同层次观众的审美需求，顺应了时代发展的需要，也符合杂技艺术自身发展的规律。

四川作为杂技大省，杂技精英汇聚，杂技精品迭出。近年来，四川杂技整体呈现出作品质量高、创新力度大，市场拓展强的特点，不少优秀杂技节目在国内外的重大演出、比赛中屡获大奖，成就斐然，涌现出了荣获国际金奖的《顶碗》《双人技巧》、参加残奥会演出的《欢庆》、荣获吴桥杂技节银狮奖的《彩条纵歌》等一大批在国内外叫得响的精品杂技节目，《飞翔》《魔幻金沙》《熊猫故乡》《姊妹观音》等多部体现创新的杂技剧力作好评如潮，创造了良好的社会效益和经济效益，有力提升了四川杂技的市场竞争力；陈育新、周小衡、童飞、牟强等四川杂技领军人才和艺术带头人脱颖而出，有效增强了四川杂技在业内的影响力和话语权。成都、德阳、遂宁、自贡、南充等多个国营、民营杂技团勇闯市场，成绩骄人。德阳市杂技团从昔日的马戏团发展成为年收入逾十万，排名全国杂技业前十，民营杂技业第一的大团，创演的杂技剧《飞翔》已在北京朝阳剧场驻场演出约1560场，接待中外观众约230万人次，创造票房收入近亿元，带来经济效益超10亿元，还创下了民营杂技单次演出出场费25万元的最高纪录。遂宁市杂技团也强势发展，屡获大奖，该团创演的杂技剧《姊妹观音》献礼世博会并开展巡演，影响广泛。四川杂技以奇特的风采，丰富的内容，精湛的技艺和不断超越的创新精神，迷醉了众多国家和地区的观众，实现了前所未有的良好发展态势，打响了“四川杂技”的金字招牌。

优秀文化的传承发展离不开理论的指导和助推，杂技艺术的发展壮大同样需要理性的总结和理论的提炼。相较日趋活跃的杂技创作而言，中国的杂技理论的发展与建设仍显薄弱，其中重要的原因之一便是长期以来杂技界所形成的重技巧训练、轻艺术修养，重艺术创作、轻理论学习的风气未从根本上得到改观。这不能不说是限制杂技艺术可持续发展的一个瓶颈。因此，重视杂技艺术的美学研究与理论建树，逐步形成具有中国杂技艺术特色的理论研究体系，是新世纪杂技艺术发展的当务之急。

陈育新先生作为四川杂技艺术的领军人物、四川省有突出贡献的优秀专家，在致力于四川杂技创演推精品和教育出人才的同时，总结历史经验，把握发展规律，探索发展方向，对杂技艺术的传承、发展进行了深入的思考和系统的梳理。《中国杂技发展研究》（四川文艺出版社2011年版）就是陈育新先生的最新力作。书中对中国杂技的起源、演进、特点及发展进行了较为详细的研究，并重点对四川杂技的历史演进和发展实践进行了系统梳理。尤其是作者在著述中从非物质文化遗产的高度解析中国杂技，以自然科学和社会科学相交融的视野审视中国杂技，强调将科学技术全面融入杂技策划、创作、表演、创新的各个环节，强调将杂技的发展置于现代艺术的大范畴之中，最大限度地发掘杂技艺术潜在的美感特质，敏锐地指出了艺术和技术创新是中国杂技发展的方向。全书在系统、生动地呈现中国杂技艺术图谱的同时，为我们提供了一个中国杂技艺术吹沙见金、与时俱进、改革创新的当代视野，这对中国杂技艺术未来的发展繁荣具有积极的借鉴意义，体现出很高的学术价值。

在继承中创新，在创新中发展，是文化建设的不竭动力，《中国杂技发展研究》的出版，是我省杂技理论研究的一项重要成果，也是我省杂技艺术工作者在创作实践中勤于思考、执着探索的理论结晶。在这本书里，我们既看到了民族传统文化精粹的延续，也看到了时代艺术精神的勃发，更看到了艺术工作者登高望远、不懈探求、豪迈进取的决心和信心。我们相信，在文化大发展大繁荣的春天里，在文化强国、文化强省的奋进征程中，在全省广大杂技艺术工作者的共同努力下，杂技艺术传统与现代相融出新，创作与理论并驾齐驱的生动局面即将到来，古老的杂技艺术将焕发出新的青春活力，中国杂技这颗东方艺术明珠一定会放射出更加璀璨夺目的光芒。

是为序。

2012.2.6

（本文是陈育新文论集《中国杂技发展研究》序）

艺臻通达　创新不竭

四川山川秀美、物产丰足，从古至今学统绵延、文风兴盛。历代如扬雄、司马相如、三苏、廖平、郭沫若等著名学者文人灿若繁星。进入现当代以来，虽然地处内地，但受益于四川深厚的人文底蕴和长期形成的优良学风，诸多学人以筚路蓝缕、玉汝于成的文化自信，广纳旧学新知，融汇国典西学，贯穿历史当下，在多个门类取得了众多开风气之先、闻达于国内外学林的重大成就，成为四川文化大省的坚实支柱。

王世德先生就是其中的代表者之一。

王先生是著名的美学大家、文艺评论家，四川大学文学与新闻学院教授，国务院有突出贡献专家特殊津贴终身获得者，四川省文史研究馆馆员，四川省美学学会主要创立者，全国目前唯一美学理论旬刊《美与时代》学术编委，对我国美学理论、美学实践发展具有开创性的重要贡献。

王先生学贯古今，艺臻通达，著作等身，创新不竭。作为著名美学家，他组织编写的我国第一部《美学辞典》，对中国美学著作的写作和研究起到了开创性的示范作用，成为美学学者案头必备参考书。他开创性地提出“美学就是审美学”，颠覆了传统美学的抽象、晦涩印象，转而把美学与大众戏剧、美术、舞蹈、音乐、电影、电视、摄影、书法、杂技、广告、根石、旅游、休闲、饮食烹饪、老年养生，甚至数学、物理学、现代通信技术等紧密结合，打通美学和其他学科相融相连的通道，开拓了文化美学、艺术美学、生活美学的广阔空间，为后生开创性治学树立了楷模。虽届耄耋之年，而犹存老骥伏枥之志，视野、观念丝毫不让中青年俊贤，新作佳作仍然不断面世。此次结集出版的《王世德文艺审美学文集》（巴蜀书社2012年版），共四卷，洋洋百万余言，其中就有很多是第一次和读者见面。读者即使不能逐一细研此次结集出版的四卷《文集》全部，仅兴之所至读取一二，也当能强烈感受到王先生深厚的学术底蕴、广泛的学术兴趣、严谨的治学风范和始终坚持理论与应用相长的治学态度。

王先生有句名言：“美学研究在坚持基本理论研究的同时，要面向现实，加强应用。”我把这视为理解王先生数十年如一日始终保持学术青春不老、研究视野常青、创作笔耕不辍的钥匙。王先生出身教育家庭，虽生逢乱世，但因家学缘故很早就接触了文学、戏剧、电影等文艺样式。他15岁开始发表文章，在校期间即参加演出、导演实践，在苏州地区文工团、苏州市文联期间深入工厂、工地、农村排节目、当演员、搞创作。改革开放后，他参加了全国第一次美学会，主持创建了四川省美学学会和高校美学分会，是四川大学美学研究所的主要创始人之一。他曾在成都航校搞“美育试验田”，培训美育师资，成立全省中专美育会。多次到通、南、巴革命老区和全省其他地区的中学、职业学校听美育课、做美育报告。他用自己丰富的生活积淀，扩展了美学的研究视野；用自己不断的亲身实践，证明了即使传统意义上的“纯学术”也可以为生活服务，为现实服务，为提高大众的精神情趣服务。王先生用自己的实际行动和兼容并蓄的学术品格，践行了文艺“为人民服务，为社会主义服务”的正确方向。他终其大半生专注于美学研究，在部分学人焦虑、彷徨、迷茫，一些领域以“审丑”为时髦，一些人听闻“崇高”而哂谑的当下，始终高扬审美大旗，研究美，发现美，传播美，唱响美，显示了他坚定的学术自信和秉持文以载道、以文化人的强烈担当精神。

巴蜀文化，绵软似水，厚重如山。无论是“道法自然”的道家文化、和谐包容的川人精神，还是慷慨激昂的革命传统、与时俱进的现代创新意识，都给人以独特的审美体验。美学作为一门重要的基础性学科，历来在传承巴蜀文化精髓、巩固四川文化大省地位上担负着重要使命，在各个时期都发挥了重要作用。授业于斯的朱光潜，出生于此的王朝闻，数十年乐在其中的王世德，都对四川美学发展，乃至中国文化进步作出了突出贡献。当前，中国处于社会大发展、大变革、大转型的关键时期，文学艺术领域有着空前丰富的研究客体和表现对象，各类有意义、有创见的文艺主张都可以在这里得到独特的精神启发。特别是党的十七届六中全会提出建设“文化强国”，为包括文学艺术在内的社会主义文化发展繁荣打开了异常广阔的空间。我相信，有王世德先生这样德术双馨的前辈引领带动，有着良好文化传统的巴蜀学人，一定能在文化大发展大繁荣的新的历史征程中，以更大的文化自信、更坚定的文化自觉，为建设一个更加强大的文化中国作出更大的贡献。

美哉，美学！

美哉，世德先生！

是为序。

2012.3.9

（本文是《王世德文艺审美学文集》序）

在写实的坚守中展现情感

“余长明风景油画·人体艺术展”即将在岁月艺术馆开幕，谨表示热烈祝贺。

长明同志是一位从公安队伍走向社会的艺术家，近些年来，他的作品在全国的许多展览中获得好的奖项、得到很好的评价。在30多年的油画创作历程中，他一直执着坚守自己的艺术信念，以直面人生的创作态度观察、捕捉现实生活中富有精神价值和艺术魅力的人和自然加以表现，用画笔为我们呈现出一幅幅现实主义色彩浓烈的艺术佳作。

在这个艺术观念、艺术流派和艺术表现方式异彩纷呈的时代，人们的审美倾向和艺术家秉持的美学原则都在演变，在社会生活和艺术创作的洪流中，长明同志没有盲目赶时髦、随大流，而是默默坚守，不问浮嚣，以扎实的写实功力、真诚的创作态度努力探寻，执着追求。多年来，长明同志全身心投入创作，以独特的审美追求，表达深刻的思想内涵。他的作品以主题油画为主，兼顾民族风俗、人体艺术、自然风光，作品或以其真诚善良的表达让人心生感动，或以其美好情感的传递让人如沐春风；或以其描摹人生的真实让人身临其境。不管是艰难困苦的纪实表现还是田园牧歌的写意生活，不管是静穆平和的自然风物还是温润柔美的人体艺术，每幅作品都倾注了他全部的心力和情感。

从根本上说，艺术是以情动人，长明同志的作品具有深沉的感染力，重要的因素就是他把饱满的情感赋予了笔下的作品。这种情感来源于他对艺术的长期坚守和对生活的无比热爱。比如汶川特大地震发生后，他多次深入汶川、映秀、北川等重灾区，收集资料，采风写生，创作了《最美丽的妈妈》《坚毅·凝重——胡总书记与温总理在绵阳机场》《立体救援》《激战堰塞湖》等一批主题油画，引起极大关注。我们相信，这些优秀的艺术作品一定是来源于对生活的情感共振，这是长明同志的优势所在。也正因为这种情感的倾注，长明同志的作品才以强烈的真实感、深刻性和唯美、朴实、向上的写实风格深受各界欢迎。

真诚希望长明同志秉持自己的艺术风格和艺术追求，从火热的现实生活中汲取艺术营养，不断探索和创新，在今后艺术创作中取得新的更大成绩。

是为序。

2012.5.17

（本文是“余长明风景油画·人体艺术展”序）

沉静自从容

冀邢新作问世，嘱我作序。虽恐力有不逮，但还是欣然受命。作为冀邢的朋友，借冀邢新作出版发行机会与大家分享自己多年对其人其文的感受，也是一件乐事。

冀邢最广为人知的成就是导演了电影《焦裕禄》、电视剧《叶挺将军》等数十部叫好又叫座的优秀影视作品，获得过华表奖、金鸡奖、百花奖、飞天奖、“五个一工程”奖等几乎所有国内主要影视奖项和荣誉，是影视界名副其实的实力派。在导演的身份之外，冀邢还是一位多产的文学作家。他的文学作品，既有《老娘土》《超导》等影视剧本，也有《兄弟》等小说，洋洋洒洒共计百万余字，成果不可谓不丰厚。

冀邢是一位有着浓郁人间关怀情愫的作家，其作品往往聚焦于大时代波澜中个人的命运沉浮。多年的影视导演工作，又使他善于把小说丰富的喜剧冲突、复杂细腻的人物内心世界以影像感强烈的文字叙述出来，一些影视拍摄手法，如快速剪接、场景变化、声音过渡、特写等也都被运用到小说创作中，使其作品具有了鲜明的个性。《爱情往事》就是这样一部有着典型“王氏风格”的长篇小说。小说别出心裁，以主人公后人的视角讲述了父母一生纠缠牵绊的缘聚缘散，反映了红军长征、抗日战争、解放战争、抗美援朝等几十年波澜壮阔的宏大历史画面。作品构思精巧，人物个性鲜明，语言简洁传神，情节跌宕起伏环环相扣，既有花前月下的柔情，又有浴血沙场的壮志，绵密细致的情感描写与纵横捭阖的革命叙事巧妙穿插在一起，让人读来不忍释卷。

文学是人学，人永远是文学描写的中心。称职的文学创作者，必须对人的情感、性格和命运有深入的理解和同情。这要求作家要有一个平和的心态，在平和沉静之中观察烦躁繁杂的世界，慢慢地把掌握到的东西融会贯通。小说创作是把自己所有奔放的情绪、生活的强烈情感，包括艺术技巧，完全理解了之后，慢慢化为自己内心的东西，收敛之后再放出来。它是一种理智的、理解了的东西再发挥，跟现代艺术讲求直接的喷发不一样。冀邢在这方面一直都做得比较好。《爱情往事》除了高明的叙述技巧和丰满的情节设置，对人物的刻画也可谓入木三分。小说中，同是革命青年，同是热血男儿，秦怀璧和李莽一个严谨笃行，一个粗犷豪放，都写得有血有肉，立体饱满。而母亲的形象则更为动人，从几个细节就可见一斑：母亲初闻秦怀璧时“心中一动”，见面时“春潮萌动”，再见时“耳热心跳……心里有些莫名地慌乱”，情到浓时在日记中直呼“亲爱的怀璧大哥，你听到我的心声了吗？我们能永远在一起吗？”一个敏感多思、情感炽烈的少女形象跃然纸上。不仅如此，作者还把人物置于激烈的矛盾旋涡中，在冲突中充分展现人物性格。母亲挚爱秦怀璧，却为了坚守神圣纯洁的爱情理想，忍痛拒绝秦的求爱；她深爱自己的丈夫，却为了精神和事业的独立，近乎不近人情地始终坚持“不愿意当家属”，最终成为家庭分裂的导火索。可以说，柔软善感的情怀和自立坚毅的性格，注定了母亲坎坷波折的一生，令人扼腕感慨。显然，母亲的性格已经不能用单纯的“对”或“错”来评判，每一个读者，都会从中读出自己的答案。这也恰恰显示出冀邢高超而娴熟的人物塑造能力。

不能不提到的还有小说独具特色的地域文化和强烈的生活气息。乡愁是碎片化的当代人在这个快速变化世界最真实的感受。冀邢在北京读书，长期工作在四川，但他的灵魂之根却始终深扎在故乡山西小城。山西风情、风俗、风物，成为他创作的重要源泉。翻开小说，源远流长的三晋文化气息扑面而来：土得掉渣又充满生命力和表现力的山西话，醇厚传神；特色鲜明的饮食、婚嫁等习俗，耐人玩味；《左权将军》《小亲个蛋》《拥军歌》等热辣直率的民歌，令人动容。小说还将党内刊物《上党红花》、“牺盟会”、“背大刀的黄衣马队和黑狗子警察”等当时在山西真实存在的史实与小说虚构性情节交融，赋予了作品厚实的现实质地，让读者有“回到现场，触摸历史”之感，扩大了审美视野和想象空间。所谓“诗，可以兴，可以观，可以群，可以怨”，真正打动人心的文学作品，不仅要有高超的表现技巧，还必须具备对现实人生的关注和思考。有统计显示，2010年首次发表和出版的长篇小说有两千余部（中国现代文学馆《2010年中国文学发展状况》），可见当前创作和出版的火热。但人们也发现，个别作品或因作者积累不够，或出于哗众取宠，一知半解、有意无意地戏说历史、曲解历史，回避崇高、消解崇高，在客观上对一些不健康思想意识的传播起了推波助澜的作用。作家需要沉静，任何杂念和浮躁都能从作品反映出来。心境平和，摒除妄念，潜心创作，才能逐渐有所进步。因为，一切有价值的文学作品从来都不是靠无病呻吟或炫技猎奇获得长久的生命力。

冀邢作为一位年轻的老艺术家，在正确看待和表现历史这一点上，无疑是把握得比较到位的。所谓“大事不虚，小事不拘”，应该是小说家在创作历史传奇作品时应该坚持的基本底线。《爱情往事》较为真实地还原了传奇年代革命者丰富多彩的情感生活，写出了共产党人既有儿女情长，更重责任和使命的精神境界，引发读者对自由与责任、个人命运与民族前途等问题的深刻思考。我相信，这对文学创作者或者文艺评论家都会有所启发。

是为序。

2012.7.3

（本文是王冀邢小说《爱情往事》序）

多棱镜中的世界

四川多山，数川汇流，江风山韵孕育了颇具特色的巴蜀文化，受这种文化的雨露浸润，四川大地走出了不少文化名人、文艺方家。在当代文学丛林俊秀之中，就有包川。

包川进入文坛并不算早，而立之年，她才以新人的姿态在文学界崭露头角。但她厚积薄发、出手不凡，在20世纪70年代末起发表作品，就已有名气了。此后，加上沙汀、马识途、李致、陈之光等老作家的赏识和关怀指导，包川在文学创作的道路上跋涉前进。80年代，她接连在《人民文学》《当代》《中国作家》等一流文学期刊上发表了《高音喇叭》《相见》《唱》《门》等多篇作品，逐渐成长为一位具有独特风格的成熟作家。纯从数量上看，包川的作品算不得高产。但她以独特的文学审美关注现实，带着历史感观察社会，跳出个人世界的小圈子，沉潜下去发掘日常生活一地鸡毛底下奔腾汹涌的时代洪流，从纷繁复杂的社会现象中发现美、提炼美、创造美、展示美，为生活放歌，为时代立传，给人们以美好的愿景和期待，使其文字更显深沉、博大和健康。

前些时候，她回顾整理多年来的思想结晶，精心择取代表作出版作品选，为自己的创作做一个小结。将书稿交我时，她很诚恳地要我随便翻翻，很想听听我的“意见”。她很看重我的意见，重到让我都觉得有点“过”。但是，那是很认真的，绝非客套与敷衍。作为包川的忘年交，她一直是我敬重的大姐，多年来欣赏和关注她的创作。因为她真诚的“过”，我没有理由不认真对待，仔细拜读了这厚厚的两部大著。在我看来，包川的作品可以用八个字概括：“棱镜虽小，折射七光。”

真诚的情感是包川作品的基石。真情实感是文学的生命，优秀的文艺作品之所以感人，就在于作者抒发的是真实感情。感情愈真淳，愈能震撼读者的心灵。刘熙载说：“诗可数年不作，不可一作不真。”《包川作品选》（四川文艺出版社2011年版）处处见真情。她在塑造普通人物形象时，总是将视角聚焦在小人物美好的品格和情怀上，努力地发掘他们的心灵美。她善于在社会万象中采撷最具代表性的人和事，截取生活中的小片段，从普通人日常生活中最有人情味的闪光点入手，如邻里和谐、朋友互助、母子情深等等，以细腻的笔触表现人们的喜怒哀乐，倾注着对人物真诚的理解和同情。如《链条》《唱》《孑孓》等作品塑造了从城市待业青年到文化馆领导、农村姑娘等一系列人物，描绘从邻里纠纷、男女情爱到工厂改革等一幅幅多姿多彩的社会画卷，以此展现80年代变革期社会日新月异的发展变化和由此带来的人心深处暗暗涌动的情感潮汐，读来无不让人动容。

1980年起包川的工作岗位从工人变为杂志编辑，这给她的文学创作提供了新的平台，使她能够以更加开阔的视野思考人生，观察社会，丰富写作。她总是以己之真情打动读者之心，用真情浸润生活，滋养人生，感染读者。她曾在《创作杂谈》中说，作品要具有历史感，“每一个人，每一件事总是和社会生活、民族的历史联系在一起的，在动笔之前，认真思索一下所写的人物、事件在整个历史长河中的位置，它的源远流长，它发展的必然趋向”。例如，她在《为自行车，干杯》中，不仅揭示“文革”给人们心灵深处造成的深深伤痕，更以赤诚之心注重反思，以主人公大勇之口指出，人们不能一味指责“四人帮”欺骗群众，更要反省自己为什么会轻易被愚弄；《相见》笔墨凝重，笔调深沉，笔锋尖锐，塑造了一个被社会“运动”得失去情感活力和学术激情的中年教师——江老师，在外界折腾中身心受到折磨和摧残，在自我压抑中灵魂受到煎熬和戕害的形象，以此探讨知识分子自身的脆弱性。包川看到了人的心灵暗处和痛处，以包容和同情的心态，发现和书写人的自责、自罪和赎罪，拷问和安慰我们的良心和生活，在典型的环境中展现了复杂多维的人物性格，让人长久挂怀……她已不再局限于忧患与反省，而是在独立思考的基础上，对人与人、人与社会、人与自身的关系进行了深层的开掘和独特的探索。在包川看来，不管什么时候，“只要内心足够强大，外界的伤害真的算不得什么，外伤不过是皮毛，而只有内心的自罪自虐才是揪心的！那种自觉有错自觉该脱胎换骨，凡事都考虑该不该这样那样，而不敢考虑想不想这样那样，这种自我压抑之痛苦是无法言表的……”包川的创作正是用生活琐事、凡人细行折射时代的巨大转折，不论是赞扬还是呼唤，哀思与叹息，遗憾与惋惜，都给人一种力量，这种力量是人们向往和追求真诚而美好的生活的源泉。她对人物真情实感，使她发掘他们的美就像从贝壳里拣出珍珠，就像从河海里淘出黄金，让我们体味到一种陌生化的新鲜感，使其作品显得更加厚实蕴藉。正如马识途老所说，“她用女性特有的纤细和舒卷自如的笔触，去刻画那些凡人们的悲欢和憧憬。”

独到的审美眼光是包川作品最吸引人的地方。小说，是一种美的艺术，更是一种美的发现。托尔斯泰说过：“愈是诗的，就愈是美的。”包川作为当时文坛有代表性的作者之一，胸无尘滓，心无俗念，怀抱清旷，宁静淡泊，总能以明慧的心眼，从独到的审美视角，创作出见心见性，让人心醉神迷的佳作。她勇于自我超越，不断探索新的表现形式和叙述技巧，不断用让人耳目一新的作品，表达对社会、人生、人性的独到见解。包川乐于展现生活中的美好，也长于调用现实主义的批判精神，获得一种直达读者内心深处的独特审美震撼力。如《链条》《今天是几号》《门》中抨击一些工厂领导走后门招工、结党营私、谄媚上级的不正之风；《高音喇叭》表达了她对十年动乱中，人们精神空虚，整天忙于无聊的唇枪舌剑斗争的痛心和无奈；《浓雾》《雨过天青》《买卖》中为待业青年的无奈处境、精神困惑和不公正遭遇呼告；《四路车轶事》以钟大爷之口叹息路人自私自利的冷漠。这些作品不仅让社会生活中那些阴暗污垢无所遁形，并且以鲜明的情感立场表达出作者的爱憎，让人们看到作者直面现实的勇气和对公道正义的呼唤与坚守。尤其是她的短篇小说《办婚事的年轻人》，该文一经发表便被评为1979年全国优秀短篇小说，给她带来极高声誉，引起了文坛的关注，也奠定了她在文坛的地位。全篇除了必要的背景交代，主要就是两个年轻人的对话，但在拉家常似的对话中，把川人的幽默风趣的秉性、爱人之间的体贴温情、两个年轻人对未来的美好憧憬和整个社会摆脱压抑之后的积极进取情绪都淋漓尽致地表现出来。小说的结尾，小伙子对姑娘乐观而自信地说："最困难的时刻就要过去了，目前，我们再咬咬牙，以后，会越来越好的……"我一直为这句话感动，我认为小伙子是个哲人。《相见》中，江老师和"我"十六年"见"与"未见"的惆怅与痛楚，心灵的解析与回归，质疑心灵暗处与物质世俗之间的牵扯，我始终为这件事动容，我认为江老师也是个哲人。

精妙的白描是包川作品最大的艺术特点。包川眼光敏锐，观察细致。她总是尽力地、执着地品味人生滋味，开掘作品深厚的哲理内涵。她作品的显著特征就是白描手法的成功运用。写人、写物、写景都不施重彩，而是饱蘸着轻轻的池水，淡淡地勾勒，笔墨总是经济得近于吝啬，不肯多著一字。但就是在不长的篇幅中，寥寥几笔，就把人物特征、事件经过交代得栩栩如生、晓畅明了。那种流淌在朴素文辞中的刚毅、干练、冷峻、细腻、温馨、抒情和逻辑梳理，洋溢着才情毕现的思辨色彩和人文精神。鲁迅曾说："白描却没有秘诀。如果要说有，也不过是和障眼法反一调：有真意，去粉饰，少做作，勿卖弄而已。"她写人，站在你面前的都是栩栩如生血肉丰满的形象，她写景，向你捧出的朝霞晚露、淡月疏星、寒山瘦水、老树古藤，皆成自然造化之美。人与物，情与景相互映照，以特定的环境显示人物的特定性格，表现出的小说题旨的确定性和不确定性，凸显张力、批判意识和审美价值，加深读者真实自然之感，喜怒哀乐油然而生，读后韵味无穷，深有所思。她每一篇小说几乎都有深刻的寓意，表现出一个较大的主题，如《今天是几号？》，不是靠猎奇的故事情节引起人们的注意，而是通过开国元勋、吴姐、何三姐、黄夫子、郑妈妈、王老头、考勤员等人物命运变化推动故事发展，将笔触深入人物内心的纵深处，在情节转换过程中嵌入曲折动人的细节，于婉讽中对改革成败、工厂兴衰、世态炎凉展现透彻，从而在情感上俘获读者的心灵。《唱》以广阔的社会众生相为对象，苟二妹、陈三妹、江铁匠、吴军等为生命而完善灵魂，忘情显示自我，他们在卡拉OK中，长途贩运中，价值实现中，生活渐趋富裕，精神逐渐丰富，自我得到张扬，虽然各种隐忧不断，但斑驳陆离的生活场景构成了小城需要的多色阳光，缀成一副“清明上河图”。多样的人物性格、深刻的小说题旨、富有张力的审美取向、长跨度的时空变换，都在看似不经意实则非常考究的叙述中一一呈现。小说在白描间，气势如水银泻地，浩瀚深沉，景象万千；在不温不火中，神韵似流水潺潺，沉稳内敛；像一条涌动的暗河，让人感受到力量。阅读起来既轻松也凝沉，总有一种沉甸甸的感觉，但是也很有亮色，这源于作者对生活的深刻认知，对人物原型异常熟悉，对技巧熟练的运用，显示出包川驾驭语言和题材、结构文体的功力。

丰富的想象力为包川的作品插上腾飞的翅膀。由于白描勾勒必需将精力集中于描写人物的特征，往往只能用几句话，几个动作，画龙点睛式地揭示人物的精神世界，以少胜多，以“形”传“神”，因而艺术的想象力就显得尤为重要。包川的想象力是丰富的。想象就是广度，想象就是美。包川的作品之所以具有丰富活跃的想象力，一方面得益于她对生活敏锐的洞察力，能在表面看来风马牛不相及的事物上发现共同点；另一方面是因为她内心世界的丰富，胸中洋溢着遏止不住的激情，能随时鼓动起想象的翅膀。想象力是个神奇的东西。因为想象，可以变无形为有形，化抽象为具体，甚至可以使无生命变成有生命，无人情变成有人情。雪莱说：诗是想象的表现。散文《桫椤树》，打破时间和空间的界限，超越现实与幻想的鸿沟。时而飞天，时而着地，时而人间，时而仙境，时而回溯远古，时而漫游未来。我们知道，艺术到了极高境界，尤其是诗与画，总会不自觉地表现出一种宇宙感，一种一厢情愿、神魂颠倒的痴迷之情，一种物我一体、天人合一的浑然意境。包川眼观四海，思接古今，把经验记忆中沉淀的各种表象重新组合、改造成为新的形象，物我不分，虚实莫辨。读她的作品，明显感觉到她似乎与世间万物成了同类，成了朋友。因而，大自然的日月星辰、江河山岭，都心甘情愿地奔到她笔下；天地间的树木鸟兽、花草鱼虫，都活蹦乱跳地跃然纸上，构成一个有灵有性有声有色的生命世界。深挚的感情，绚丽的形象，奇妙的构思，精巧的语言，借助于奇异大胆的想象而自然而然地呈现出来。

博大的爱心是包川创作审美情感的内核。她写什么，既有理智的考量，更多则是由感情决定的。她笔下的人物和描写对象，都是她感觉过、体验过、深爱过的，都是真正引起她内心激动过的。许多作品流露出人类最深的爱——亲子之爱和恋人之爱。只有热爱生活的人，才能更多地发现、更深刻地感受到生活的诗意、美和爱。《母爱》创作源于一次偶然。两位过路的陌生男青年关于母亲去世后就可以顶替就业的轻松谈话，令她瞠目结舌。不过，在辗转反侧不眠的当夜，她又站在母亲的角度，替大龄而无业的儿子着想……于是，她的敏感有如伤口初愈的肌肤，花落水面也能溅起灵感，鸟鸣枝头也能扣响心弦。迅即将零碎的，无意的，在常人眼中平淡无奇、索然无味的一切激活，以身边熟悉的事物为材料，另造一个奇异绝妙熟悉又陌生的生活场景来代替现实。使之具有了深刻、含蓄、厚重、感人的意蕴。我们看到母亲勤劳善良一生，常常“自怨、自责、自恨、自罪”，为儿子工作“操烂了心”，然而生活的困境又使她力不从心，诀别之语竟然是儿子终于“可以——顶替我——了！”弥留之际“那个微笑、安睡的慈母闭着的眼睛正在落泪！”……在抑扬起伏、哀怜委婉中，慈母之爱过于人，歌泣无端字字真，强烈地敲击着读者的心房。包川以自己敏感的大爱之心、高超的文学表现力，带给我们长长的思索。关于她的影剧作品，她都收在《浅尝辄止》里，看来，她并不满意自己的这些尝试。但正是这些创作，显示出她内心涌动的博大爱心。童心是真诚的、敏感的，也最需要呵护扶持。《我的儿子》和《丁丁流浪记》都以孩子为主角，表现残酷现实对儿童纯真世界的侵入和破坏。《我的儿子》把故事时间设置在“文革”期间，围绕“我的儿子”洪实在严酷的动乱时代的所见所闻展开，表现其在人际斗争中无所适从的痛苦困惑，以小见大地揭示出荒谬的政治运动狂热病对本真人性的戕害，也把诚挚的母爱表达得酣畅淋漓。《丁丁流浪记》以小流浪儿丁丁的艰难生活经历为主线，展示了乞丐、窃贼、骗子等社会边缘人的沉沦和挣扎，对流浪儿童的悲惨命运给予了深深的同情。作品透过孩子清透如水晶的眼睛和心灵来观察社会与人生，使儿童世界的单纯与真实和成人社会的尔虞我诈、倾轧斗争形成了鲜明对比，正如王富仁所说："她展开的是一个儿童的心灵世界，也是她沉潜在内心深处的求真求美的愿望。"这些作品在充分展示包川内心深处对一切美好、善良、大爱的不懈追求中，也以浓郁的基调和深沉的人性关怀，使其带上了巴金老《随想录》的底色，体现出巴金、李劼人、马识途等四川作家一脉相承的对人民、对国家和民族命运的自觉承担精神。

文学家的创作个性是五彩缤纷的。当我们阅读包川的作品时，就能十分清楚地看到她丰富的心灵色彩和独特的个性经历。读她的作品，犹如观赏一面奇幻的多棱镜，一瞬间的颤动，便能使它呈现出色彩斑斓的个性图案来，并总能从似乎透明的阳光中折射出绚丽的七色光芒，为我们展示生活的多种可能。但她又谦谨自持，宠辱不惊。包川是不考虑私利功名的。我们见到的包川，总是面带微笑，从容，淡定，娴雅。不是读了她的文集，真不敢想象她还有坎坷曲折的经历，有着近乎传奇的人生。多年来，包川靠的是顽强的意志、执着的精神、不懈的追求、乐观的态度，笑对人生。她在作品集《逝水滔滔》（四川人民出版社1984年版）扉面题的是："才能是一种悠久的耐力，用功吧！"短短一句话，就点石成金，营造出了一种美好的境界，让人心生美意，味之不尽。这是文学作品成为永恒的生命力所在。这也是《包川作品选》出版的意义所在！

是为序。

2012.7.27

（本文是《包川作品选》序）

艺术的礼赞

一位牛仔，表面沉静而内心刚毅。他不戴牛仔帽，不别左轮枪，从茫茫大漠中，驱乘一辆二手小货车，从新疆一路下东南，横穿甘肃诸市县，把青海、陕西丢在身旁，经过近一周时间、总共三千多公里的长途跋涉，昂首挺进四川成都。他的车上，不是牛仔惯用的弹药或套索，也不是赏金或猎物，而是满满一车厢绚丽夺目、震人心魄的精美胡杨油画!

2011年7月，刘拥来川办“千年胡杨大漠风光”油画展。展览非常成功，那一幅幅华彩艳丽、新奇独特的胡杨画，让观赏过的人至今还津津乐道。而尤使我难忘的，是他那传奇式的运输方式，让我对这位温文尔雅的老朋友有了新的认识。从那以后，一说到刘拥，我脑袋里就浮现出美国西部片里那果敢、刚毅、智慧、不屈的勇者牛仔形象。刘拥学中国画出身，后转入油画创作。初攻人物肖像和风景，一次大漠腹地之行，被胡杨奇特的造型、艳丽的色彩、奋发的气势和强悍坚韧的生命意志所折服，从此开始以胡杨为主要创作题材，并收获了“胡杨画家”的美誉。胡杨有“生而一千年不死，死而一千年不倒，倒而一千年不朽”之说。显然，胡杨倔强、顽强的品质和孤傲、不屈的风骨，已经深深烙印在刘拥的个性、品格及作品之中，或者说，他在胡杨身上找到了某种灵魂的呼应。

一般意义而言，与文学创作相似，绘画是个人体验的艺术表达，是画家个人意识与客观世界相互激发、生成并因此具有形而上本质的独特产物。刘拥的胡杨画正是他精神世界的映照。他笔下的胡杨，在不同光照、不同地势下，颜色或灰白，或碧绿，或金黄，姿态或半倾，或挺直，或弯斜，律优美、韵自然，色彩绚丽、清新隽永，情调独特、意悠境远，给人一种辽阔的沧桑美感；每一棵树的天然肌理经过油画颜料的堆积、刮削，都表现出鲜活、苍劲的生命质感，似父亲坚实的臂膀，如母亲温润的胸膛，意蕴独具，意境深远，观之无不让人感动赞叹。可以说，刘拥是在对绘画艺术的忘我追求中去体悟在艰苦环境中坚强生存的胡杨树，去感受胡杨蓬勃顽强的生命意志和自然界的神奇壮丽，去与天地和自然作无言的交流！他用手中的笔，表达出对生命的热情礼赞，抒发出对伟大时代的讴歌和赞美。

油画属于舶来品，经过一百多年的发展，在题材内容、审美情趣、表现方式等方面都已经本土化，成为日常美术创作的一个基本画种。刘拥的画，想象力十分丰富，既充分运用了油画在空间和色彩造型上的表现优势，熟练地运用规律性的语言，又融入了中国画在意境营造上的技法，构图立体深邃，色彩细腻厚重，意境气韵生动，极富诗情画意。金黄抢眼的胡杨树、灵动多姿的大漠鸟兽、富有生活化的牧民房屋、恰到好处的溪流植被……新疆常见的生活题材在他极具浪漫色彩的笔调下缓缓流淌，有如从大自然中拓印出来一般，仿佛即将汇入大海的河流来自四面八方，让远隔千里的人们对那片遥远的土地、勤劳智慧的人民、奇异的景致充满好奇，产生出极其强烈的对话感。他把绘画的典型对象——胡杨树，通过独一无二的典型形象——“千年不死、千年不倒、千年不朽”，表达出典型的精神诉求：新疆人民，进而中华民族坚韧不拔、挺立不屈、世代相续、生生不息！其技艺之精湛，艺术视角之独特，倘若没有厚实的生活基础、真挚的感情基础、扎实的基本功和艺术修养，要做到这一点基本是不可能的。以生命之美感动人心、鼓舞意志、净化灵魂，这大概就是刘拥作品所具有的精神价值吧。赏刘拥的胡杨油画，专业人士可以看到造型、构图、用光、色彩、笔触等绘画技巧，普通观众能从中读出深刻的精神内涵，即使完全没有受过艺术教育之人也能神游其中，尽享艺术之美。

四川自古是中国艺术发展重镇，人杰地灵，大师辈出。四川人民热爱艺术，尊崇艺术家，也善于艺术创造，受天然地理条件影响，形成了开放、包容、渴望与外交流的精神气质。在当今这样一个信息时代，无论是建设文化强省，打造“巴蜀画派”，还是追赶艺术发展潮流、提升艺术家个人修为计，都需要越来越多的本土艺术家主动走出蜀中，在全国乃至全世界的平台上展现四川艺术的魅力，不断提升四川艺术的影响力和话语权。同时，我们也需要更多像刘拥这样的优秀艺术家加盟，为四川艺术发展带来新的创作灵感和表达空间，在跨文化、跨地域的激荡中开辟四川艺术发展新境界，为提升当代中国文化软实力作出更加积极的贡献。

是为序。

2013.4.15

（本文是《大漠长河胡杨风采刘拥画集》序）

听从心灵的召唤

还在20世纪80年代中叶，我刚调到宣传部，就认识了包姐姐。当时她已经发表了多篇小说，出版了专集，可算是声名在外了。后来因工作关系，在一些文化研讨会、作品改稿会上，我们很多观点彼此一致，也就熟悉了。包姐姐生活的七十年，正是中国发生翻天覆地巨变的七十年，风云激荡，人世如白驹过隙，其经历就是一部当代史的缩影。早就听说包姐姐有打算要把这部微缩的“当代史”诉诸笔端，一直翘首企盼。今天，这本《影像故事》（天地出版社2015年版）终于要面世了，我还有幸受嘱在出版前写点体会，蒙受厚爱，自然当仁不让。

《影像故事》内容丰富，视野开阔，以图文并茂的形式，记录了包姐姐数十年来的人生体验和人生见解。在流畅、自然、亲切叙写中，道出了许多人似曾相识的，或隐或明的人生经历和真实感受，从中可以窥见时代变迁的印辙，感受人情的冷暖。特别是记述了许多与知名作家、艺术家交结的逸闻趣事，保存下许多鲜为人知的故事，尤为弥足珍贵，使《影像故事》既有较高的文学价值，又具有难得的历史和文学史价值。包姐姐说，回忆过去就像重返久未居住的老屋，初时战战兢兢，再则亲切惊喜，最后感动温馨。在书中，在故事、旧交的不断闪回中，这种情感的波折和丰富性，使得本书既新鲜有趣充满人情味，又处处显出世事洞明的智慧和通达。

本书分两个部分，分别记述所接触的文艺界人物和个人生活历史。在《良师益友》这一部分，包姐姐描述了众多她认识的文坛前辈、知己和朋友。她不仅是有建树的作家，还长期从事杂志《人世间》《四川文学》编辑工作，这使她有机会近距离接触到许多知名作家和重要的社会活动人士，见识到他们很多不为人知的真性情、大风范。个人影像故事，宽泛地讲，也属于文学范畴，是人类的生活方式，经过历史的积淀而成，所记录的内容应该远比人们习惯认定的更为广阔、复杂、丰富、久远和生动。悠久的历史、丰厚的人生，各色名人，不光是属于包川姐姐，也当属于文学。包姐姐以她独特的眼光和视角，在影像故事中对自己所经历的各个时期留下了记录，显示了对它们的深切关注。包姐姐认为她和影像故事中的人和事都与历史、人文融为一体，对这种曾经存在过的历史场景、文学景象，应该记录它们，保留下它们的面孔。在回忆对自己文学生活产生重大影响的沙汀、艾芜、马识途等四川文艺界前辈和时任省委宣传部副部长李致的关怀和帮助时，她着重描述他们对自己这个年轻后辈的提携，充满了浓浓的感激之情。如写沙汀密密麻麻地批注自己的作品，并当面商讨，又多次指点写作的技巧和选材，甚至到处呼吁为她的创作提供必要的物质条件；写马识途和艾芜第一时间关注她发表的新作，帮助她分析写作的优缺点；李致副部长，顶着巨大的压力为《人间世》的用稿承担责任等等。虽然着墨不多，却以近乎白描的手法表达出作者感念前辈故交的丰富情感，具有极强的感染力。书中还记述了一些名家性情中十分可爱可亲却不为外人知道的性格特点。如冰心的直言不讳、冯牧的平易近人、陆文夫的洒脱真诚、刘亚洲的远见卓识、贾平凹的朴实义气、莫应丰的耿直风趣、高晓声的善良多情等等，常常是三言两语，就使人物的言行举止跃然纸上，性格特点栩栩如生。品鉴这样的文字，我们的心灵也会受到感染，情感也会得到升华，感到作者就是值得我们信赖的朋友，就是我们难得的知音。观《影像故事》，既有读唐人笔记小说简约古雅、恬淡精致的舒畅，也有品《世说新语》“明畅不繁”“简约玄澹”的味道。这些描述，也为文学史留下了作家研究的宝贵资料。

第二部分《往事如歌》，可以看作是包姐姐成长史的粗略回顾，从幼年到古稀之年“长途跋涉，跌跌撞撞”“感谢生活的对我的磨砺”。包姐姐出生在新中国成立前，父母都是响当当的名牌大学的学生。父亲包缄三学识深厚，踏实沉稳，母亲赵坤良娴雅古典，知书达理。书香之家，耳濡目染，让她从小就养成勤奋好学的习惯。虽常常身体乏累却享受着心灵的充实和愉悦。她一门心思要考清华大学建筑系，梦想却被现实无情扼杀——当然，如果包姐姐当年真考上了清华大学建筑系，可能今天我们的地标建筑中会多一个崇尚中国清雅风格的设计家，文坛却要少一个出色的编辑、作家。五六十年代，磨难纷至沓来，先是求学受挫，接着是父亲郁郁而终，这成了她心中永远的伤痛。父亲去世后，坚强的母亲担起了家庭的重担。1964年包姐姐被学校勒令退学，1968年被撵到门市部补胶鞋……一次次打击，狠狠锤炼着这个年轻的姑娘。她一度绝望得几乎崩溃，夜夜悲泣，导致全心炎直至病危。幸得益于朋友的患难情谊和多年来的学识滋养，她保持振作、清醒，把自己从一种苦痛的状态当中解救出来，笔耕不辍。卡夫卡说过这样一句话，你活着的时候应付不了生活，就应该一只手挡着袭击而来的重物，另一只手去记录在废墟中看到的一切。我认为他说得对，那些生活中有价值的事，并不是生活的美丽，大都是生活的悲苦。岁月的更替、时运的变化，没有改变她用影像记录人生的进程。她的姿势始终如一，她的眼神淡定从容。1971年开始，包姐姐有剧本相继问世并排练上演。正是凭了这“臭老九死性难改”的执着和“竹杖芒鞋轻胜马，谁怕？一蓑烟雨任平生”的坚忍，她度过了人生最艰难的时期。这种追求使其作品呈现出情真意切的宽广的艺术空间，使其笔触纵横于广阔的生活天地。天道酬勤。1979年，已过而立之年的包姐姐获得了第一个重量级文学奖项“全国优秀短篇小说奖”。她成为当时文坛冉冉升起的一颗新星。事非经过不知难，国家不幸诗家幸。多舛的命运、坎坷的经历，成为她文学创作最直接的素材来源。她用火一样的热情，以青春易逝、时不我待的紧迫感，把社会见闻、人生思考、情感追求都化作了笔尖源源不断流泻而出的一篇篇、一部部出色的小说、剧本和专著。

方寸影像一瞬间，风华缠绵七十年。本书的每一幅图片，每一段文字，都可以看作是包姐姐对过去七十年的致敬：致敬生活！致敬师长亲朋！致敬自己无悔的人生！正是通过这一张张亲切、熟悉的面孔和画龙点睛般清雅质朴的文字叙述，我们看到了那一批与共和国共同成长的长者的多面的风采，一位年届古稀的包姐姐家国天下的傲人风骨。“好的文艺作品就应该像蓝天上的阳光、春季里的清风一样，能够启迪思想、温润心灵、陶冶人生，能够扫除颓废萎靡之风。”《影像故事》，可以当此评价吧。

莫道桑榆晚，为霞尚满天。我相信，《影像故事》一定会为中国当代文学史研究提供有益借鉴。我期待，包川姐姐笔耕不辍再出新作。

是为序。

2014.12.27

（本文是包川散文影像集《影像故事》序）

以书为媒

深居盆地，毗邻高原，李白曾叹：“蜀道难，难于上青天。”然而随着时代的发展，科技的进步，如今天堑变通途。今天，当我们踏着青石板走过寻常巷陌，细细抚摸着窗楹栏杆的雕梁画栋，可能难以想象，早在唐朝、元朝，就已经有外国友人穿越蜀道，将巴蜀旖旎的风土人情化为笔下的字字珠玑，展现在世界面前。

《外国人眼中的四川》（四川人民出版社2015年版）旨在通过对历史上外国友人对于四川的书写刻画的梳理，在历史的尘埃之中，将散落的四川文化标签串联成线。从古蜀文明延绵至今，两百多万年的历史渊源，今日的四川，马可·波罗见过的廊桥不复当年，但是锦江河畔却有了更多的异域身影；小酒馆、咖啡屋虽在大街小巷林立，可公园里的茶馆依旧高朋满座。我们的生活既是历史的变化，却也是历史的继续。我们来自何处，身在何处，又将通向何处？唯有历史本身方能指点迷津，给出最为准确的回答。透过这些历史文献，我们看到的既是变化中的四川，也是被历史验证后的四川。历史与历史在这里交织，时光与时光在这里相遇，我们不仅能够在这些外国作家笔下看到一个更加全面、更加丰富、更加完整的四川，同时也将看到一个更加生动，更加鲜活，更加具有生命力的四川。

同时，《外国人眼中的四川》系列丛书着眼于世界与四川之间的联系，从而拓展了世界对于四川以及四川对于世界的影响空间。从四川文化本身而言，外国友人的书写令四川的文化因子得到丰富，有益于挖掘被本土文化固有观念所淹没的文化元素，是对已有的文化的补充。从世界角度而言，丛书也成为面向世界介绍四川、展示四川的一大平台。以文学交流为媒介，用文字将四川文化展现出来，让可观可感的风光习俗变为纸间的生花妙笔，本身就是对四川文化的一种丰富。同时，四川文化可谓博大精深，传承到今天，除了绵绵在我们的日常生活中发散以外，大多数文化载体都因时代的变迁，有受众减少之虞。如何把它们更好地介绍给外国读者，需要仔细斟酌。以远古外国友人的书写来介绍四川，追赶着时间的川流不息，跨越了各国间的文化差异，让四川文化以一种更加亲近、更加本真的姿态走向世界，在更广阔的范围内得到传播，从而消除了文化陌生所带来的抗拒和排斥。

一个地区文化上的生命力就像一个人的风度、学养和气质，眉宇之间横陈一切。文化上的传承赋予了一个地区的元气和根基，而把这一元气和根基延续到今天，并使其保持旺盛的生命力，则是一个地区文化强大与否以及能否影响世人的根本保证。

地区文化需要传承、丰富，甚至塑造，以《外国人眼中的四川》来对外传播四川文化，既立根于本土文化优势，又充分利用外来智慧对本地资源进行凝练升华。既是对固有文化的坚守，同时也是对外来文化的吸收。另一方面，由于四川地处西南，偏居盆地，尽管如今发展日新月异，可是世人眼中的四川和现实的四川仍旧存在不小差异，以《外国人眼中的四川》的出版为契机，正好可以打破这一固有观点，既展现古老神秘的四川，也呈现时尚开放的四川，将多元的四川一道展现在世界面前，相映成趣的同时，这种对比与差异也势必成为地区发展新的文化名片。

巴蜀文化作为中华文明的重要内容之一，不仅以其高度的文明傲然于世，而且以其深厚的底蕴传承延伸。要实现四川跨越式发展，不仅需要强大的经济力量，也需要把巴蜀特色文化融入文化软实力战略当中，进而形成强大的文化力量，以文化来宣传文化。书籍的出版能够将人类世代集聚的智慧和发现、思想和情感薪火相传，发扬光大。虽然每一时代的局限的个人受限于生命都会随着时光流逝而退出历史舞台，但其中出类拔萃的卓越之士的精神却可穿越历史，泽被深远。书籍的出版活动就是留意采撷人类精神的奇卉丽葩或缤纷落英，维护人类的骄傲和尊严。以书籍的出版为载体，通过书籍来传播地域文化，既把更加丰富的文化元素“请进来”，也让独具一格的巴蜀文化“走出去”。如果说文化交流是一把开启心灵的钥匙，它能让不同国度、不同肤色、不同文化背景，甚至不同意识形态的人相互理解，彼此欣赏，从心底萌发出美好的情感，那么，就让《外国人眼中的四川》这把钥匙打开对外展示四川形象的一扇新的大门，向世界介绍一个文化的四川、开放的四川，一个真实的四川、友好的四川。

是为序。

2014.12.31

（本文是序《外国人眼中的四川——唐·元卷》导读）

隽逸难却乡情扰

乡情，可能是中国人内心深处最复杂的情愫。

在我们的文化传统中，以思人思物思故乡为主要内容的乡情表达一直是反复咏叹的母题。《诗经·小雅·采薇》一句“昔我往矣，杨柳依依；今我来思，雨雪霏霏”让无数游子征人心灵震颤了几千年，“四面楚歌”的悲壮传说把故土乡情与历史机运诠释得淋漓尽致，陶渊明“笃意真古，辞兴婉惬”（钟嵘《诗品》）的隐逸田园诗则打开了通向每个人心中最美好的乡土世外桃源之门。魏晋以降，特别是到了唐宋，托画言志、诗画融合之风大盛，国事家事个人喜怒哀乐纷纷入画，推动一种分类并不怎么科学的品类——文人画——高姿态进入主流画坛，并最终成为最能代表中国人诗性品格的艺术形式之一。作为典型的农耕文明社会，文人画从一开始就承担起表达文人墨客乡情愁绪的任务。远的如李唐的《采薇图》、赵孟頫的《鹊华秋色图》，到了近现代，吴昌硕、齐白石、张大千等画坛名宿，都有大量乡情题材画作留世，成为今天人们回溯那个时代人情世风的“望乡台”。德国诗人诺瓦利斯说："哲学是一种乡愁。"在我们，乡愁是一种哲学，它不仅指向有限的乡村空间、过往的人物故事，更包含深厚的人文情怀、深刻的历史思考和深沉的文化内涵，是中华民族生生不息的精神脐带。熔铸在文人画中的乡愁，注定会更润人心脾，直抵七经八脉。

任光荣先生生逢家国困顿，遍尝人世艰辛，少年志于美术却苦于拜师无门，在极其艰难的情况下凭借坚强的毅力和天生的绘画禀赋，习各家画法之长，糅各派风格之要，竟自成体系，独为一家，在人才济济的巴蜀画坛站稳了脚跟，获得美术界的普遍赞誉，这真可谓当今画坛的一大励志奇事。他把或苦涩艰难，或甜蜜喜悦的成长记忆与坚实的国学修养相互融合，以画追思先贤，用画寄托情思，取文学抒情之法行丹青妙笔之事，以守护精神家园的心态表现自己对自然人生的潜意识的独特感受，为人们呈现出一个思接千古、静谧雅逸的乡情世界，成就了他"乡亲画家"的美誉。任光荣深得古文人画的精要，读其作品，满眼古韵，满口乡情，满身宁静。

任光荣的绘画作品题材广泛，举凡人物、山水、花鸟无不涉猎，在手绘瓷器上也有独到功力。他的画以写意为主，同时又吸收了油画、版画的长处，笔法徐疾顿挫有致，用墨浓淡相生变化自如，构图精致巧妙恰到好处，诸如《留得枯荷听雨声》《二月春风》《客舍青青柳色新》《古别离》《雁飞声》《引吭高歌》等等，清隽洒脱有之，绚丽泼辣有之，或含蓄内敛，或情感奔泻，古而不滞，拙而不纳，笔、墨、水、色融会贯通，画未成而意已壮，往往通过极简的墨彩组合，就把观者想要表达的千言万语诉诸纸帛，让人心生戚戚。画之灵在空不在巧，所谓“笔愈简而气愈壮，景愈少而意愈长”，任光荣是深谙此道的。陈衡恪先生曾说：“文人画有四个要素：人品、学问、才情和思想。”任光荣的画具有鲜明的文人画风格，这从选题、笔墨和每幅画中蕴含的风韵就能很明显看出他的“野心”。在很多场合，他也毫不避讳自己对传统文化的神往敬仰之情，表示对杜甫、陶渊明和王维的诗词尤其痴迷，对摩诘“诗中有画，画中有诗”推崇备至。他的画“立身画外，心存画中，泼墨挥毫皆成天趣”（〔清〕唐岱），是中国传统文化与特有的乡情山水相结合的产物，是个人文学艺术修为的外在表现。正如有人评价的那样，他的画不事雕琢不囿古法，既没有明显的仿宋痕迹也少见摹明的印象，给人一种清新不俗之感，有一种中国哲学内蕴的含蓄美。只是在传统的文人画风之外，他以自己一贯不为物役、不被法拘的绘画风格，给文人画注入新的元素，或许有人不以为然，但这不正是任光荣一贯特立独行之处吗？近年任光荣的作品有意无意渐渐褪去了覆盖其上的鲜艳着色而回归黑白灰的传统，这不应该简单看作他风格上的妥协，而是他对自己绘画哲学和审美认识的深化。

一方水土养育一方人。生于斯长于斯的任光荣，其画一墨一彩，其文一字一句，其人一言一行，处处都烙着深深的家乡风土印记。他的山水画带有四川山水明显的大开大合之气，如《点溪荷花》《开轩迎翠客来访》《山里云深夏亦寒》之类，山石高耸，谷深树拔，秘径通幽，意蕴深长，高、平、深、阔兼具，既可见蜀道之险峻又可体川人之闲逸，虽不至青城不访峨眉，亦可观高山有仙气、大水生龙相。如果不是从小就浸泡行走在蜀水巴山中，是很难画出这种神韵的。而在拼幅《乡园情韵》中，他则满含深情地向人们展示了川西小院的静谧优雅和温情朴实，山水环抱，绿树浓荫，似水似云，如梦如幻，仿若桃源仙境，勾人无限遐思。说到任光荣其人其画时，都避不开会谈到他的百米长卷《四川依然美丽》。据说，他本来是打算创作一个“岷江千里图”的，画到30米长时，突遇“5·12”汶川大地震，于是转而表现震后四川依然美丽主题，从青川、北川、汶川开卷，尽收九寨沟、青城山、都江堰等人文自然景致，向世人展示“水润天府，灵秀郁苍，天下四川，壮美辉煌”，画作内涵深邃广阔，意蕴曲尽其妙。这样的拳拳之心，绝不是凭空而降，恰恰是长期激荡在他胸中的浓烈乡情的直观外化。任光荣的“乡情画家”之誉，当矣！

任光荣青年出游，壮年归国，如今年届古稀，仍然勤耕不辍。他长居海外，对“乡情”有着独特的体验。他把“乡情”的种子播撒到世界各地，感染了无数游子，成为众多华人与家园故土相勾连的桥梁。这是他的成就，也是四川画坛的骄傲。感谢他对四川美术事业发展，乃至祖国与华侨交流所作出的巨大贡献。

祝任光荣先生艺术之树常青。

是为序。

2015.5.30

（本文是《任光荣的绘画艺术》序）

行吟在岁月的臂弯里

《透过时间的缝隙》（四川人民出版社2016年版）已是川荣的第三本诗集了，作为老友，我由衷为他高兴。蒙川荣抬爱，嘱我为他的新诗集作序，外行之人，深感惶恐，唯有细细捧读，以不负信任。

我的理解，诗歌天生就是因为美，而且是为了美而存在的，是用最简洁的语言来表达美的意境，并在语言和意蕴上有所创新。好诗，应是内容与形式的完美结合，激情与理智的完美结合，简洁与深刻的完美结合。读好诗读到深处，便会感觉有芳香漫出来。在这一点上，川荣的诗应该是达到了。细细品味川荣的诗，就能强烈地体会到深藏在里面的情感，时而如水般柔情，时而如火般炽烈，时而是淡淡的忧伤，时而是深沉的哲思，让人如沐春风。读诗的过程仿佛与他一道，携一壶陈年的好酒和一把久违的干胡豆，微醺、自在地行吟在岁月的臂弯里。

川荣是真诚的。真诚是诗人最优秀的品质。正如川荣在前本诗集后记中所说“作为诗人说的都是真话”。他对生活充满激情，用真心去发现生活的美，感知一草一木，一人一事，情深意至时，便用手中的笔写出了他内心的真实感受。我们的社会正处在转型期，不免充斥着浮躁喧嚣，难以让心灵安顿下来，诗歌也深受其影响，在挣扎、在呻吟、在徘徊。川荣却在诗中写道“我是爱的使者/请你交出生锈的钥匙/让惊慌失措的阳光，安静下来”（《我是》）；“鸟儿张开翅膀想象，山峦靠近/落叶生出凄凉/用一支笔，写出严肃的思考/或者，画下周围的风景/当爱像潮水般聚集/又迅速散去/它们撤离时留下的珠贝/仿佛把一串孤独的心/留给大地”（《小路》）。川荣作为业余诗歌创作者，在繁忙的工作之余，携诗同行，笔耕不辍，燃烧着对诗的火焰，澎湃着对诗的激情，不间断地在诗歌园地里撒播真诚，这种对诗的挚爱和坚守让人敬佩，更展现出他难能可贵的文化自觉和文化担当。

川荣是浪漫的。浪漫是他诗作的主基调。他的诗里大量出现的是大自然的元素：太阳、月亮、黑夜、风、雨、河流、落叶、花儿、鸟、鱼……还有自己心灵的痛苦、迷惘、思念、梦幻……他总是把爱情想得五彩缤纷，这或许就是浪漫主义诗歌明显的特点了。看到路边的海棠花，他写道：“好像你身体里的时钟/正在苏醒，我从小路走过时/看见微微打开的朵朵艳红/仿佛给春天，下了一场/红红艳艳的爱情喜雨/我目不斜视，不敢看你的眼睛/怕它满脸通红，泄露了/大家的心事。怕多看几眼/春天就已远去”（《海棠》）；在3月的阳光下，诗人细腻地捕捉春天的情愫，“姑娘的眼睛像大海/神秘而又安详，眼睛里面藏着珍珠、珊瑚和羞涩的碧绿/我抑制不住内心的渴望/吻了她处子的嘴唇/仿佛一艘风情万种的小舟/顷刻颠覆，许多小鹿/在我们身体里奔跑，放纵”（《在阳光的陪伴下》）。这是一种浪漫主义的回归，一种久违了的诗歌传统的回归。从他的不少爱情诗中你或许可以发现一些雪莱的影子，徐志摩的影子，发现我们早年读过的文学史上一些诗人的影子。在一个缺乏纯真理想和信仰的年代，这种回归尤其可贵。

川荣是敏感的。从他的诗作中，我感到诗歌成为他的一种思考方式，就是总处于要写诗的状态，处处用诗眼观察，时时用诗魂思考。他总是能从大家见惯不惊的寻常事物中发现别样的诗意，我想这应该是诗人最让人钦佩的特质了。“有些意外/连见多识广的空气/也屏住了呼吸/仿佛相遇时的窃喜”（《无法访问》）；“亮着灯的高铁，呼啸而去/惊醒了正在午休的灯具”（《黄昏还在进行》）；“无处投递，你的那份从容/自信。从另一个世界/带回冬的前身，还是不惧寒风的松针”（《雪》）；“回不去的小路/藏身岁月的指缝间/躲在鸟儿的内心犹豫”（《我已经老去》）。在川荣的笔下，身边风物都有灵气、有个性，构成生生不息的美妙世界，那种质感，那种触感，都是属于诗人的“稀有金属”。我感觉川荣始终要将思考的敏感与诗歌的意境结合起来，希望在写作中打造一种魅力、一种力量、一种真理和一种吸引力，以一种简单的写作形式去言说全部，考察所有，这也许是诗歌追求的一种境界了。

川荣是充满想象力的。我曾问过一位著名的诗人，作为诗人最核心的禀赋是什么？他回答，是想象力。这无疑是川荣的强项。一是“历史想象力”。如《沙棘子》，从普通的沙棘子上，他看到的是狼烟和驼铃，是整理行李的马帮，是十万火急的救援信号，是关山月下快马加鞭的奔跑。这种“历史想象力”要求诗人具有历史意识和当下关怀，因而这样的诗有巨大的整合能力，它不仅可以是纯粹的和自足的，同时也会把历史和时代生存的重大命题最大限度地诗化。在这方面，川荣的文物、文史工作经历显然为他的诗歌创作提供了强大助力。二是“奇特想象力”。川荣的诗常有异乎寻常的衔接，随情思流动而变化万端。一个想象与紧接着的另一个想象之间，意象的衔接组合也是大跨度的，极尽才思敏捷之所能。他这样形容春天的到来，“亲，你怎么能松手呢/这是春天咬着花儿的时候/我看见深深浅浅的吻痕/印满春天的新衣”（《在阳光的陪伴下》）；他又这样形容寒流的到来，“寒流，劫持了三月/悬挂在半空中/思念的旗帜/一再被风的大手，揉碎/花容失色的大地/卷缩在废弃的墙角，像一群/溃败的士兵”（《只是我不出声》）。活跃、丰富的想象力极大地推动了川荣诗作的纵深感和跳跃度，使他的诗作不断出新，绝少重复。

一本诗集，100个让人感叹不已的精彩，我随着诗人在时间的缝隙里快意穿梭。拜读几遍后，目光仍难舍诗卷。也罢，容我再期待吧。好在川荣还在书写。

是为序。

2015.7.27

（本文是赵川荣诗集《透过时间的缝隙》序）

时代的悦耳响声

巴蜀大地历来崇德向善。自蚕丛、鱼凫以降，四川圣贤相传，礼乐相济，仁义相谐，为中华道德文明注入鲜明的巴蜀基因。

革命战争时期，保路运动，辛亥首义，川北第一个苏维埃政权，川军抗战，无数四川先烈舍生忘死奋战在中华大地。开放奋进时代，包产到户的创举，农民工大军的奉献，地震灾后重建的悲壮与豪迈，众多巴蜀儿女用道德的力量丰富着华夏古国的精神内涵。

习近平总书记指出："实现中国梦必须凝聚道德力量。"新的征程上，四川坚持贯彻党的十八届三中、四中全会精神，积极培育和践行社会主义核心价值观，扎实推进公民道德建设，大力选树四川道德模范，构筑新的道德高地，树立新的道德标杆。截至2015年8月，四川184人当选全省道德模范，王顺友、曹于亚、谭东、赵刚、文建明、菊美多吉、罗玮等七人当选全国道德模范，蒋敏、林强、唐俊等27人获得全国道德模范提名奖。道德成为美丽繁荣和谐四川的精神标识。

为了不断彰显道德模范的崇高品质，放大道德力量的感召作用，激励更多的巴蜀儿女秉承先辈的道德基因，展现新时期川人的道德风采，四川省文明办通过深入考量、精心策划，邀请成都军区文艺创作室著名军旅作家康纲联，历时一年时间的采访和创作，推出了宏观描写“三农”典型人物的大作，生动刻画农业战线上诸多旗手形象的长篇报告文学——《田野上的旗手》（四川文艺出版社2015年版）。

康纲联先生从四川三届、全国四届道德模范中，精心遴选出十个不同岗位的农村典型人物，多方位多角度多层次，娓娓讲述他们举旗带队克难致富的生动故事，以鲜活的生存现实告诉读者：无论改革开放怎么深入发展，田野上的旗手，对农村坚持共同致富的作用，始终而且必然是十分重要的。作品的精巧立意，充满了一股铿锵敲打正能量的悦耳响声。

全书十个章节分别推出的十个模范，具有十种风格、十种特色、十种力量，每一个模范，都在不同的职业、职责、事业范围内，充分表现出了他们为群众致富披肝沥胆、呕心沥血的高贵品质，每一个“掌旗者”引人奋进的故事，都能激起读者热血澎湃，雄心腾飞，受到极大的鼓舞和震撼！

一位镇党委书记，身患绝症，八年生死战贫乡，带领干部群众奔小康；一位老支书，前后用了五十年的时间，历经坎坷，持之以恒，潜心带领农民致富，把一个贫穷落后的山村，变成了具有现代化新态势的新农村，让山里人变成了城里人；一位具有千万资产的民营企业家，返乡新任党支部书记，耗资600万元，为村民修路，调整农村产业，创办新农业，直至为群众的利益献出了自己宝贵的生命；一位外出经商致富的青年农民，回乡担任村主任，带领村民开发新产业，种植水果、花卉、茶叶，几年之内，就打开了全村致富的大门；一位打工者，在外刻苦练成高级技工，突然思乡心切，回归故里带徒、办学传艺……他们正是新时期巴蜀大地上的新乡贤，正是巴蜀父老乡亲们致富路上的举旗人。

习近平总书记指出："精神的力量是无穷的，道德的力量也是无穷的。"助人为乐模范、见义勇为模范、诚实守信模范、敬业奉献模范、孝老爱亲模范，四川众多的道德模范们谱写的是道德乐章，镌刻的是大写人生，承载的是民族崛起，放飞的是中国梦想。有了这份道德的支撑，有了这种精神的引领，必将凝聚起推进"四个全面"战略布局的强大正能量，使我们在谱写"中国梦"四川篇章、奋力推进"两个跨越"的道路上高歌奋进，一路向前！

是为序。

2015.8.18

（本文是康纲联报告文本学集《田野上的旗手——四川省十大道德模范带领群众共同致富大纪实》序）

为天地立心　为好人立传

北宋著名理学家张载说过：为天地立心，为生民立命。指的是为社会建立精神价值，为民众确立生命意义。创作出版《天地英雄——四川道德模范报告文学集》（天地出版社2015年版）的目的，即在于此。

古往今来，巴蜀大地礼乐相传，崇德向善，孕育了深厚的精神品格，培植了崇高的价值追求，为无数巴蜀儿女遵从、践行和弘扬。在这片德行深广的土地上，古圣先贤、道德模范、“四川好人”代不乏人，辉映千古，光照后世。

近年来，四川积极推动依法治省和以德治省相结合，大力加强社会公德、职业道德、家庭美德、个人品德建设，引导人们向往和追求讲道德、尊道德、守道德的生活，形成向上向善的强大力量。我省在基层广泛设立“善行义举榜”，积极开展“最美教师”“最美家庭”“最美警察”等系列“最美人物”主题宣传活动，层出不穷的凡人善举被挖掘、被宣传，他们的精神和故事一次次激发着全川人民向上向善、崇德尚义的人性追求，引领着越来越多的普通人从中汲取精神养分、感悟道德力量。在“四川好人”和道德模范评选活动中，先后有1302人登上“四川好人榜”，306人荣登“中国好人榜”。特别是在道德模范评选宣传活动中，截至2015年8月，四川184人当选全省道德模范，王顺友、曹于亚、谭东、赵刚、文建明、菊美多吉、罗玮等7人当选全国道德模范，蒋敏、林强、唐俊等27人获得全国道德模范提名奖。这些身边好人、最美人物和时代榜样，如同璀璨的星辰闪耀在巴蜀星空，照亮别人，温暖人心。

道德成为美丽繁荣和谐四川的精神标识，道德模范成为新时代巴蜀儿女的精神标杆。

为充分展示我省公民道德建设丰硕成果，展现新时期四川人民的道德风采，切实发挥道德模范的示范引领作用，进一步推动全社会形成知荣辱、树正气、促和谐的良好风尚，四川省精神文明建设办公室、四川省作家协会组织巴金文学院签约作家创作出版了《天地英雄——四川道德模范报告文学集》。

本书作者安昌河、郭金梅、黎民泰、张学明、尹向东、钟正林、凌仕江、杨虎、罗伟章、倮伍拉且、林雪儿、贺小晴、郑国耀、王棵、曹琨、颜歌、熊理博等17位优秀中青年作家，是四川当代文坛的中坚力量，在全国文学界向有声誉。他们认真贯彻习近平总书记在文艺座谈会上的讲话精神，积极响应总书记“书写和记录人民的伟大实践、时代的进步要求，彰显信仰之美、崇高之美”的要求，从我省众多道德模范中遴选出19位事迹特别突出、与作家创作理念创作风格相契合的典型，历经近一年的时间，深入道德模范们的生活和精神世界，深度挖掘道德模范们的感人事迹和高尚品德，写出了19篇温润心灵、感人肺腑的报告文学。透过这一篇篇小文，读者可以真切地触摸我国器官移植史上无偿为陌生人捐肝第一人罗玮那颗滚烫的心，清晰地看见常年架着双拐行走在乡间小道上的老中医侯方杰佝偻的背影，温情地感受“仁义哥”王冬和“厚道翁”李光全因车祸带来的责任与宽容，深刻地体会深山信使王顺友在漫漫邮路上无边的寂寞，亲切地聆听黑水民兵在一场场生死决战中吼唱的歌声……一件一桩，闪耀着道德的光芒；一点一滴，焕发出榜样的力量。

这是一部“有筋骨、有道德、有温度”的作品。

这是一部“为人民立言、为时代放歌”的作品。

这是一部“扎根人民、扎根生活”的作品。

大雅出巴蜀，文章焕星斗。衷心希望本书能在广大读者中引发共鸣，衷心希望文艺家们创作出更多贴近生活、贴近民众、铸造灵魂、温暖社会的作品，真正让道德榜样流芳后世、道德丰碑永载史册。

是为序。

2015.8.26

（本文是《天地英雄——四川道德模范报告文学集》序）

诗韵在审美中升华

继出版诗集《爱的小雨》《给雨取个名》《把门打开》后，赵晓梦又推出新作《一夜之后》，给我们带来新的欣喜。前三部诗集着重从他的童年记忆、学生生活、职场经历中撷取点滴，抒发情感，充分展示了他的艺术修养和诗坛成就。这部诗集侧重回顾近两年来与诗歌相伴的人生履痕，续写着他携诗同行，笔耕不辍的诗歌创作历程，是作者心血的又一次结晶。

诗是一种指向，一种高度，从诗作中可以看到诗人的境界和追求。赵晓梦的诗歌创作已然进入诗坛有影响的行列，而且还在“急流勇进”。他对诗歌痴迷、执着，自小坚守至今。他的创作态度严谨，对自己的诗作有高标准、高要求且与时俱进，追求具有丰厚人文精神的美学理念和艺术品位。改革开放的30多年是中国当代史上最富色彩的时代，坎坷的历程、奋进的艰辛、成功的鼓舞、复兴的辉煌，负载着丰厚的历史内涵和人文内涵，也带来了新时期中国文艺思潮的多元化发展。一是现实主义焕发出新的生命力；二是以现代主义为代表的各种思潮此起彼伏；三是“雅”“俗”文化相融互补的结构性大调整。多元化的双刃剑使当代文艺创作良莠不齐，泥沙俱下。诗歌也受实用化和功利化的影响，价值观变得更为开放而杂乱，常常因为过于现实化而导致审美理想和艺术精神的沉沦，导致审美价值的弱化乃至缺失。然而，我们却从晓梦现实主义的书写中看到了对审美的坚守、对价值的追求，难能可贵。初读晓梦的诗时，不免有些隐虑，直面具体的场景，会不会让诗作成为分行的纪实文字？但那些飞翔跳跃、充满诗意的文字告诉我，担心是多余的。他的《季节词典》，既是节气时令的诗意表达，也是人生之旅的情感再现。在这里，我们不仅仅读到了节气之于时令变换的记录者赵晓梦，听到了夜莺之于夜晚的歌者赵晓梦，闻到了玫瑰之于花园的园丁赵晓梦，读到了思考人生际遇的智者赵晓梦。在《隧道》，他感受到了人生隧道如同一张坚固的蜘蛛网而人在其中的渺小无奈："……但是隧道，仍然呼啸向行/隧道前面还是隧道/隧道旁边还是隧道/隧道上面还是隧道/隧道下面还是隧道/隧道连着隧道/像一张坚固的蜘蛛网/从未顾及过你的感受……"在南京《乌衣巷》，他想到了刘禹锡，思考的是人与自然的对应关系，历史演进和文化传承："……巷口还在/夕阳还在/怎么看它就是不斜/就差那么一点/就缺那么一点/即使你复原得再逼真/也是复制品/仅供游人/到此一游的留影背景板。"赵晓梦的诗关注当下，又能从现实中升华，他常常能够从纷繁的日常生活与事物中提取核心因素，以朴素的语言揭示坚守的理由，捍卫生命的主权，并从中折射出诗人的人生观、价值观，实现诗歌力量的抵达。如《攀枝花》《马湖》《瓦切的格桑花》《米易》等就是在对当下和现实的关注中，凸显他的写作态度，让理想精神获得现实指向。

诗人是美的创造者、正义的宣示者，从诗作中可以感受到诗人的责任和力量。今天的世界，社会结构深刻变动，利益格局深刻调整，思想观念深刻变化，伟大的时代需要当代诗人进一步增强社会责任感和历史使命感，心无旁骛、潜心磨剑、精雕细刻，深刻地反映传统精髓、时代精神，为当代中国留存强大“正能量”。“诗人就是每天送给我们面包的人。”（聂鲁达）从赵晓梦的诗作中，我们看到了作为媒体人的思考与作为文化人的担当。他坚守诗人的责任使命，寻找并张扬社会中的光明和温暖，为奋斗着的人们提供精神支撑。他有主见，有定力，不浮躁，不跟风，在创作中始终坚持以现实主义为主调，不放弃对生命本真的感受和体悟，广纳百川、不拘一格，充分汲取中外艺术经典和当代艺术流派的滋养。他对中国儒家美学观所心仪的“比德”即向善的功能，道家美学观所追求的自由、“娱情”的美的境界多有领悟，并用符合大众审美习惯的方式导引诗歌创作，给予读者一个心灵皈依的栖息地，让诗歌成为“美善相乐”的精神家园。他善创新，他的创新能力得益于他的理念和视野，得益于他的只管耕耘、不问索取的“孺子牛”精神。如写父亲的文字已是汗牛充栋，赵晓梦的《父亲》《家书》却另有滋味，不经意地写到他“当年求学时背过的挎包/父亲说东西还是旧的用着习惯/父亲我行我素/固执地往返成渝两地/既不愿老母亲到城里呼吸雾霾/也不愿小孙女回乡下遭蚊子咬/宁愿自己挎着一个红色旅行包/将两边的消息用体温来传递”的这段记忆，这倒是独特的细节处理。父亲对儿子的用心要儿子去体味，也只有体味出父亲的良苦，父子之情才能透过纸背，延伸于生命的整个历程。赵晓梦的创作没有被消费主义、享乐主义格式化，他的诗作对现实和历史的较深介入、对地域生活的多样呈现、对当下生活的形而上思索等等，无不体现出他在敏锐注视时代变化，以独特而深刻的方式反映当代人真实的生存图景，故而他在创作时总能以丰沛的情感体验、超然的审美品位、优雅的音节韵律，燃起自己心头激荡的热情，带给读者许多美的享受，为人们搭建了一个缤纷绚烂的精神驿站和心灵家园！

《一夜之后》（四川文艺出版社2015年版）是一部思想性和艺术性结合度较好，质量上乘的诗歌作品，尽管在篇目的选择上还可以更严格些，以使全书的艺术风格更加和谐统一。应该说，当一个诗人达到技术上成熟之后，更重要的是境界，是内心的丰沛，是对美好的唤醒，是对正义的追寻，这正是赵晓梦和他的诗作给予我们的力量。我为结识这样的诗人倍感欣慰。

是为序。

2015.9.16

（本文是赵晓梦诗集《一夜之后》序）

在梦境里快乐修行

人最大的幸福，莫过于能心无旁骛地干自己热爱的事情，并在其中不断求索，直到梦想成真。在我看来，王梦雪就是这样一个用画笔追逐梦想，充满幸福感的“80后”女孩儿。艺术不是她的职业，她只是跟从内心，向往美好，选择坚持，在梦境里快乐修行。

王梦雪自小爱好绘画，16岁就远赴俄罗斯留学，在圣彼得堡国立大学攻读国际新闻学的同时，又在列宾美术学院进修油画。俄罗斯深厚的艺术积淀和难忘的求学岁月给予了她充沛的艺术滋养，也激活了她与生俱来的艺术灵魂。7年后学成归国，她决然地选择了专业油画创作，选择了她擅长的生活方式。

从青涩到成熟，年轻艺术生命的勃发总是令人欣喜而充满期待。从艺术策划到进入画院，从建立工作室到举办个人画展，一路走来，今天的王梦雪已然是一个小有成就的油画家了，但这些艺术成就作为她构建美好世界的砖块，搭建得相当从容，我们从她身上几乎看不到任何功利色彩，她只是专注地在艺术海洋里浸润、吸收、升华，不放弃任何一个学习、进步的机会。秉持着对艺术的一份诚恳，她在油画道路上激情自由地追寻，技法更加纯熟、眼界更加开阔、步履更加坚定。

一个画家要想创作出好的作品，首先要向自然、向生活去索取、去发现，然后再回到自己的内心，将情感化为语言、线条、色彩和文化厚度。纵观王梦雪的油画作品，《雪季》《行走》《女人》三个系列是她的创作主线，至少目前是如此。从中我们可以察觉到，俄罗斯漫长的冬季、广袤的原野，圣彼得堡立体的文化浸润，少年异域独行的性格养成，共同构成了她创作的原始图景。在这样的图景中，王梦雪的创作激情如火山般喷发，用手中的画笔将思索、向往、追求和蕴藏在青春基因里的力量浓缩于画作，在属于她的艺术旷野上“乘风逐雪”。

当前，在世界经济一体化，信息全球化和文化多元化的背景下，油画艺术正经受着价值观、思维方式和文化理念等多维度的激烈碰撞，不断适应当代人不断升华的审美理想，创造具有时代特色、时代精神和个性特征的作品，是当代油画面临的现实课题，也考验着油画家的智性才能。王梦雪在油画创作上坚持自己的方向，每一幅画作里都有她静静思考的影子，呈现出深沉与坚韧、忧郁与孤傲并存的品格，她没有跟风趋势，而是以平和宁静的心态，立足于油画表现对象和语言个性的探索，用自己的眼光和思维过滤、重组、表现心中的景色。她以清辉的总体色调铺展画作，微妙处理色彩的冷暖关系，淡淡忧郁中不乏阳光的唤醒，静谧肃穆间时时弥漫出哲思冥想，荒寒苍凉里常常流淌着舒缓的夜曲，展现了画家纯净的精神世界，徜徉其中，令人心境明朗，心生向往。

王梦雪擅长意境的表达。作品意境的形成，是画家本人的气质、性格、学识、修养的综合体现，最能表现画家内心的人文感受和审美情趣。俄罗斯的严寒与青春的生命交融碰撞，赋予了王梦雪作品别样的“象外之景”和“韵外之致”。她用超写实手法赋予景物真实感的同时，更将一种浪漫静谧的气息呈现，让人仿佛置身其中呼吸着新鲜的空气，享受着安静肃穆的氛围。如《西伯利亚苏醒》系列、《雪庄》、《雪村》、《窗外》、《听潮》、《晨曦》、《午后严冬》等一系列作品描绘雪的世界，冬季沉淀的冰雪覆盖广袤大地，干枯的树枝插入云漫舒卷的天空，雪林与村庄融合，雪色与阳光交错，形成恬淡安详的雪中景致，演绎出超时空的象征性意境，折射出强大而宽广的精神涵量。题材虽然是寒冷冬季，但雪色中有隐隐的生机，厚厚的冰雪并不使你感到严寒，反而有些暖意。我认为这不仅仅是绘画技法，而是艺术的哲学，是挚爱自然和生命的艺术表达，读懂她的语言，你会有种力量，向上的力量，无论有多冷，你身上总是有阳光。

王梦雪擅长情感的抒发。笔墨体现内心，一幅好的作品就是情感的艺术宣泄。被誉为现代艺术的奠基人之一的梵·高，用火一样的艺术热情燃烧自己的生命，每一张画作都在讲述自己，所以会在观众中产生共鸣。喜怒哀乐也好，啼笑皆非也罢，在人类共同的情感中，总有一种感动的力量存在。王梦雪的画时常将自然之美与情感之韵结合起来，让人深刻感受到画家内心世界的丰富，给人强烈的内心冲击。《万城》是一幅让我印象深刻的作品，画作中，华灯初上的异域城市以俯瞰的视角向天边密密铺陈，昏黄的灯火随穿城的道路延伸，远处晚霞中的高塔像精神坐标般矗立，整幅画布包容着温暖的人间万象，充盈着浓浓的人文情愫，给人以安详和静谧的美，同时又有一丝丝怅惘、失落和忧伤。读着画作，脑海里浮现一个画面，恍若画家就独坐万城的某个窗前，眸子里的忧郁和遐想，让人产生联翩的浮想和深邃的迷茫。创作跳出了纯粹意义上的自然描摹，而是从外在自然的再现转向心象空间的探索，不是简单地模仿自然，而是对自然的一种精神把握，或者是画家自己情感的自然呈现。再如《遥远有多远》，主人公远行的背影，恬淡的步履，如翼舒展的手臂，漫溯向远山天际的道路，使我们能够感受到一股轻快之风吹入心里，刹那间得到内心的解脱和欣慰，不用描绘太多美景，只是让我们自己去发现，去体会，这种主观情感的生动表达成就了她的画中的又一种独特魅力。

王梦雪擅长特质的捕捉。这集中表现在她的《女人》系列作品中，她善于捕捉人物的表情特征和性格特点，画面生动活跃。作品中，她更多的是从女性自我或个体的角度审视生活中那些常被忽视的细节，发掘那种不经意之间流露出的人性真实，对自我成长经历的记录，对琐屑生活诙谐感的展示以及对自我私密空间的暴露等，都鲜明地显示出她在用油画直击生活、发掘人性的创作态度。在油画语言方面，她不拘泥于传统的写实手法，而是在形象的夸张之中寻找那些可以揭示画面人物心理的语言样式，通过常态中的瞬间或偶然的动作，带给人一种有着丰富内心体验的、充满想象的视觉空间，所表述的绘画主题时常透出一股被放大的童真，展现出一种卓然的内在品质。

听从内心，用一生去追寻是人生的大智慧。逐梦前行，不断出发与到达是人生的大欢喜。祝福年轻的她吧。此刻，未来的道路正在她脚下延伸。未来正来，王梦雪已在其中。

是为序。

2016.4.15

（本文是王梦雪油画集《追风逐雪》序）

激昂之作

近年来，讴歌工人阶级的文艺作品寥若晨星。但丛守武同志献给钢铁工人的《钢是怎样炼成的》（《改革时报》1990年5月1日第4版）可谓一篇佳作。

作品围绕成都无缝钢管厂“保钢”大战，刻画了钢厂工人以不惜“地崩山摧壮士死”的决心，保证“钢铁元帅”升帐的豪迈气概，展现了当代工人阶级的崇高情怀和精神风貌。

作者以真挚炽热的感情，截取“保钢”大战中的几个断面，通过精细的描写和刻画，一幅幅饱浸深情、扣动心弦的真实画面就展现在眼前，引起人们共鸣。汗流最多，出力最大，说话最少，报酬最低的平炉工人们，在“四座平炉三座相继垮塌”后，有几分遗憾，甚至负疚，但丝毫没有懊悔，硬是凭借“老黄牛”精神，提前三天全面完成了平炉的奋斗目标，创造了人间奇迹。“浇钢王”刘作金，对浇钢爱到“发狂”的地步，一上钢台“红了眼”的情形……栩栩如生，具体可感，让人如闻其声，如见其人，如临其境，感慨万千！

作品文笔流畅，高昂激扬，或议论，或抒情，或叙述，或描写，溢透出豪放之气，读罢，雄壮之感顿生。

钢铁工人平凡普通，却又创造出惊天动地、可歌可泣的英雄业绩。他们是祖国财富的创造者，也是文化艺术的开拓者，是四川建设所依靠的最主要的力量之一，文艺的焦距理所应当对准他们。当人们为我国的钢铁总产量达六千多万吨，跃居世界第四位而欢呼时，愿我们的作家、艺术家都能不忘为之辛勤劳作的工人们。

1990.4.16

（本文是评丛守武纪实作品《钢是怎样炼成的》）

选择崇高

在一个全球化与市场化的开放而多样的环境之中，如何发现并探索一种新环境中的理想主义和英雄主义，乃是当下文化面对的课题。罗亮齐的报告文学集《燃烧的英雄花》（成都出版社1996年版）正是对这一课题作出的异常有力的回应。

这部公安题材的报告文学集正是这种理想主义和英雄主义的一首长歌，它展现了在市场经济环境下，在新的体制建构的过程中，为了一个民族发展的目标，为了我们共同的社群，公安干警所表现的智慧和勇气。这部报告文学集有力地昭示给我们的是，市场经济不仅不会腐蚀一个民族的灵魂，反而会赋予它更成熟的智慧和更坚韧的力量，去应对复杂的挑战。我们的时代依然有无悔的英雄，依然有牺牲和奋斗，但这一切都不仅仅是振臂一呼或慷慨激昂，而是为了民族发展的最高利益而作出的理性的承诺，是一种新的社群意识的创生。

罗亮齐为了艺术地再现战斗在公安战线上的英雄风貌，不仅仅着眼于案件的侦破，公安干警的奉献，而是表现出改革开放以来，社会结构的变化及社会潮流的脉动，对之进行了敏锐的观察与体察。他从全景式的表现中切入社会的深层，抓住了诸多新情况和新问题。在这里，作者不仅仅歌颂了公安干警感人的奋斗精神，而且更闪烁着理性的光芒。他理性地审视了当下在高速发展中出现的社会问题。无论是各类刑事案件的袭扰，还是黑社会的渗透，抑或是腐败的出现，还是社会吸毒群体的出现，都是发展的巨大成就之中的阴影。这些问题威胁着、破坏着改革开放的成果。罗亮齐从一个个具体的事件中表现了一种全局性的眼光，一种站在中国发展的潮头审视社会治安问题的广阔视野。因此，全书始终在真挚的感情之中，融入了理性的观照与审视。这就使得它不仅仅让读者感动，更激发冷静的思考；不仅仅为公安干警的奉献而震撼，也获得了理性地面对社会矛盾和问题而明智解决这些矛盾的信心。它提示我们，英雄主义和理想主义一定要在新的历史条件中发展才能永葆其生命力。

《燃烧的英雄花》并没有孤立地塑造英雄们，而是在广阔的背景下展现了一个开放社会的全景图。在这里塑造了一批奉献者的形象，如马生贵、欧阳天、陆晓林等。在这些普通的中国人身上表现出一种强烈的“社群意识”。所谓“社群”，指的是进行一定的社会活动，具有某种互相关系的共同的文化维系力的人类生活群体及其活动空间。社群中的人们具有共同的精神联系及共同的命运感和归属感。社群中的每一分子之间都有生于斯，长于斯的合作与共生的意识。这种“社群意识”凝聚起巴蜀的人们，使得人们具有了一种同舟共济的共同感。人们虽然有巨大的差异，但最终为了一个民族和社群的共同承诺走到了一起。无论是处于决策层的厅（局）长们，还是处于基层的干警们，都在用自己的努力保卫改革开放的成果，保卫我们共同的社群生活，其中虽有困扰和艰难，但最终大家作出别无选择的选择。人们守望相助，互相扶持，共同奋斗。从公安干警的身上，我们清楚地看到“罪犯的克星、人们的卫士”“为了母亲的微笑，为了大地的丰收”是怎样“甘洒热血写春秋”的；从他们身上，我们看到了希望，增强了信心，受到了鼓舞。

1997.12.5

（本文是评罗亮齐报告文学集《燃烧的英雄花》）

天地英雄

东生同志在《天地颂——“两弹一星”内幕》（新华出版社2000年版）这本书的封面上写了这么一句话：“没有一声巨响，世界是不会理你的！”换句话说，一声巨响，世界马上就对你另眼相待。

《天地颂》真实生动地反映了我国从20世纪50年代开始研制原子武器，当时国内物资条件奇缺，国外反动势力又采取种种封锁，实施种种压力，妄图扼杀我国初生的原子事业。在这艰难困苦的环境中，我国有志之士，不怕困难，不畏强权，自力更生，闯出了一条成功之路。本书展现了研制“两弹一星”艰苦卓绝的历程，揭示了研制过程中的内幕，表现了敢于克服困难的勇气，赞扬了发明创造的精神，歌颂了自我牺牲、勇于献身的高贵品质。

《天地颂》具有通览全局的概括力和丰富的艺术想象力。小说结构宏伟，概括了半个世纪“两弹”研制的发展过程，其中情节复杂，头绪繁多，但是布局得当。全书塑造了丰富多彩的人物群相，其性格生动、鲜明、各有特色。语言朴实、易懂。

作者塑造了以钱学森为中心，上自国家领导，下至各级干部、职工、战士们刻苦钻研的典型形象。他们代表着优秀的中华民族所具有的聪明才智。

翻开《天地颂》，时间定格在建国之初。在科学技术极为落后，工业体系尚未建立，人才极度匮乏的神州大地上，1964年10月16日的一声巨响，中国人自己研制的原子弹爆炸成功。但是有几人知道，在这刹那间的一飞中，凝聚了一代科学家们多少的牺牲和奉献。

这些当代中国的精英们，无怨无悔地“献了终身献子孙”，有的甚至献出了生命。他们以“富贵不能淫，威武不能屈，贫贱不能移”的大丈夫气概，以“路漫漫其修远兮，吾将上下而求索”的入世开拓精神，以“先天下之忧而忧、后天下之乐而乐”的高度责任感，知难而进，勇往直前，义无反顾，用十年左右的时间全部完成了以“两弹一星”为代表的研制任务，这是一代科学家用自己的生命和热血写就的一部“惊天地、泣鬼神”的科学壮举！“两弹一星”的冲天金光和声声巨响，点燃了中华民族自立于世界民族之林的昂扬热情，唤醒了中国人自强不息、万众一心的斗志和气节，将“东亚病夫”的蔑称远远地甩到了太平洋。

四十多年来，正是在这种精神的鼓舞下，我国的导弹事业从无到有、从小到大、从仿制到自行研制，走出了一条符合中国国情的具有中国特色的战略导弹发展之路，相继研制成功了东风系列战术战略导弹。战术导弹近年来通过采用一系列先进技术，命中精度显著提高，实用性和杀伤力大幅度提高，在类似实战的两次东海、南海军事演习中，准确命中目标，给台湾鼓吹独立、阻碍和平统一的反动势力以沉重打击，为维护祖国统一起到了重大的政治军事作用。战略导弹形成了从中程到洲际的系列化，使我国具备了打击太平洋彼岸任何目标的手段和能力。80年代初期，结束了第一代战略武器的研制，开始了第二代战略武器的研制。1999年8月2日，以东风-31为代表的我国第二代机动固体战略导弹首飞成功，使我国战略导弹在生存能力、突防能力、打击能力和作战使用能力上有了突破性增强，不仅实现了我国战略导弹由液体到固体的阶段性跨越，也为研制其他新型战略导弹提供了宝贵的经验，奠定了坚实的基础。这对于进一步提高我军武器装备的现代化水平，促进国防科技工业发展；增强我国的战略威慑能力，保卫国防，维护和平，振奋民族精神，具有十分重大的意义。

没有国防，就没有国家；没有国防工业，就没有国防。可以说，如果没有当初的“两弹”，也就不会有今天的第二代“撒手锏”武器，我国就不会具有相当的威慑力，“就不能叫做有重要影响的大国，就不会有现在这样的国际地位”（邓小平同志语），也就很难使我们国家赢得集中精力进行和平建设的时间和环境来发展自己。但世界风云变幻，从1950年侵朝美国飞机轰炸我国东北到1999年的美国导弹袭击我驻南联盟使馆，事实一再说明，落后就要挨打，要想维护祖国的主权和领土完整，就得有实力。这正如《天地颂》封面上的那句话：没有一声巨响，世界是不会理你的！我们只有自力更生，艰苦创业，把我国的国防实力和国民经济搞上去，才能得来国家的长治久安和建设发展。

我们是踏着先人的足迹走向现代化的，我们不能割断历史，也无法割断历史。成千上万的“两弹一星”的创业者，随着岁月的流逝，人们也许会慢慢地将他们淡忘，但是，东生同志的创作，艺术地再现了这一史实，为世人勾勒了一幅中华民族自信、自尊、自立、自强的精神画卷，使我们得以铭记。按东生同志所说，书名定为《天地颂》，就是“天地者，规律也”，就像自然界的日出月落，斗转星移，顺应自然，“两弹一星”工程就是符合客观规律的活生生的体现。我坚信，不管时光怎么转变，岁月如何改变，“两弹一星”的宏伟业绩会永远镌刻在中华民族的史册上！因为这一代科学家才是民族精神的化身，他们血管中流淌的是民族英雄的热血，他们才是真正的时代风范，也正是他们才构成了我们中华民族的脊梁！正是有了这种精神激励，我们后来人一定会高扬自强自立的民族之志，充分发扬“两弹一星时的那么一种顽强拼搏、艰苦奋斗和协同一致的精神”（江泽民同志语），以饱满的热情和卓绝的努力，为发展我国的航天事业再谱新篇！

《天地颂》的另一个特色是它的真实性。小说展示了一幅感人的历史画卷。某些重大情节几乎都是实际生活中的原型，在描写许多领导人性格、言谈方面，可以说是再现了他们在生活中的面貌。小说不追求华丽的描写，风格朴实、简练，完全是研制“两弹一星”的真实写照。

党中央一声令下，广大科学工作者和人民解放军指战员，告别家园，在茫茫戈壁滩上白手起家，艰苦创业，战天斗地，以大无畏的革命英雄气概，克服了一个个艰难险阻，攻克了一个个技术难关，以超常的高速度，研制成功了“两弹一星”。这是当代史上，中国人民在高科技领域勇攀世界高峰的一部壮丽史诗。

四十多年前，以毛泽东为核心的党中央，作出了改变中国面貌的历史性决策，“我们也要搞原子弹”。这是一个动员号令。从那时起，党中央下了最大的决心，调集了全国的精兵强将，集中了全国的财力物力，开始了“两弹一星”的攻关历程。历史证明，这是一个极大地提高新中国综合国力、实现社会主义现代化跨越式发展的伟大而英明的决策。没有这个决策，就没有中国的国际地位，就没有中国的国家安全，进行反对霸权主义、维护世界和平的斗争就没有本钱。正如邓小平同志所说：“如果60年代以来中国没有原子弹、氢弹，没有发射卫星，中国就不能叫有重要影响的大国，就没有现在这样的国际地位。这些东西反映一个民族的能力，也是一个民族、一个国家兴旺发达的标志。”

新中国在开始研制“两弹一星”的时候，国民经济刚刚恢复，大规模工业化建设刚刚起步，科学技术还十分落后，既无工业和科技基础，又无物质和资金保证，但却只用了十几年时间，就走完了那些先进国家需要更长时间才能完成的路程，令世界刮目相看。这靠的是什么？归根到底是两条。一是党的正确领导，二是社会主义制度的优越性。有了党的正确领导，我们就有凝聚力、战斗力。靠了社会主义制度，我们就能在短期内集中全国的优势兵力，协同作战，集中攻关，像革命战争年代打歼灭战那样，一举攻克了当时在国际高科技领域里“两弹一星”这三项带有战略意义的难关。在研制过程中，我们顶住了苏联撤走专家、撕毁合同造成的巨大压力，克服了三年困难时期带来的严重困难，战胜了各种预想不到的艰难险阻，创造了人类科技发展史上的奇迹。一个顶天立地的社会主义中国，终于在世界上屹立起来。

“两弹一星”的研制成功，是新中国社会主义建设取得伟大成就的重要标志，是实现中华民族伟大复兴的凯歌。在这个过程中，形成了一个为共和国立下了卓越功勋的英雄群体。他们中间有钱学森、钱三强、朱光亚、王淦昌、邓稼先等。他们是老一辈科技工作者的杰出代表。在他们身上，凝聚着中华民族奋发图强的伟大精神。这就是：矢志报国，艰苦创业，鞠躬尽瘁，死而后已的爱国主义精神；听从党的召唤，甘当无名英雄，无私奉献，协同一致的集体主义精神；求真务实，锐意创新，顽强拼搏，勇于登攀的科学精神。这种精神，是中华民族的宝贵财富，足以惊天地、泣鬼神！《天地颂》一书，对这种伟大的民族精神，作了十分生动感人的描写。

爱憎分明和忠于历史。这是《天地颂》另一个突出的特色。《天地颂》虽然是一部文学作品，却全面、深刻、生动而又真实地再现了新中国关于研制、实验和成功发射两弹一星的辉煌历史。《天地颂》，以广阔的视野、宏大的规模、大气磅礴的风格、错综复杂的矛盾、巧妙恰当的处理方法，通过栩栩如生的各种人物形象、生动活泼的语言、诙谐绝妙的对话，把一个可歌可泣的伟大英雄群体以及友人的心意和敌人的嘴脸如诗如画地烘托出来。书中还巧妙地把一对孪生姐妹曲折的命运穿插在小说的全过程，悬念迭出，使读者不断产生联想。它不仅给小说增添了须要的趣味，加强了可读性，而且使全篇故事免于枯燥乏味，从而加强了读者对主题思想的理解。这在艺术写作上是成功之笔。

一部作品，没有真实地反映出重大历史进程，就不可能称其为“史”；同样，没有高度的艺术想象力，也不可能称其为“诗”。《天地颂》两者兼而有之，可称得“史诗性”大作，使人读后，不能不产生强烈的震撼。结论是：没有共产党就没有新中国，只有社会主义才能救中国和发展中国；落后就要挨打，落后就不可能真正地站起来；中国人民是伟大的人民，中国军队是伟大的人民子弟兵，中国科学家和工程技术人员是最出色的人才，并且绝大多数都是爱国知识分子，中国党政军众多的老一辈无产阶级革命家及其广大干部都是最优秀的人民公仆。为了中华民族的独立富强和伟大复兴，我们完全可以把经济、国防、高科技搞上去，并在全国人民中形成强大的凝聚力，爱党爱国、尊重知识、尊重人才、尊重科教、艰苦奋斗、自力更生、无私奉献、团结协作、敢于拼搏、勇于攀登，永远主持正义，反对霸权主义，使中国成为全世界和平与发展的坚强堡垒。这是一部史诗般的佳作，也可以说是一部气壮山河、感天动地的现代正气歌。为了写好这部书，作者走访了大批的人和事，查阅了大量的档案资料，披露了许多鲜为人知的内幕。因此，更加保证了作品的真实性、生动性和吸引力。

历史是人民创造的，人民又是历史的见证者，而档案则是历史的真实记录和实际反映。新中国的作家是人民的灵魂工程师，应该用自己的全部爱心和智慧，深入生活，并写出高于生活的优秀作品，乃至伟大的不朽精品，满腔热忱地歌颂历史的主旋律，歌颂一切英雄模范人物和劳动人民（包括各种知识分子）的浩然正气和真善美，歌颂正确的世界观、人生观和价值观，以影响和教育人民群众更加自觉地进行社会主义两个文明建设，推动历史不断前进。而不能用资本主义、封建主义或个人主义的世界观、人生观和价值观以及假恶丑去影响和腐蚀人民群众，更不能敌我不分、黑白颠倒、甚至歪曲、篡改或否定历史。历史是否定不了的，即使一时得逞，最终也将被历史所抛弃。

这是一部杰出的纪实文学著作，是一部社会主义中国的历史颂歌。

2000.11.7

（本文是评东升纪实小说《天地颂》）

讲好故事

对人物访谈一类的文章，我比较关注，如《我问故我在：杨澜访谈录》，《鲁豫有约》等。这主要是这类文章带给人们的不仅仅有阅读的快乐，更有被采访者人生经历带给人们的某种启示，以及采访者睿智的话题留下的回味。四川电视台记者伍晓晖最近出版的《四川人》（天津社科院出版社2004年版），就具有这样的内涵和品质。

伍晓晖曾经是四川卫视《四川人》栏目的主持人兼记者，在三年的时间里，她采访了两百多个在四川具有代表性的人物，通过电视，把这些人物形象地展示在荧屏上。现在又从荧屏走进《四川人》这本书，作者以记者访谈的形式，语言轻松、质朴，故事简洁、活泼，读来真实、生动，而且恰到好处地规避和摈弃了人物访谈中容易经常出现的空话和套话，根据不同的对象选择最佳的切入角度，用文字为我省各行各业的34位人物塑造了可感可知的集体群雕。在艺术领域，人们看到了从郫县山村走向世界乐坛的著名歌唱家廖昌永，曾经雨中怀抱皮鞋赤脚从火车站走进上海音乐学院的鲜为人知的酸楚；人们看到了镜头下发现“香格里拉——亚丁”、发现“西部太阳谷”的探险摄影家吕玲珑，在描述一只野山羊时的执拗和动情；人们看到了“满腹麻辣烫，一脸笑文章”的喜剧明星刘德一，为致力打造“川味”喜剧的执着和坚韧。在弥漫硝烟的商场，拥有上亿资产的四川中成煤炭建设集团总经理周秀忠，在企业发展之初，他为接一单只有一万元的业务，贸然敲门，亲自把客户生病的老母亲背送到医院；中铁二局兴运公司经理游万均长期在外地打“游击”，从运输专业转行到修路架桥以后，南昆线、湘黔线一干就是几年，干出个“全国五一劳动奖章”；成都红旗连锁有限责任公司董事长曹世如，巾帼不让须眉，几年时间，把“红旗”插遍了全国。应该说，这些人在媒体上多是熟悉的人，大家耳熟能详，只是选择的角度不同罢了。

在《四川人》里，记者访谈了蜀中本土的几位优秀的作家，一样的身份写出了不一样的特点，阿来辉煌之后的冷峻，梁平粗放豪情中的精细，裘山山沉静写作中的坚实，麦家木讷背后的聪慧。不仅如此，作者还以职业敏感和敬业精神，把采访的触角伸得很广，进入了一些冷僻的领域，其中有直接参与我国“神舟”系列航天技术研发的专家、我国第二代航天火工装置开拓者和带头人刘红旗，有破译癌症死亡密码、致力肿瘤生物治疗的中国科学院院士魏于全，有带着中医秘籍走近南非曼德拉总统、让中医走向世界的罗才贵教授，有战斗在反贪前沿，让腐败分子闻风丧胆的侦破能手、泸州反贪局局长胥精华。《四川人》难能可贵的是，不仅把目光盯准了四川的“名人”，而且把那些名不见经传的“小人物”也介绍给了读者，比如“票箱里面跳出来”的基层人大代表包维曾，“造福一方百姓”的泸州纳溪团结村村支书张安智等等。

作为记者访谈形式的《四川人》，记者的提问体现记者的素质、能力以及访谈信息量和话题的深度。这也是决定这本书成功与否的优势和特色。在《四川人》里，人们看到伍晓晖面对被采访者，心里装的是读者和社会，她需要给读者提供较大的信息量，她需要给读者解答一些社会关注的话题。有些提问可谓是颇具匠心的。在采访航天火工专家刘红旗的时候，伍晓晖知道“火工”是航空科技上非常专业的名词，采访刘红旗就要对这个名词进行解释，在前面的提问把读者的好奇心抓住以后，她不失时机地提问：“在几次有关宇航飞船的发射中，我们都读到了‘火工装置’这样一个名词，你是这方面的专家，能不能给我们解释一下？”刘红旗就以鞭炮火引子的简单比方作了回答。在采访研究癌症的科学院院士魏于全的时候，魏于全的生物治疗癌症的研究成果无疑是读者十分关心的问题，伍晓晖在全面采访的基础上，对研究工作的进展作了直接的提问，魏院士深入浅出的专业回答，让读者看了心中有数，基本明白。诸如此类，书中比比皆是。

《四川人》访谈的另一个特色就是，伍晓晖一些比较尖锐的提问把话题引向深度。在采访四川消费者协会负责人谷岩的时候，由于被采访者身份特殊，她一开始就问谷岩："你是消委会的领导，但是生活中你也是一名普通的消费者，那么吃亏的事可能在你的生活中也体会过？"这样的提问方式直接、不绕圈子，读者看了就会一下子觉得亲切，觉得采访不是在作秀，才会很自然的接纳，愿意把文章读下去。

在采访中医专家罗才贵教授的时候，罗才贵谈到为了弘扬中医文化，由他领导的中医院也面向市场搞了推拿按摩的保健中心。伍晓晖尖锐地提出了社会上对推拿按摩的一些误解和看法，并且毫不迂回地直接提问罗教授，让罗教授从科学的角度向读者介绍了健康的推拿按摩对身体的益处，同时呼吁政府加大打击不健康"保健中心"的力度，明辨真伪。

读罢《四川人》，面对伍晓晖采访的各色人物、各种行业、各个知识领域，人们不能不为她的胆识和难得的驾驭能力而钦佩。记者、主持人写书在近些年似乎已成时尚，但是人们看到更多的是，那些记者、主持人自己生活的"B面"或者"花边"，这类书可以说已经泛滥成灾。伍晓晖没有这样，她是认认真真把"自己的工作做了一个总结"，而这个"总结"对于记者本身，对于我们四川都是具有积极意义的。

作者伍晓晖至今我不认识，一个年轻的电视记者能够在自己的岗位上做一个有心人实属不易。当然，本书的有些话题还可以要求更高一些，角度还可以设计得更巧妙一些，内涵还可以开掘得更深层一些，但这并不妨碍这本书存在的价值。我衷心地希望伍晓晖在自己的这条路上坚实地走下去，一步一个脚印，走出自己的路子，走出自己的世界。

2005.3.25

（本文是评伍晓晖访谈集《四川人》）

文化重建的佳作

2008年，当省里在规划和确定年度重点题材、重点作品的时候，长诗《三十年河东》就进入了我们的视野，与梁平多次讨论磋商后，就将它确定为四川省迎接新中国成立六十周年和纪念改革开放三十周年的重点创作项目。从创作构想到作品的完成，我一直全程关注和跟进，并为作者尽可能提供资料查找的方便和创作时间的保证。作者梁平闭门谢客，花了整整半年时间完成初稿。长诗《三十年河东》（四川文艺出版社2008年版）的创作，需要有一种精神，需要有一种责任感和使命感，因为这是为我们伟大时代高唱的一曲颂歌，这是凸显崭新的国家形象的文学书写，这是为改革开放辉煌三十年树碑立传的文学记忆。我们很欣喜地看到，《三十年河东》洋洋三千五百余行，涉及中国社会的政治、经济、文化、法制、军事、外交以及科学教育等方方面面，以高昂的政治激情和细腻的文学笔触，全景式地讴歌了中国社会翻天覆地的变化和辉煌成就，书写了我们伟大祖国让世界为之惊叹的三十年。

古人讲“诗言志”“文以载道”，讲的就是作家、艺术家的精神境界和社会担当。事实上，我们很多作家、艺术家长期肩负这样的责任，为此作出了艰苦的努力。今年，是新中国成立六十周年，而改革开放是这六十年中浓墨重彩的锦绣华章。我们当代作家、艺术家遇上了这样的时代，为时代放歌、为祖国放歌、为人民放歌，是我们责无旁贷的使命。

《三十年河东》出版以后，非常感谢国内文学界的高度关注。《人民日报》《光明日报》《人民文学》《诗刊》等二十多家国内重要报刊分别选载了部分章节。不少评论家包括在座的一些评论家都撰文给予了很高的评价。推介阅读分享是希望能够听到更多更好的意见和建议，尤其是好的建议。一个作品不是开一个研讨会、几篇评论就结束了，一部真正优秀的文学作品需要千锤百炼，需要反复修改，才有可能成为大作品，成为经典。我认为之所以需要大家帮助，是因为这个题材没有时限性，它不是迎接新中国成立六十周年、纪念改革开放三十年的活动结束了就不重要了，而是这个题材具有恒久性，我们就是要为改革开放这一段艰难、辉煌的伟大历程留下辉煌的文学记忆。我们有这样的期待，有责任、有使命感的诗人更应有这样的责任。让这样一部主题好、题材好、基础好的作品不仅仅是纪念活动中的一个亮点，而是通过阅读研讨，通过批评解读，再让作者反复打磨之后，使其真正成为辉煌三十年的历史见证。

四川人杰地灵，是有着丰富文化资源的大省，四川历代产生了众多文化杰出人物，至今在中华文明史册上熠熠生辉。这是四川的骄傲，也是中华民族的骄傲。因此，现在摆在我们面前一个艰巨的任务，就是激励和营造良好的文化格局，把四川文化资源大省打造成为名副其实的文化强省。

2008年的5月12日，四川经历了旷世未闻的汶川特大地震。一年的时间里，一手抓抗震救灾和一手抓恢复重建，以期保持经济较快发展、社会政治稳定、人民生活改善的局面，正在成为四川加快发展的共识和重要机遇。大力弘扬伟大的抗震救灾精神，抓好文化重建也是非常重要不可或缺的方面，我们已经看到，梁平和四川文学界等已在歌颂与呼唤。

2009.4.19

（本文是在梁平诗集《三十年河东》北京座谈会上的讲话）

时代需要开拓进取精神

二十四年前，尧茂书为抢在美国人前完成长江首漂，在金沙江段翻船遇难。次年，由中科院成都分院等单位组成中国长江科学考察漂流探险队再牺牲5名队员，历时五个多月完成了落差五千多米的长江漂流。1986年发生在中国大地的长江科学考察和漂流探险活动，是人类探索自然和挑战自身极限的一次伟大尝试，也是20世纪80年代中国青年在党的领导下，发扬爱国主义和民族精神的一次伟大壮举。

当年，长江漂流活动举国关注，震撼世界，成为1986年发生在中国的重大事件。今天，当我们重新思索这个活动的价值和意义时，能切实感到：这场长江漂流绝不仅仅是一场波澜壮阔的探险活动，它更象征和体现着中国1978年以来思想解放和改革开放所激发的开拓进取精神。改革开放的初期，个人迷信、思想僵化被打破，传统的价值观开始发生变化，个人的价值被重新估量。国家贫穷的现实，思想解放的浪潮，激发了中国人民穷则思变、奋起拼搏的斗志。被“左”的错误长久压抑后所释放出来的思想活力和“振兴中华”的时代呐喊，激起无数中国人热血沸腾，勇于实践。厚积薄发的民族情结和爱国主义精神交织在一起，形成了那个时代的社会特征。因此，作为那个时代的重大历史事件，长江漂流本身就是时代的产物。它反映了80年代年轻人对国家、民族的责任感和荣誉感。

据王茂军回忆，1986年2月，朗保洛在一本杂志上看到了介绍长江漂流第一人——尧茂书的文章后，便深夜找到他：“茂军，我们当首漂长江第一队怎么样？长江是世界上唯一尚未被人类征服的大河，征服它，是一件壮举。”

“中国要实行现代化，鼎立于世界民族之林，就必须使全民族焕发最大的热情，使人们有强烈的进取心。虽然参加漂流队看似一时冲动，实则是长期思想的积累。”后来在1987年漂流黄河时遇难的原洛阳长江漂流队副队长雷建生生前曾这样感慨道。

“我曾认真思考过这样一个问题：人，尤其是我们这一代人，应该怎样度过一生？在‘十年动乱’中，我也曾同千千万万个红卫兵一样，热情奔放，真诚地为‘捍卫毛主席的革命路线’呐喊。‘十年动乱’的结束，使我和千千万万的同代人冷静下来。后悔，懊丧，甚至颓唐，成了这一代人的另一特征。‘十年动乱’过多地浪费了我们这一代人的热情和锐气。漂流长江，需要的最根本东西，仍然是热情和锐气，我决心以行动来实践自己由来已久的信念：宁为事业献身，绝不碌碌无为一生！我们希望征服长江的举动能充分唤发起人们对征服困难的热情和信心。”二十年过去了，当我们再次阅读副队长雷建生这些生前的文字时，仍感觉到心潮澎湃。

事后王茂军说，漂流前，他们都不知道漂流为何物，队员中也没有一人搞体育的。当时漂流长江的主要原因是与美国人争夺长江首漂权。同时，不同年龄段的人都有那个时代的影子，他们也是。经历过“文革”后，他们需要一个发泄情绪的渠道，哪怕当年不去漂流长江，也要登山或干别的。

的确，当年的漂流探险和科学考察活动，队员们创造了长江无动力全程漂流6300公里、落差5400米的新世界纪录，在漂流探险史上不愧为一次伟大的壮举；在对长江河源区的科学综合考察也取得了丰硕的成果，撰写了被誉为“长江第一书”的《长江河源区自然环境研究》论文集，有许多新发现和新见解，对科学界作出了很大的贡献，至今仍受到各方面的重视。这场活动的意义是十分重大的。

时光飞驰二十三年。时间的磨蚀，使这场活动的影响悄然淡去，对于今天二三十岁的年轻人来讲，长江漂流已是十分遥远而陌生的往事了。然而，在纪念建国六十周年和改革开放三十一周年之际；《长江漂流风云录——中国长江科学考察漂流探险纪实》（四川人民出版社2009年版）画册的出版，像一部录影机，重新向世人打开了当年长江漂流的画卷。画册以时空为序，以图片为主加文字说明的方式，从近三千余幅图片中精选了450幅图片；从整理出的十余万文字中，精心编辑出近三万文字。真实记录了这场活动的起因、背景、过程。可以说，这是自长江漂流活动以来至今最全面、最真实、最精美的一本画册。它旨在用图片说话，讲述科考漂流中跌宕起伏的故事，讲述亲历者眼中特殊视觉的长江，也讲述他们的经历、他们的情感。更重要的，编者希望通过这本画册，向世人展现80年代青年人弘扬爱国主义、开拓奋进、科学求实的精神，旨在把这一精神作为宝贵的精神财富传承与发扬。这具有十分重要的现实意义。

一个时代的性格特征往往是以青年为代表的。1986年的青年人用长江漂流诠释了那个时代的爱国主义和民族精神。而在当代，在建立稳定、富裕与和谐社会的进程中，需要的仍旧就是开拓进取的精神。我们的青年一代，要在这场伟大的社会变革中，要成为富有开拓进取精神和社会责任心的一代青年。这是时代和历史的要求，也是全社会对新一代青年的期望。

《长江漂流》画册出版发行，如能起到记录历史、激励和鞭策青年一代的作用，就不枉费辛苦编辑这本画册的作者们的初衷了。

2009.12.12

（本文是评画册《长江漂流》）

《灵动之影》显意境

桂全智将军有近半个世纪的军旅生涯，解甲之后，执着于艺术的探索和追求，尤其是对花卉摄影情有独钟。画册《灵动之影》荟萃将军花卉摄影之大成，用独特的摄影视角、特殊的拍摄方法，诠释出花卉的灵动之美，在方寸之间展现出花卉的韵味和意境，在光影幻化中赋予了自然之花新的艺术生命和人文情怀。

一般看来，战争和花卉，有强烈的反差。军人为了捍卫国家和民族的利益，不惜一切代价，哪怕春天不在，花朵不开！然而桂全智将军却以独到的艺术审美力和创造力，将两者完美结合起来，也正因为其军人身份和作品的反差，他的花卉摄影创作更具独特的艺术张力。

爱花的人，灵魂深处一定留存着更多的光亮和色彩。爱花的军人，有铁骨铮铮，更有柔情满怀。正是因为对美的向往、对生活的热爱，军人才会更热爱祖国，情系人民，铸造忠诚。从桂全智将军的花卉摄影作品中，我们真切感受到了军旅摄影家的艺术情怀和精神力量，更从中读出了独特的花语——

对和平的向往。鲜花象征和平，守护和平，保卫祖国平安，人民安宁，是军人的神圣使命。在这本影集里，桂将军用心灵在诠释着当代军人对和平的向往。细读《春讯》《满缘春》《夜色星光》《春之吻》《静溢》《仙子的梦幻》《梦幻幽潭》等作品，在感受到花卉摄影艺术美感的同时，我们不由会进入思索，呈现在眼前的不再是一朵朵简单的花卉，而是一种宁静、温暖和祥和。光影里寄托着军人对和平的向往和期许，蕴藏着军人对生活、对家园、对幸福的热爱。

对荣誉的追求。荣誉是军人最宝贵的情感，是军人胸中猎猎飘扬的旗帜，它浓缩在军功章上，书写在嘉奖令上。今天我们欣喜地看到，桂全智将军把军人的荣誉艺术地定格在他的花卉摄影作品里。《勇士与战马》《荣誉的赞颂》《永远的辉煌》《勇士特征》《氢云冲霄》传达出了铁马金戈的粗犷雄浑和军人的强烈自豪感。在这些作品面前，人们的心会震颤、会激荡、会共鸣，我们不得不佩服桂将军的艺术创造，这是追求荣誉，肩负使命之人应有的表达和抒发。

对和谐的歌颂。春兰夏荷秋菊冬梅，任何一种花都开放有时、谢落有序，大自然的和谐令人惊叹。创造和谐，享受和谐，也是军人内在生命力的重要表现，是提升军人生命意义和价值的重要途径。和谐之美在桂将军的花卉摄影作品中得到了充分展示，如《高山流水》《生命——蓝色与黄色的和谐》《遨游沧海》等。

这种和谐之美是用心灵去探求的美，是发现花香、花色、花姿，展露花品的内在之美，是把花的风格、花的气质、花的情愫、花的神韵用摄影艺术手段加以探求和贯通的美，达到了借花言志、以花励人的境界。

对生命的礼赞。我们敬重爱花的人，尤其是爱花的军人。正如当年朱德总司令在戎马生涯中利用各种可能的条件精心培植兰花，令人敬佩有加。花的世界是有思想和情感的，爱花犹如爱人，体现的是一种对生命的尊重。桂全智将军在摄影艺术创作中注重对情感的体验和生命的感悟，《丽彩颂歌》《少女之梦》《生命之源》《生命的颤音》《甦》《生命礼赞》《呼唤》等，每一幅作品都张扬着生命的绚烂，涌动着生命的活力。这种对个体生命的艺术礼赞让我们被感染、被鼓舞，留下馨香绵长的美好感受，进而倍加珍惜所有让人感动的生命。这也正是桂全智将军《灵动之影》的不同凡响之处。

2010.2.18

（本文是评桂全智花卉摄影集《灵动之影》）

自然音诗华君来

我与华君相识交往始于20世纪80年代初，对他印象颇好：大家风度，智者风范，态度谦和，性格直爽。但认真接触他的画作还是近年的事，通过几次观展，造访画室，对酒小酌，特别是收到他从北京快寄的画册《当代画坛十大家》（精品集）——当代最具影响力的画家（天津人民美术出版社2009年版）并品读位列其中之山水、花鸟、人物等画作后，敬之心油然而生，佩之情更进一层。

华君坦诚、豪爽、宽厚、富于感情。他总是充满激情地睹物，领略大自然的生命和神韵；充满激情地为山川万物传神写照，而至物我两忘的境界。他喜欢以线造型，以传统的勾勒取像。他的画皆富有生命力的动感线条，创作是他不可遏止的生命冲动，由于作画时的激情挥洒，在他的笔下，流淌的是一种明快洒脱、清空飘逸的动美，一股风雷激荡、至柔至刚的气概。在他的画作中，人们更多见到的是淡雅与纯厚、诗情与气势、简妙与深邃等形色的有机合一。他画中线条点块之间的穿插与层叠是缜密的，而彩色与墨色的晕化和渗透却又是清润的。传统笔法与西洋技巧交替使用，无迹可寻，“旧貌换新颜”，变异出一种深远的意境和动人的笔墨情调，形成新“法”，充分体现出独创性与文化性。特别是那用笔的挥洒恣肆使得山水精神变得意境阔大而深邃幽远，格调宁静而致远，成为他独特的画作语汇。

南朝王微《叙画》中有一句：“望秋云，神飞扬；临春风，思浩荡。”这里是说以满腔激情去拥抱自然，用炽热的心渗透于天地自然之中的艺术家对待生活，造化的真诚。华君就是这样“外师造化，中得心源”的艺术家。他把写生看作是自己创作的源，对大自然，总是以童稚般的真情天趣去体察朝晖夕阳，烟笼雾锁，潮涨月明，云淡风轻的变幻。在数十年的朝山夕水，幽林野滩的艰苦认识中，感受到了自然的博大、凝重和肃穆，寻求自然时空与心灵意象的契合。

华君游目骋怀，着眼于整个人生，整个造化自然，“仰观宇宙之大，俯察品类之盛”。他的画作“纳千顷之汪洋，收四时之烂漫”，以山川为载体寄托自己独特的怀抱，以笔墨抒发自己对宇宙人生的感怀与浩叹，既包含着个人情感和充满着激情的心象山河，跃动着奔放的情感，又赋予了画作以人的品性与精神，这自然山川蓬勃的生命感亦是大气盘旋的宇宙感，体现出“天人合一”“大道自然”的追求。

作品是画家思想、人品、学识的最好诠释。华君山水画的独特除来源于他扎根传统沃壤的宽厚的胸怀、淡泊的心境，以及慧眼独具的艺术理解，还和他那诗人的浪漫和那面貌独特的书法有着血肉联系。作为画家，能够写诗的不多，能够把诗书画有机融入一体的更不多。华君的画，多是他用诗人的眼光理解大自然、感悟人生、寄托情怀的写照，他在写生中作诗，在山水艺术创作中反映诗的内容，又用自己独特的书法作品珠联璧合的形成一件完整的艺术品，诗情画意跃然纸上，空灵不失具象，纯厚彰显情韵，给人以美的享受。他的不少力作都配有十几字甚至几十字即景生情所作的诗。他的书法源于"苏"，笔力遒劲潇洒，古拙雄壮而又率真灵动，深谙法要。他以书入画，力透纸背，画山能重，画人能厚，画水能灵，画荷能轻，笔有朝揖，连绵相属，召唤着人们重新审视与这个时代的密切相关的绘画语境与文化视野。艺术大师潘天寿曾说："不同才是艺术。"华君的画不同他人，在笔墨构成，表现手法上自出机杼，他营造的是自己的艺术世界。华君是一个"创造者"，在艺术探索的历程中，不断用"有意味的艺术形式"去完成内在心灵的审美物化，用他诗意化的语境去诠释中国画的无穷魅力。

2010.5.7

（本文是评周华君画作）

情怀在细腻中抒发

郭严隶出生于内蒙古的塞外赤峰地区，完全是出于对文学的痴迷和热爱，当年毅然抛却家乡优越的生活和工作条件，来到她心目中具有深厚历史文化积淀的、文学的土地四川成都。整整十年的时间，她居住在远离城区的郊外乡间，克服独在异乡的种种难以想象的艰难困苦，心无旁骛，潜心写作，为读者奉献了一部又一部精美的文学作品。这种顽强精神和超人意志感动了许多人，使人们从中知道何以文学是最强大持久的力量。郭严隶在巨大的生存压力下，在众声嘈杂浮躁的时代背景下，能够坚守自己的文学理念和情操，坚持自己的创作原则和方向，不媚俗，不迎合潮流，甘于寂寞，在自己的创作中坚定地捍卫中华传统美德，捍卫道义和真理。尤其这部以环境保护、沙漠化治理为题材，关乎生态文明建设与发展的新作长篇小说《锁沙》，站在为人类的未来和幸福忧患、探询的高度，发出自己的追问和呐喊，展示了博大的胸襟、超越的爱和思想的能力。

《锁沙》出版后，引来社会广泛关注，在四川成都，成为一时间里人们文化生活的一大亮点。评论家们充分肯定了《锁沙》的文学艺术价值，赞誉其为把环境保护主题和乡土题材进行文学性构建，对中国当代文学事业作出贡献的生态文学重要文本。我觉得，这部作品的一个难能可贵之处是它的精神品格和道德力量。作品通过一个大学毕业生在大漠深处的献身故事展开叙述，托举了时代重大题材，触及了草原沙化，生态治理，人性荒芜，存在遗忘等重大问题，既直面严峻现实，具有深刻社会现实意义，又富于浓郁理想色彩，具有较高的审美艺术性。讴歌精神信仰和道德理想，充满责任担当、使命意识、信心与信念，深刻反思人与自然和人与社会等关系，站在时代高度和全球性语境中进行深刻阐发、细腻描述，展示了大关怀、大悲悯、大仁大爱情怀。

作品紧扣时代脉搏，弘扬主旋律，具有以优秀的作品鼓舞人，以高尚的情操熏陶人的积极进步意义，它超越了普通意义上生态环保、荒漠化治理等问题的思考，抵达了直指天理世道、人心人性、生存毁灭的哲学高度和思想艺术境界。充分体现了一个作家关心民众疾苦、以社会文明进步为己任的强烈责任感和使命意识，以及作为社会良知和精神灯塔的存在意义。

在保护生态、保护地球、拯救环境成为人类共同呼声的21世纪，表现了一个中国作家在此方面的思考、智慧和审美创造。

鲁迅先生曾经说过，文学作品要给人以光亮和希望，给人以精神的出路。我觉得，《锁沙》在这方面很好地作出了回答。

郭严隶怀着强烈的爱国主义情怀，崇高的民族责任感和时代使命感进行创作，扎扎实实地深入生活的现实土壤去汲取营养，挖掘素材，提炼主题，花真功夫，下大力气，从而有了这样一部紧贴现实，字里行间彰显着正义感、平民情怀、顽强执着精神，以开掘、继承和弘扬中华民族优秀传统文化，矢志于再壮民族魂魄，打造民族文化品牌的优秀作品。郭严隶在文学创作方面付出了辛勤的劳动，取得了可喜可贺的成绩。

文学是艺术之母。一切文化艺术的发展，都需要文学来做基础，需要文学的繁荣来推动整个文艺事业的繁荣。希望将来有更多更好像《锁沙》这样的优秀作品能够在四川推出，为广大读者和社会提供精美精神食粮的崇高理念，让这些作品所倡导的灵魂信仰、道德理想、价值取向等高尚文化精神最大限度地发生影响、引领文艺潮流、感动时代。

2010.7.17

（本文是在郭严隶长篇小说《锁沙》北京研讨会上的讲话）

大气磅礴　神采飞扬

“5·12”汶川大地震已经过去了两年多，正如东汽人以东汽速度创造了恢复重建的奇迹一样，东汽人铸造的东汽精神也结出了抗震文艺的丰硕果实。短短两年时间，报告文学《浴火重生》和《走向永恒》以姊妹篇的形式先后创作出版，成为四川抗震文学书系的一大亮点和抗震文艺创作的重要成果，这既是文化解读不屈东汽精神的一个典型范例，也是文学助推灾后恢复重建的一次成功实践，更是生动诠释四川人民从悲壮走向豪迈光辉历程的一首昂扬颂歌。

“四川抗震文学”书系是我省当前抗震救灾和灾后重建文学创作中具有代表性的系列作品，是四川重点关注和支持的抗震文学品牌。《浴火重生》和《走向永恒》（天地出版社2009年版）姊妹篇作为其中的重头力作，以报告文学特有的责任和担当，用真挚的情感、理性的笔触、质感的文字和珍贵的图片，记录下东汽人的闪光足迹和执着追求，彰显出东汽精神的感召激励和催人奋进，为我们奉献出了具有真实性、可读性，充满人文关怀、发展豪情和奋进力量的优秀文学作品。

现实意义重大。东汽是企业灾后恢复重建的一面旗帜，东汽精神是伟大抗震救灾精神的重要组成部分。地震发生后，在第一时间、用第一手素材，以报告文学的形式真实记录东汽穿越灾难、浴火重生、走向辉煌的非凡历程，充分展示东汽灾后重建的巨大变化和骄人业绩，不仅是东汽人的责任，更是四川人民、全国人民的期待，就这一点来说，报告文学《浴火重生》和《走向永恒》精彩而圆满地完成了它肩负的使命，全景式、多视角、大跨度地集中反映了东汽抗灾和重建的全貌，体现出鲜明的记录色彩和宝贵的史料价值，对于弘扬东汽精神，提振跨越信心，鼓舞全川人民奋发图强，加快建设灾后美好新家园具有重大的政治意义和积极的现实意义。

文学价值凸显。汶川大地震对于人的心灵、精神的重创和摧残是巨大而强烈的，物质的重建固然重要，但如何重建心灵家园和精神大厦尤为关键。在巨灾面前，积极的文学具有抚慰心灵，提振信心、鼓舞士气的作用。对于报告文学来说，“抗灾”“重建”题材浩大、时间紧迫，工业内容也相对枯燥，但《浴火重生》和《走向永恒》以非凡的创作勇气和深厚的文学功力，把笔触聚焦于东汽的决策者、建设者，将穿越时空的宏大叙事与生动的细节相结合，充分而真切地展示了“东汽人”这样一个血肉丰满的群体形象，把这个宏大而沉重的题材写得大气磅礴，神采飞扬。特别是积淀东汽人世代传承的精神财富，激励着东汽人奋进前行的步伐，引领着新东汽的未来航程的《走向永恒》在三年任务两年基本完成的决胜之年，在东汽新基地全面建成之际出版，更具有独特的文学价值和深刻的文化内涵。

传播理念创新。在当今的时代，文化传播能力已经成为国家文化软实力的决定性因素。对于当代企业来说，对企业文化传播的自觉和能力更是企业自身发展自信和战略眼光的重要体现。东汽人在短短两年时间连续创作《浴火重生》与《走向永恒》两部报告文学力作，把优秀的传统文化价值理念体系融入自身文化内涵，强化精神引领、注重舆论导向，在实践中不断丰富完善“东汽精神”的内涵，这在企业界独树一帜、首开先河，成为创新企业文化传播理念的成功尝试，赢得了多层面读者好评，也正因为如此，两部作品受到读者的欢迎，产生广泛的社会影响，获得良好的经济效益，也就成为一种可以预见的必然。

而今迈步从头越。报告文学《浴火重生》与《走向永恒》体现了东汽文化建设的高度，成为宣传“东汽精神”重要载体和四川灾后文化重建的突出亮点。物质重建成绩的取得，可喜可贺；精神重建成就的获取，更加可贵。正如两本书的封面所传达的意象，“萧瑟秋风今又是，换了人间”，浴火重生的东汽已经走出阴霾，脚下大道康庄，前方云淡天高，创造奇迹的东汽人正自信地走向希望、走向豪迈、走向永恒。

2010.8.10

（本文是评报告文学《浴火重生》《走向永恒》）

美丽的心灵

伟大的时代呼唤火热的文学创作。中国文艺的一个重要任务就是培养具有中国精神、世界眼光的下一代。因此，推动儿童文学创作、繁荣，实在是一项功在当代、利在千秋的大事。

1976年前夕，全国只有两家少儿读物出版社，二十多个儿童文学作家，两百多个儿童读物编辑，每年仅出两百多种少儿读物，而且多数是旧版重印，儿童文学创作基本处于停滞状态。就是到了2000年前后，中国的儿童文学市场依然惨淡经营。当时以《中国少年儿童百科全书》《十万个为什么》等为代表的百科读物成为青少年难得的好书，但这仅仅是一种典型的功利化阅读驱使下的市场选择，孩子们的阅读局限在“获取知识”而非愉悦身心的狭小范围内。当年，《哈利·波特》等外来儿童读物几乎统揽中国少儿图书市场，占据了将近80%的儿童文学市场份额，民族儿童文学面临的形势异常严峻。

就在国外作品一统天下的时候，杨红缨校园小说系列《女生日记》《男生日记》《五三班的坏小子》《漂亮老师与坏小子》等四部作品异军突起，跻身2002年排行榜前十名，随后，“淘气包马小跳”系列的出版和“笑猫日记”系列的开启，极大地改变了我国儿童文学市场“西强中弱”的格局。从19岁开始发表儿童文学作品以来，杨红樱已出版童话、儿童小说五十余种，多部作品被译为英语、法语、意大利语、西班牙语、韩语等在全世界发行。仅2000年至今，她的作品在中国大陆已累计销售近四千万册，创造了中国童书史上的销售奇迹，创造了中国孩子的阅读奇迹，也创造了中国抗震救灾题材图书的发行奇迹，成为中国出版史和儿童文学史上一座了不起的丰碑！

纵观杨红缨的几大系列作品，其内容无不与当下火热的社会实践紧密相关，具有鲜明的时代气息和赤诚的人性关怀。以她为代表的一大批优秀儿童文学作家，忠诚于文艺事业，坚持儿童文学创作的民族性、时代性，以破解童心、张扬童趣、开发童智为己任，在很大程度上把孩子从功利化阅读的牢笼中解放出来，把孩子从外国阅读、低俗阅读、电视屏幕、网络游戏中争夺过来，让他们亲近母语、亲近阅读，把中华民族传统文化乃至全人类最基本的价值关怀：正义、诚信、善良、感恩、友情、纯真、快乐、良知、公民意识、人与自然等元素根植于孩子心灵深处，成为传播中华民族优秀传统文化、弘扬社会主义核心价值观的有效载体。

作为著名的儿童文学作家，杨红缨在国内乃至国际上都具有重大影响。据我所知，杨红缨还是一位知行合一的作家。她始终坚持“从孩子中来，到孩子中去”的创作思想，不主观臆想，不闭门造车。她的足迹遍及全国大小城市、农村以及边远的少数民族地区，开展各种形式的读书活动近百场，为儿童阅读的推广作出了杰出贡献，是孩子们最喜爱的作家。她多次自费深入地震灾区，为广大灾区儿童进行心理疏导，推出数本以地震灾区为题材的儿童小说，抚平孩子们的心灵创伤，体现了新时期一位青年作家的应有的责任与担当。

在为杨红缨的创作成就感到高兴和自豪的同时，我们也清醒地看到，当前我省儿童文学发展还存在着问题：一是对儿童文学的扶持和宣传力度还不够，全社会关心、支持儿童文学创作的氛围还不浓厚。墙内开花墙外香的现象依然存在，可以说还很严重。比如，文人相轻。对已经冒出的作家和好的作品，视而不见，充耳不闻，作品嘛不过如此，我要写的话肯定超过她。有没有这种可能呢？或许有！但你总是在宣言，老是重复着昨天的故事，这怎么让人信服你呢？要知道一个具体的行动是胜过一打纲领的。这是否是狐狸心态？再比如，缺乏自信。读者喜爱的作家作品，市场反应也不错，却不敢说一个好字，缺宣传，无推介，没研究，弄得自己家里冷锅冷灶。非得等上面认可，外面叫好，一派锣鼓喧天，鞭炮齐鸣之后，我们才敢表态认可，有时还扭扭捏捏，步履蹒跚。这是否是文化缺钙？二是创作中成人化、都市化倾向还较为明显，作品对青少年吸引力、感染力不强。儿童文学创作不是简单的“小儿科”，作家必须要有强烈的社会责任感，牢记神圣的文化和传承职责，在深入生活、深入实际、特别是深入儿童的基础上，认真研究新的历史条件和社会环境下少年儿童阅读心理、审美情趣和欣赏习惯有无变化，有什么样的变化，才可能在趣味性、故事性、形象性、知识性上多下功夫，以期创作出更多思想内容健康、富有艺术感染力的优秀作品。为孩子们写作，不付出一番心血和努力，要想真正推出更多受小读者欢迎的精品力作甚至传世之作，恐怕是纸上谈兵了，以文化人，以德育性也就无从谈起。三是儿童文学出版滞后，目前我省仅有四川少年儿童出版社一家专业少儿出版社，且没有出版一套比较大规模的青年儿童文学作家的丛书。这些问题都急需解决。以推动儿童文学创作、繁荣，是一项功在当代、利在千秋的大事，也是一项系统工程，需要社会各个方面的关心、支持，需要做大量的工作。要从人、财、物等各个方面，进一步加大对儿童文学选题作品的扶持力度，争取尽快出版一套比较大规模的青年儿童文学作家的丛书；加强政策调控，保证在省、市文艺评奖中，儿童文学作品占有一定的比例；加强组织协调，充分利用报刊、广播、电视和网络等阵地资源，加强对儿童文学作家和作品的宣传、评介和研讨。

我借用杨红缨的话：“生活是美丽的。能发现这种美丽，感受这种美丽的人，也是美丽的。如果孩子们从小就知道享受生活中的美丽，那么，他今后一定会是一个幸福的人，一个知道感激的人，感激生活给了他这么多美好。”

衷心祝愿杨红缨在文学创作上取得更大的成绩，并永远做美丽的人、保持一颗美丽的心灵、成为孩子心中最美的灵魂引路人！

2010.8.6

（本文是在杨红缨儿童文学创作研讨会上的讲话）

蜀中秀杰今安在

沱水奇崛自不凡，龙泉一吟到雄关。

蜀中秀杰今安在？葫芦坝上美名谈。

屈指算来周克芹先生逝世二十年了。前不久又去他墓前拜祭瞻仰，今又读罢《周克芹文集》（四川文艺出版社2000年版），有感而发，谨填断句，以寄敬仰、怀念之情。

四川具有悠久的乡土文学传统和出大家、出精品的良好的土壤。就现当代来看，沙汀、艾芜、马识途、高缨、克非、周克芹、阿来等一大批著名乡土小说作家，以赤子般的情怀，植根巴蜀大地，关注农村现实，贴近农民生活，执着地书写着巴蜀大地上多姿多彩的风土人情和时代壮歌，创作出《淘金记》《南行记》《清江壮歌》《达吉和她的父亲》《春潮急》《潘家堡子》《许茂和他的女儿们》《尘埃落定》等一大批不同题材的优秀文学作品，塑造了四川农民的生动形象，记录了四川地域及农村的历史变迁，以鲜明的巴蜀风格、巴蜀特色、巴蜀气派自立于民族文化之林，在中国文学史上占据着重要位置。在七届茅盾文学奖中，四川小说五届榜上有名，其中乡土文学作品占比达四成之多。这其中，就包括首届茅盾文学奖获得者、中国乡土文学的杰出代表周克芹先生的《许茂和他的女儿们》。

周克芹是我省乡土文学作家的一面旗帜，是中国新时期文学的一座丰碑。在短短的五十三年生命中，他把大部分光阴都倾注在他熟悉、热爱并已融入灵魂深处的农业、农村、农民领域，以深沉委婉的笔调、丰富深厚的情感和农民式的勤勉，描写乡土、书写变革，创作了《许茂和他的女儿们》《勿忘草》《山月不知心里事》《秋之惑》等大量乡土文学精品名作，塑造了徐秀云、芳儿、容儿、华良玉等一大批家喻户晓的典型人物，呈现了中国农村、农民三十年中所经历的发展与变化，浓墨重彩汇就一幅幅生动的时代画卷，赢得了“人民作家”的崇高荣誉。

周克芹代表作《许茂和他的女儿们》，采用“家庭纪事”的结构方式，通过老农许茂和他的女儿们一个家庭的矛盾纠葛和人物性格的变化，以小见大地反映整个社会的动荡和时代的足迹，对极“左”运动给农村社会带来的灾难性破坏进行深刻思考，给农民精神上造成的创伤“异化”给予深切同情，对结束动乱之后必将出现的光明、美好前景给出乐观预期。这部作品所取得的艺术成就、重要的历史文化价值，及其“哲理性的抒情笔调”问题等，在中国文学史上具有重要地位，但似乎还研究得不够深透。

周克芹的创作对当下四川文学创作又具有哪些意义呢?

一、丰富的社会实践是出好作品的基本元素。周克芹1937年生在简阳“农村世家”，除短暂的外出求学和后期到成都工作之外，其生命的大部分时间都在农舍院落、田间地头，亲身体验农事的艰辛，感受农民生活、思想、心理的点滴变迁，对农村的风土人情如数家珍，因而其作品表现入木三分，典型塑造栩栩如生。但反观现在部分作家，片面强调技法多样、内容新奇，而有意无意忽视生活积累、思维锻造和个人修养，两脚远离土地，作品“仙气”有余而“俗气”不足，还常常埋怨子期不在，怀才不遇。毛泽东《实践论》认为实践是认识的来源，任何思想都不是天上掉下来的，都是在直接经验基础上分析检验而得到，直接经验与间接经验的关系，是源与流的关系。可见，作为高级创造活动的文学写作，其根基必然是丰富的实践。古人说“纸上得来终觉浅，绝知此事要躬行”，我们今天提倡“两为”“双百”方针和“三贴近”原则，都是有深刻道理的，是今天文学创作必须忠实践行的基本准则。

二、强烈的社会责任感是出好作品的巨大推手。“文革”十年给农村带来极大破坏，对淳朴的乡村社会关系造成扭曲。深处其中的周克芹对此有切肤感受，迫切希望结束这种无序状态。这种冲动和责任感激起了他的强烈的创作欲望。“文革”甫一结束，他就冷静、深沉却不乏激情地推出了《许茂和他的女儿们》，通过许茂老汉一家子的形象，反映农村政策的变革和农民的呼声与愿望，成为用长篇小说反映此段历史的先锋力作。而且，周克芹的小说突破了一般伤痕文学停留在咀嚼痛苦历史的局限。他的小说也描写了社会中的不少消极面、阴暗面，但并不给人以消沉、压抑，反倒给人以鼓舞、信心和力量。当前，我们正处在中华民族五千年未有的大变革时代，我们在经济、政治、文化和社会发展等各个方面取得了前无古人的伟大成绩，但同时社会蕴藏的各类矛盾也是前所未有的激烈。这就要求作家要有对国家、对民族、对人民负责的态度，把人的发展、社会进步和国家强盛作为文学表达的主题，既看到在这个特殊社会历史时期的矛盾，更要用文学的形式找到疏解矛盾的途径，在建设和谐社会的伟大实践中发挥文学应有的思想引领作用。

三、忠实的奉献精神是出好作品的基本保证。千秋文章事，寂寞身后名。文学是寂寞的事业，是需要虔诚信仰的智力劳动。周克芹历任全国政协委员、中国作家协会理事、中国作家协会四川分会党组副书记、常务副主席、《现代作家》主编。但少有人知的是，为他带来巨大荣誉的《许茂和他的女儿们》，却是在一间仅6平方米左右，兼具办公室和卧室双重功用的阴暗小屋里创作出来的，而这时距他1963年发表第一篇短篇小说《井台上》已经整整十六年了。据说最困难的时候，周克芹把家里的门板都卸下来卖掉充作生活费，但他却一直没有停止写作。不得不说，对文学的忠诚和执着是周克芹成功的基础。当前，我们的创作条件都比周克芹时代要好上无数倍，但我们为什么没有创作出《许茂和他的女儿们》一类的经典作品？或者说经典作品还太少？我认为这和当前部分作家存在的浮躁过度、欲望过多、追求过杂有密不可分的关系。在今天这个大发展、大变革的时代，我们需要树立一种“大隐于市”的创作品格，既有热情拥抱现实的积极心态，敏感地感知社会点滴变迁，又有冷静地思考的定力，立于凡世之中，心在尘世之外，静心观察，潜心创作，生产出真正对得起时代、对得起大众期盼的经典之作、传世之作。

“重大题材只好带回天上，纯真理想依然留在人间。”这是对周克芹才识、人品的高度赞美。我们能否改个说法，重大题材后续有人，纯真理想经典涌现？我相信四川文学界能有这个自信，我期待这一刻早日到来。

2010.9.20

（本文是评《周克芹文集》）

为建设者立传　为灾后重建放歌

2008年5月12日14时28分，一场猝不及防的灾难——汶川特大地震突袭天府之国，一瞬间留下一串冰冷的数字：四百多万名伤病员需要救治，50万平方公里土地受灾，数以万计的民房受损，波及4600万百姓。从城市到乡村，房屋大量倒塌损坏，基础设施大面积损毁，工农业生产遭受重创，生态环境破坏严重，我们能否及时“复原”？

灾后重建的辉煌成就，回答了这些疑问！

在灾后重建的两年里，举国上下同心协力，汶川、北川、青川、什邡、都江堰——在这些曾让亿万国人血脉同搏的地方，物质重建，文化重兴，社会重构，我们用一砖一瓦重绘破碎的山川，倾覆的家园，在地震废墟上创造了新的人间奇迹。在这人间奇迹的背后，是我们守望相助、备尝甘苦，全民携手重建破碎家园的真实写照。震后19天，胡锦涛总书记在大山深处防震棚的黑板上写下“一方有难，八方支援；自力更生，艰苦奋斗”十六个大字。在号召灾区自力更生、奋起自救的同时，中央果断作出恢复重建的重大决策，启动对口支援机制。震后37天，国务院制定《汶川地震灾后恢复重建对口支援方案》，统一部署对口支援任务。

“一省帮一重灾县，举全国之力，加快恢复重建”，这一科学决策是灾后重建中的最大创新，承载着无数爱心的涓涓细流，汇聚成奔涌的江河大川，造就了社会主义制度优越性的“汶川样本”。

山东—北川，广东—汶川，北京—什邡，上海—都江堰……来自东部和中部地区的18个省市与四川18个重灾县结成对子，原来相距遥远的两地，从此手足相连。

江苏省提出，以“江苏绵竹一家人，一条心，一个目标”的感情和责任，与绵竹人民一道，携手共建绵竹美好新家园。

山东省提出，对口支援北川，要举全省之力支持。

浙江人将“走遍千山万水，吃尽千辛万苦，说尽千言万语，历尽千难万险”的创业精神，注入青川那一方水土……

对口援建，让西部重镇从地震的阴影里迅速走出，新思路、新观念带来了新起点，加快了建设西部经济发展高地的步伐。对口援建，让“先富起来”的东部地区，找到了缩小东西部差距的支点，与灾区协力同心，谱写了“区域协调发展”的新篇章。这两年，伟大的抗震救灾精神转化为艰苦奋斗、重建家园的坚定意志，并以无数感人细节和执着坚守，给予我们新的震撼。援建者与灾区人民甘苦与共，让每个人懂得了什么是“祖国情结”，深刻体会了社会主义大家庭血浓于水的关爱。

今年3月，四川省委宣传部、四川省作协主办“名家看四川·书写新家园”采访活动，18个对口援建省市宣传部、作家协会联合选派了一批优秀作家赴灾区重建一线采访，感受灾区新生活，记录重建新成就，书写和讴歌四川人民和援建队伍一起创造的重建奇迹，铭记伟大的抗震救灾精神，见证灾区的崛起与重生。作家们以援建精神写援建，零距离地贴近灾后重建的热土，与援建者同吃同住，记录建设者可歌可泣的英雄奇迹，从一砖一瓦中，寻找中华民族自强不息的精神之源，用手中的笔为建设者立传，为灾后重建放歌，于是有了这本大型报告文学集《国家行动——18省市援蜀记》（四川文艺出版社2011年版）。

谨以此书献给以命相搏，以血相助的援建者！

2010.12.5

（本文是评报告文学集《国家行动——18省市援蜀记》）

穿越灾难继往开来
自强自立重铸辉煌

2008年5月12日，四川发生里氏8.0级特大地震，瞬间撕裂龙门山脉，从震中映秀到汶川、北川、青川，断裂带绵延三百多公里，重灾区10万平方公里，山崩地裂，山河破碎，房屋倒塌，道路阻断，锦绣大地满目疮痍。

四川骤临大难，共和国遭遇国殇。灾难，震裂四川，震撼中国，震惊世界。

两年多时间过去了，怆然回首，在苍茫大地上，焕然一新的四川大地，留下一串情动天地、气壮山河的足迹。在党中央、国务院的坚强领导下，在四川省委、省政府的决策部署下，在兄弟省市、全国人民和海外同胞的大力支援下，四川人民以山之坚强、水之柔韧，穿越灾难，崛起危难，取得了“三年目标任务两年基本完成”的决定性胜利，浓墨重彩地书写了从悲壮走向豪迈的壮丽史诗！四川人民用自己的实际行动告诉世界，四川没有垮，四川的经济没有垮，四川的精神没有垮，四川人民挺直脊梁从废墟上站立了起来。这是“一方有难、八方支援”中华民族传统美德的胜利，是社会主义制度的胜利，是川人精神的胜利，是改革开放三十年强大国力的胜利！

灾难考验民族意志，抗击灾难同样能够锤炼升华民族精神，形成民族精神新结晶。以从容直面灾难，以自信应对灾难，以理性反思灾难，以艺术审视灾难，这是一个民族走向成熟的文化体现，更是一个民族走向成熟的精神体现。“国家不幸诗家幸，赋到沧桑句便工。”这句话道出了重大题材在文艺创作中的两面性，也清楚地告诉我们，文艺家只有以入世担当精神，积极介入生活实践，为时代写史、为人民立传，才能创作出符合时代精神、满足人民需要、能够流传后世的精品。

“5·12”以来，全省文艺工作者以高度的责任感和激昂的创作热情，在第一时间纷纷拿起手中的笔，以各种文艺形式表达内心的真实情感，展现大爱无疆的英雄群像，赞美坚忍顽强的生命意志，讴歌崇高伟大的人性光芒，创作生产了一大批生动记录四川人民从悲壮到豪迈壮丽历程、深情讴歌伟大祖国伟大人民和川人精神的优秀文艺作品，这些绚丽的文学艺术之花，必将成为我们民族的一笔宝贵的精神财富。

恩格斯说，没有哪一次巨大的历史灾难，不是以历史的进步为补偿的！《四川回答世界——来自灾后重建的报告》（四川文艺出版社2011年版）作为川人自我书写坚强奋起的文学记录，本身就是伟大抗震救灾精神的产物，是广大文艺工作者深入现场、深入生活、深入群众，发自灵魂深处的情感自然流露，这里有川人的记忆和诉说，从中我们可以读到达观、自强、感恩、奋进、希望……其中蕴含的丰富的精神价值，必将随着时间的推移，日久弥新，历久弥醇。如果说文字的记录和回答是川人的责任，我们更期待这些文字所承载的精神在这块土地上得到延续和勃发。我想这也是此文集的目的和意义所在。

2010.12.8

（本文是评《四川回答世界——来自灾后重建的报告》）

功在当代　利及后世

《四川文艺年鉴》从2007年正式编撰发行以来，已经运行五年，出了四本书，目前正在编校第五本。这是一本记录我省文艺发展足迹、具有浓厚地域特色和鲜明行业特征、着眼于服务四川文化强省建设实际需要的专门年鉴。五年来，在编撰团队精心实施下，年轻而独到的《四川文艺年鉴》以其准确的出版定位、精美的装帧设计、翔实的内容录入、权威的信息发布，正逐渐成为文艺界乃至全省其他行业每年翘首企盼的习惯性阅读书目，成为四川与其他兄弟省（区市）加强文艺交流、展示四川文艺大省形象的重要纽带和平台。正如有同志说，组织编撰发行《四川文艺年鉴》是当代四川文艺人主动适应文艺发展形势需要，勇于担当、勇于创新的表现，是一项功在当代、利及后世，具有重要历史价值和现实意义的事，有幸参与其中，我倍感荣幸和骄傲。

结合《四川文艺年鉴》的编撰、功能、特点、作用及发展建议、运行情况和自己的一些体会等，谈几点意见。

一、关于文艺年鉴的基本立场

文艺年鉴作为具有鲜明行业特征的专门年鉴，因其与文学艺术这一人类最具创造性的智力活动紧密相关，决定了在编撰过程中既要遵循一般年鉴必须坚持的客观立场，又要着眼行业本身特点，体现独特的行业立场。

（一）文艺年鉴必须坚持唯物主义立场。唯物主义是马克思哲学体系的核心组成部分，是社会主义文艺必须始终高扬的理性大旗。今天在《四川文艺年鉴》上记录的每一段话，留下的每一个字，都会成为未来人们查验历史的权威记录，成为反映我们这个时代文艺工作者精神状态、艺术理念、价值追求的重要依据。因此，编撰者有责任、有义务以历史的、辩证的眼光，一切从文艺发展的具体实际出发，全面、客观、真实地反映当前文艺发展的轨迹。文艺是主观见之于客观的创造性精神生产，它本身是意识的，但它表达的对象是鲜活的社会实践，它的创造源泉来自客观的社会实际。《四川文艺年鉴》本身就是文艺的一个组成部分，同时又担负着记录文艺生产、文艺行为、文艺活动的重要使命，在具体工作中更要注意处理好主观与客观、现象与本质的关系。面对日新月异的经济社会发展局面和丰富多彩的社会主义文艺发展形势，始终坚持不曲笔、不浮夸、不浮躁的态度，既有及时跟进各种文艺现象、把握文艺发展趋势的敏锐感知力，又有透过纷繁热闹的文艺现象准确把握本质规律的深刻洞察力；既准确记录当前文艺动态，又站在历史延续的长河中做好同一件事、同一类事前后延续记录，使我们记录在案的每一个字都经得起今人的推敲、历史的检验，这应该成为每一个文艺年鉴编撰者、参与者应有的基本追求。

（二）文艺年鉴必须坚持实录立场。年鉴是未来的历史。唐代著名史学家刘知几对“实录”的定义是：“爱而知其丑，憎而知其善，善恶必书，斯谓实录。”就是说，记录历史必须以反映事物真实面目为生命，不能因个人好恶而文过饰非，随意取舍。比如，在报送资料或者写作年鉴过程中，能不能为了表现工作的“突出功绩”而杜撰或者“合理推算”一些数据？能不能因为时政的某些要求而刻意夸大或者回避一些基本事实？我相信，这些都是在座者所不齿的。但也告诉我们在编撰文艺年鉴过程中，必须随时保持高度清醒，秉持实录立场不动摇。因为一本年鉴里，出现一句假话，读者就会对整本书的真实性产生怀疑，就会对我们的工作动机产生怀疑，我们的整个工作就失去了意义。因此，面对成绩和收获，我们要当仁不让、理直气壮地说足、说够，以真实的业绩昭示后人；面对问题和不足，我们要自曝家丑、主动揭短地讲清楚、说明白，以坦诚的态度为历史存照。既然是实录，当然包括正反两方面的内容。记录不足甚至反面典型是文艺年鉴的内容之一，记录成绩或者先进典型也是题中应有之义。我们决不能顾此失彼或者走极端，要通过客观、真实的记录，准确反映当今文艺发展的真实状态，让读者从我们的记录中判断什么是当今文艺的主流，什么是支流，什么是积极的文艺，什么是消极的文艺，什么是真正能满足群众精神文化生活新期待、有利于提升人民精神境界和审美情趣的优秀文艺。从正反两方面为做好工作提供参考。

（三）文艺年鉴必须坚持以人为本立场。文艺年鉴是见人、见事、见精神的专门年鉴，这是其独特之处，也是最大的优势。人是社会历史发展进程中最具创造性、最生动活泼、最可宝贵的因素。任何历史文本缺乏对人记载，都是不完整的。文学界有一句著名的判断："文学即人学"，这充分说明人的活动对文学构成的决定性作用。没有人，就没有文学，也没有文艺。与经济年鉴多是记录人们经济活动，统计年鉴更多用数据说话不同，文艺年鉴主要是记录前一年人们的艺术创作、精神文化活动，通过对这个时代人们精神生活轨迹的书写，让每一个身处其中的人都可以从中找到与自己对话的精神伴侣，找到自己感兴趣的精神支撑。因此，文艺年鉴从内容到形式都称得上是一项充满诗情画意、富有精神张力的艺术生产活动。大家不妨翻翻已经出版的4本《四川文艺年鉴》，无论是文学、音乐、美术，还是舞台艺术、影视、对外文化交流，虽然都是客观记录，但读来让人兴意盎然，知识性、可读性都超越了一般的专门年鉴。所以，在文艺年鉴编撰过程中，必须牢牢树立以人为本的价值立场，准确、全面记录反映人的精神生活的文艺创作、生产、活动的运行情况，使读者从中能够直观了解当下人的精神状态、人的尊严、人的命运、人的价值追求，真正凸显文艺年鉴与众不同的办刊特色和优势地位。

二、文艺年鉴的价值追求

文艺年鉴有着区别于一般年鉴的定位和立场，也因其表现内容、记录方式独特，而具有自身的价值追求。我认为，文艺年鉴至少有以下几个方面的价值追求：

（一）具有普遍的历史记录价值。也就是刚才大家说的“存史”价值。虽然年鉴和严格意义上的史书不论是著述方法还是主要功能，都存在诸多不同之处。但从中外年鉴发展史来看，“存史”仍然在客观上成为年鉴的基本价值追求之一。有人把年鉴称作是逐年编纂的“年史”或“年志”。可以设想，如果把多年出版的年鉴逐一累计起来，就成了一部资料齐全、权威可信的行业“编年史”，或者至少可以说为编修史书提供了无出其右的可靠资料。因此，年鉴的价值，必然随着时间累计而不断增大，成为后世考察历史变迁的最有力见证者。这方面的内容刚才大家已经说得比较多，我就不重复了。总之，我们在编撰《四川文艺年鉴》的时候，一定要站在四川文艺史，甚至中国历史的高度，以强烈的时空意识和历史责任感，发扬秉笔直书的治史传统，如实记录当下，倾情关照未来，以丰富、客观、真实的记录，为四川文艺史发展作出我们这一代人应有的贡献。

（二）具有突出的示范借鉴价值。从字面上看，“年”是一个时间概念，表明年鉴是以“年”为编撰时间段。“鉴”旧指铜镜，引申为照、看、借鉴。《资治通鉴》就有“鉴于往事，有资于治道”之说。所以，编成的年鉴为以后的工作提供工作示范和经验借鉴，是其文本性质决定的最重要的基本价值追求。《四川文艺年鉴》在这方面就做得很好。每一本《四川文艺年鉴》都汇集了本年度全省各级、各地的重要文艺发展成果，对年度重大文艺创作、学术研究、文艺评论、文艺活动等都作了详细记载，并梳理出一目了然的清晰条目。同时，每一章的综合条目都对本类文艺发展的状况、有效的工作方法、获得的经验教训进行总结提炼，从而使每一个文艺工作者在阅读或检索后，都能很快找到自己所需要的信息和资料，从过去好的经验做法中受到启发，获得灵感，对开创性做好当前工作提供了独特而实用的示范借鉴。

（三）具有鲜明的信息交流价值。当今世界知识更新速度空前，信息呈几何式增长。仅靠兴趣或个人力量，很难及时、完整收集到关心的信息。年鉴作为逐年编纂、连续出版的资料性工具书，为完整收集同类信息提供了可能。它依靠专门力量，通过“点对点”的收集方式，对本年度、本区域、本领域的各类文字、图片、表格、数据等进行专业化收录、汇编，并及时通过专著的形式向社会权威发布，从而为人们了解本领域的大事、新事、特事、热门事件提供参考。希望《四川文艺年鉴》进一步加强这方面的功能构建，努力建立完善科学、高效的信息收集、内容编排、发行推广工作流程，切实增强文艺年鉴的时效性，为不同区域、不同类别的文艺工作者提供及时、有效、可资借鉴的信息参考，把《四川文艺年鉴》办成全省文艺工作者互通有无、交流提高的有效载体，切实发挥其在促进我省文艺事业大发展大繁荣中的增效剂作用和纽带桥梁功能。

（四）具有客观上的宣传价值。正如刚才大家所说，年鉴的主要价值在于“存史、资政、教化”。从现实情况来看，专门年鉴作为聚集本行业年度权威信息的发布平台，通过公开出版发行的方式面向所有读者，对于加速行业内部信息流通、促进信息跨行业传播、引导读者在了解行业运行情况后给予更多的关注和支持都具有显著的功效。这就使年鉴不同于历史著作，而具有了客观性、时效性、交互性等现代传媒的基本特征，这就是年鉴的宣传价值。目前，把年鉴作为展示行业形象的窗口，已经得到越来越多的人，特别是年鉴编撰组织单位的重视。但在理论研究层面，似乎对此还有不同的看法。我认为，我们当然不能为了宣传的需要，对年鉴内容掐头去尾，搞成新闻通稿，而伤害其客观、真实、全面的生命；同时也没有必要为了所谓维护年鉴纯而又纯的“本质”，而否认年鉴本来具有的宣传价值。文艺是最需要开放思维的领域。我们在编撰文艺年鉴的时候，应当树立“以严肃的历史观编撰年鉴，以开放的实用观使用年鉴”的意识，大胆运用《四川文艺年鉴》自身具有的独特宣传优势，不断深挖年鉴在新的历史条件下显现出的新功能，切实发挥其在促进文艺创作发展上的综合价值。

三、办好文艺年鉴要处理好的几个关系

相比于西方上百年的现代年鉴编撰历史，我国的年鉴发展还很年轻，还有很多理论、技术、意识方面的问题需要突破。可喜的是，在各级各部门的大力支持和省社科院专家的创新攻坚下，《四川文艺年鉴》从一开始就坚持用先进理念办刊，无论是条目编写、图文编排，还是详略安排、资料归集，都做得条块分明，井井有条。这也进一步坚定了我们大力支持《四川文艺年鉴》不断完善编撰内容、扩大刊物有效影响面的信心和决心。我认为，进一步办好《四川文艺年鉴》，应该正确处理好以下几个关系：

一是处理好编撰文艺年鉴和撰写文艺史的关系。年鉴的基本价值追求之一就是存史，这是由其内容、体例所决定的。但同时，又必须认识到，年鉴在本质上是汇集一年信息、供人们参考、查阅的工具书，与史书有着本质的区别。从创作目的看，文艺年鉴主要是汇集了过去一年文艺界的重要事件、人物、活动，为读者提供信息查阅、工作参考之用；文艺史则着眼于从一段时期的文艺现象中总结历史经验，揭示文艺发展规律。从时间跨

度看，文艺年鉴以年为单位，一年一鉴；文艺史则着眼于一个时期、几十年、上百年甚至上千年文艺的发展历史轨迹。从记述方法看，文艺年鉴采取客观记录，可以总结文艺工作中的有效方法和经验，但不作过多的主观评价；文艺史则要从纷繁复杂的历史现象中抽象出本质规律，得出结论，评述得失。因此，我们主张在编撰文艺年鉴的时候，要有治史必备的严谨、严密、严肃态度，务必保证每一条信息的客观、准确，使我们的工作经得起人民检验、历史检验；同时要着眼当前，把最有代表性、最具普遍性、能够体现当前文艺发展潮流的大事、要事、新事、特事记录下来，为开创性做好工作提供咨询、参考、借鉴。有人说，“年鉴的历史性总是寓于现实之中，它只有真实地记录现实，才能深刻地反映历史。”这句话为我们处理好年鉴和历史的关系，树立正确的年鉴观应该是有启发的。

二是处理好文艺年鉴和其他年鉴的关系。据统计，截至2010年底，包括《四川文艺年鉴》《四川交通年鉴》等在内的省级部门专门年鉴有17个，19个市（州）实现一年一鉴，过去5年全省出版市县级地方综合年鉴和部门（行业）年鉴达437种。这些年鉴，都成为一个地区、一个行业经济社会文化发展的忠实记录者，对推动相关工作发挥了各自的积极作用。《四川文艺年鉴》作为全省专门年鉴大家族中的一员，应当树立兼容并包、协调发展、取长补短、为我所用的开放意识。既要在其他年鉴编撰需要帮助的时候，提供我们力所能及的支持，共同促进四川年鉴发展进步；又要善于学习其他年鉴编撰的长处，比如《四川年鉴》在体例、编写风格上的优长，《四川统计年鉴》对各种数据的科学化编排，《四川环境年鉴》对重大事件的记录方式等等，用其他年鉴多年行之有效的做法，不断完善我们的编撰方法，进一步提高文艺年鉴的质量和水平。总之，《四川文艺年鉴》是有自己独特优势的，只要我们在编撰过程中不断总结、善于学习，及时把新技术、新方法、新观念运用到我们实际工作中来，就一定能把《四川文艺年鉴》办得更好，使之成为四川年鉴群中资料齐全、内容好看、特色鲜明、作用发挥显著的代表性年鉴。

三是处理好新媒体时代传统年鉴和新兴互联网的关系。年鉴具有部分传媒功能，在用户使用过程中具有一定的宣传推介作用。但同互联网的即时通讯和海量信息相比，其一年一鉴的特性决定了无论是速度还是广度上，都不可能和互联网抗衡。这也是所有传统媒介在互联网时代都面临的问题。那传统年鉴如何在互联网时代生存？我认为关键还是要找准自己的核心竞争优势。首先要明确，年鉴的主要功能不是提供及时的信息资讯，而是为工作提供参考借鉴。明确这一点，有利于树立我们的工作自信。单就提供信息而言，正是因为年鉴编撰的范围相对较窄，而提供的信息又权威、全面、客观、可靠，就使它在浩瀚的知识海洋中具备了精准提供信息的特点，而拥有互联网不具备的优势。一个简单的例子，2010年四川有代表性的舞台演出有哪些？谷歌或者百度可以在1秒钟内给你海量选择，但要在谷歌39万条、百度220万条搜索结果中筛选出你能够确信的准确数据，基本是一项不可能完成的任务。而翻翻《四川文艺年鉴2010》，1分钟就可以解决你的问题。所以，传统年鉴在互联网时代可能没有速度优势，但有提供精准信息的核心竞争力。年鉴编撰者一定要看到自身不可替代的长处，坚定信心，创新实干，用更加全面、实用、易于查询的信息为人们提供更加方便、快捷的服务，凸显年鉴的竞争优势。当然，年鉴编撰和传播也要善于运用互联网这个有效手段和载体，借以不断提高编撰效率，扩大影响范围，培养群众阅读习惯，使年鉴在互联网时代焕发出新的活力。

《四川文艺年鉴》是我省发展繁荣社会主义文艺、建设文化强省的重要组成部分。编好《四川文艺年鉴》是一项面向当前、影响深远、具有“文以载道”传统价值的创造性工作，任务艰巨，使命光荣。在今天的研讨会中，大家从各自的专业角度，对进一步办好《四川文艺年鉴》提出了很多中肯、有价值、具有操作性的意见和建议。希望省社科院的专家和相关编撰工作者认真听取、虚心吸纳，争取取得新的更大的成效。

2012.3.15

（本文是在《四川文艺年鉴》编撰工作研讨会上的讲话）

用平民视角传播感动

雷锋是中国家喻户晓、全心全意为人民服务的楷模，几十年来，雷锋这个光辉的名字和他的崇高品格始终焕发着夺目的光彩。雷锋精神更是以感动人心、温暖社会的道德温度深深融入了社会主义核心价值体系，成为中华民族宝贵的精神财富。今天，我们深入开展学雷锋活动，尤其需要紧紧抓住雷锋精神的内核，充分把握当代人的认知规律和心理特征，找出雷锋与当代人的思想契合点，树立一个当代人认同并乐于接受的雷锋形象，使雷锋精神能够引起人们的理解与共鸣，增加亲切感与认同感，消除距离感与神秘感，从而增加学雷锋的吸引力。

今年是纪念雷锋同志殉职五十周年和毛泽东同志“向雷锋同志学习”的题词发表四十九周年。出版界多角度、多体裁策划出版了一大批雷锋主题图书。“雷锋书”的集中出版，让社会再度审视“雷锋”在当下的意义，再度关注“雷锋精神”的坚守和传承。在众多的出版物中，黄亚洲先生的长篇小说《雷锋》（四川文艺出版社2012年版）在众多的“雷锋书”中独树一帜，作品以文学的形式、平民的视角解读雷锋平凡而伟大的一生，为我们讲述了一个真实的，有血有肉的，从神坛上走下、更从百姓中走出的雷锋，让读者真切地触摸了生活中的英雄，收获了平凡中的感动。

叙事视角是作家价值立场的体现，黄亚洲先生在小说《雷锋》中所选择的平民视角，是他人本主义情怀的艺术客观化。作者致力于客观描摹主人公雷锋的生活经历和内心世界，从而让人文关怀与生命体验成为创作的主体内容。大千世界，再伟大的人物、再高尚的典型也有正常人的情感。长期以来，我们的典型宣传公式化、概念化、片面化、绝对化，不写真实的人性，不写真实的感情，严重影响了典型的公信力。因此，小说平民视角的文学解读让雷锋从“曲高和寡”的尴尬境地中走了出来，通过关注雷锋的生命历程、内心情感和生活细微，让读者既理得清雷锋事迹的来龙去脉，又看得明雷锋事迹的前因后果，从而深切感受到雷锋的行为是可以理解的，雷锋精神是可以学到手的，雷锋的思想境界是可以“无限逼近”的，进而激发出“人皆可为尧舜”的践行自觉，而不是“高山仰止”。我想唯有这样，典型的高度，才能真正树立到老百姓的心坎里，转化到老百姓的行动中。从这个立场上看，长篇小说《雷锋》无疑是成功的。

文学追求的是直面大多数普通人的真实人生，力求对生活“有一种生命的融入”，从而“还原生活的质感与鲜活”。长篇小说《雷锋》就是秉着大事不虚，小事不拘的原则，在相对整体、广阔的维度上、生动还原了雷锋的本来面貌和他身后的社会生活，用艺术的笔触、虚实结合的手法塑造了真实、饱满的雷锋形象，让读者和雷锋一道在命运中浮沉，在生活中历练，在社会中磨砺，并在娓娓道来中，把一个个直击人心的感动送到了我们面前。在这里，我更愿意从传播学的受众心理层面表述长篇小说《雷锋》所呈现的几个特点。

一是故事化的整体信息。当代的读者已经不满足于选择性的宣传，“学习雷锋好榜样”那几句抽象歌词已经难以涵盖一个真实鲜活的雷锋了。人们不仅要了解雷锋做了什么，而且还需要理解他为什么这样做。当代人学雷锋，必须还原他们可以接受的、可以辨识的清晰的雷锋精神谱系。只有认可了这个“雷锋”，才谈得上效仿和学习他。对于这一点，亚洲先生在小说的创作中做得十分出色，从出生到22岁，真实、质朴的雷锋从我们眼前走过，他为人们所熟识的一个个闪光点有机地、自然地融合在他平凡的生命历程和他所处的时代生态中，尽管置身于当时的时代背景，但他的所思所想，他与周围人的相处和交流是丰富而生动的，是真实可信的。小说在雷锋周围布置了许多人物，设计了大量的情节和细节，比如，小说塑造了与雷锋同龄的喜宝这个人物形象，他与雷锋是童年的玩伴，解放后他和雷锋又都成为农场职工，雷锋常常帮助他做好农场的工作，帮助他寻找失去联系的母亲，喜宝最终也追随雷锋去应征入伍，从他们真挚友谊的历程中，我们仿佛看到了身边“喜宝”的影子，感受到了那种真实、温暖的友情荡漾；比如小说对雷锋不愿意拍照而指导员认为在事实的基础上可以拍的细节描写，雷锋从开始的爽快答应到犯倔不配合，再到指导员耐心细致的释疑解惑，从而使倔强的“庚伢子”理解了艺术与真实、个人与大局的关系，最终“按着擦车布露出了特别灿烂的笑容”；比如雷锋在讲台上做忆苦思甜报告时不知从哪一刻讲起，抬头看天花板好长一会儿，没开口便哽咽起来；再比如雷锋因为投弹不过关一度心情沮丧，后来他看着手臂上的三处刀疤，口里骂着“炸你个谭四滚子”，怀着对恶霸地主的恨忘我苦练，终于投出好成绩。这些动人而富有真实感的细节都让雷锋更接近了“人”。文学在这里焕发了应有的独特魅力，这里的雷锋有缺点，真性情，他不是平面，而是立体。人们从故事化、整体化的人物信息中找到了雷锋作为普通人的信念基点和逻辑支点。

二是质感化的生活温暖。中国民族传统文化一直呈现出“温暖”的文化特质和精神特征，认为人应该有一种朴素的、温暖的生活态度，应该按照心灵所需要的那种快乐去生活。铁凝主席也说过“文学温暖”这样的文学观点，认为文学应该有能力温暖这个世界，作家应该创造出直面内心的，能给人光热和希望的文学作品。现在的人们重视“温暖”，或者说“温暖文化”正在流行，对温暖的倡导和诉求，不再是文化人的事情，而成为当今大众共同追求的一种行为。在小说《雷锋》的阅读中，我们看到雷锋的生命底色是阳光、友爱和感恩，我们常常能感到一种温暖力量的激励。雷锋小时候受了很多的苦，但苦难并没有在他心底留下阴影，而是强化了他的感恩之心，他因而格外珍惜身边的美好和善良，也愿意以美好和善良之心面对世界。小小的雷锋，虽然不懂得阶级压迫，不懂得翻身解放，但他能够分辨是非，他看到母亲的艰辛，知道怎么为母亲分忧，对母亲说野菜汤可香呢。他听大人说共产党是救穷人的，他就要找彭大叔问个明白，共产党什么时候来。我们看到雷锋是个追梦的文艺青年，有当“作家”的理想，他爱表演、朗诵、唱歌、吹口琴、跳舞，当他成为先进典型，在给女兵连的战士题词时，还会因人而异、字斟句酌地力求给人鼓舞，还会像所有情窦初开的少年一样写下“祝你在为人民服务的道路上焕发出青春的光彩”“愿你的青春像鲜花一样发散着芬芳！”。他还是当时的新潮达人，戴英纳格手表、骑马，一向节俭的他还为了参加舞会大手大脚地花三个月工资买皮夹克、皮鞋和雪花膏；他也频频跳槽，从计分员到机关工作人员到拖拉机手，再到工人，再到士兵，一直寻找一个最佳的平台发挥自己。雷锋像时下的年轻人一样，热爱美、热爱生活，也会跟着时代潮流走，他不断感受生活的温暖，并在得到了爱的同时传递爱，感恩之心充盈一生。小说所传递出的质感生活温暖着读者，读者也由此找到了和雷锋的共鸣之处。在这温暖的包裹中，“雷锋精神”已然成为一种“生活态度”和“生活方式”。这种温暖，不只是人情的朴素境界，也不只是一种灵魂的品质，它更是生命美好升华，是人性所释放的最美光彩。

三是现实化的助人悦己。复旦大学传媒与舆情调查中心曾做过一个调查，在上海，超九成受访大学生认为“助人为乐”是“雷锋精神”的主要内涵，认为“学雷锋”并不是一件“傻事”，而是一件“乐事”。这实际上成为一个“利己”与“利他”的辩证，表达了当代人对“助人为乐”的现实理解。这一点，在小说《雷锋》的叙事中得到了充分的表达和印证，作品中，我们分明地感到作为一个人，雷锋是快乐的，阅读《雷锋》就是在阅读他在助人中获得快乐的心灵故事。我们看到，在火车上，雷锋就跟“上了发条似的”在车厢里忙碌，时而打扫清洁，时而端茶送水，还摸出口琴为大家演奏；路过工地时，受到热烈气氛的感染，手脚顿时痒起来，帮助推砖车推得大汗淋漓。这些行为并非不可理解，作品在字里行间为我们作了生动的思想解读，比如雷锋在被窝里用手电筒夜读《纪念白求恩》，手电光久久地落在“高尚的人，纯粹的人”这几个字上；比如雷锋在散文中写道：“如果你是一滴水，你是否滋润了一寸土地？如果你是一线阳光，你是否照亮了一分黑暗？”由此我们理解到，雷锋快乐的源泉是他发自内心的真诚的爱。他爱党和国家，他爱人民，他爱集体，他爱事业，他爱生活。这是一种无私的爱，一种超越时代的爱，一种永恒的爱。爱，可以说就是雷锋精神的核心。亚洲先生用小说的想象将雷锋的爱演化为一个又一个具体生动的细节，让人们可以触摸到、感知到。小说用平实的文学书写展现了快乐的雷锋和他快乐的原因，展现了雷锋精神世界的充沛和丰富，进而启示读者学雷锋也应该是快乐的，学雷锋不是一种道德负担，不是由外而内的强制律令，而是我们内心自为的追求；学雷锋并不悲情，而是一门关于快乐的学问；学雷锋并不崇高和神圣，不是悲壮的牺牲，而是一种平凡的生活，这样的快乐并非不可触及，我们每个人都可以快乐地获得。今天我们重提雷锋精神，很大程度上不是去救助和拯救别人，而是拯救我们自己，寻找我们丢失的心灵钥匙，找回那种超越了自私和功利的精神愉悦、灵魂净化和价值实现，找回那种让我们充实、幸福、快乐的高贵情感。

应该说，长篇小说《雷锋》用平民的视角、文学的语汇解读英雄，生动满足了当代读者了解完整信息的理性需要、感受生活温暖的情感需要和获得内心快乐的价值需要，从而大大地增强了文学作品在当代的说服力和传播力，让我们以平常而又平静的心发现了雷锋身上的纯真和善良，让作品向读者传递的内在感动有了外化为行动的精神力量。

“学雷锋”活动已持续近五十年。毋庸讳言，学雷锋，我们遇到过尴尬，有过认识的误区。过度解读，让雷锋成了可敬而不可学的“圣人”；运动式的学习，让“雷锋三月里来四月走”；唯利是图的价值取向，让雷锋饱受置疑。如今，当许多人在耳闻目睹小悦悦被路人见死不救，老人摔倒无人敢扶等系列事件之后，不由得发出让“雷锋”归来的强烈呼声，这是人民群众对“雷锋精神”的高度认同，是全社会道德良知的真诚回归。正是为了让“雷锋精神”在当代真正深入人心，我们才有今天以平民视角对“雷锋”的热切探寻，才更愿意把学雷锋理解为一种普通百姓的道德行动，才更需要让人们理解，生活在社会中的每个人都有需要帮助的时候，做好事、做善事是每个人的生活需要。小说《雷锋》正是因为全面、生动地再现了“平凡”的雷锋，从而切合了当代人对“学雷锋”的心理认知和价值诉求，让真实的“感动”在人们心中相互链接、不断传递。由此我们更加深刻地认识到，不管社会多么浮躁，功利之风如何盛行，但助人为乐、与人为善这些最基本的道德观和价值观，依然为绝大多数人认同和向往。今天，雷锋精神的意义和影响已经超越了“发源”的时代，它对当代人的价值导向和精神需求的满足，决定了雷锋精神价值实现的效能和客观认同度，揭示了人的自由和全面发展的价值导向和路径，体现了历史发展的趋势和要求，是推动社会进步的永恒精神动力。我们也由此坚信，雷锋成为“常住人口”是社会发展的必然选择，“雷锋精神”必将发展并蓬勃于当代。

2012.3.18

（本文是评黄亚洲长篇小说《雷锋》）

人无信仰　生不如死

年届期颐之寿的马识途，再次用两部题材别致、体裁各异的著作，给长期蒙受马老文学精神滋润的四川文学界带来新的惊喜，再次展示了他老骥伏枥、壮心不已的创作激情，兑现了当年“告别了文坛，但并不告别文学，还要继续写作”的庄重承诺。《没有硝烟的战线》（四川文艺出版社2011年版）《党校笔记》（中共中央党校出版社2011年版）这两部作品的出版发行是马老数十年如一日始终致力于传承中华民族优秀文化精髓、扩大巴蜀文学影响力、促进四川文艺发展繁荣的真挚呈现。正是有了马老这样一批又一批具有坚定的文学信仰、强烈的历史责任感和高度文化自觉，坚定文化自信的优秀作家，才夯实了四川传统文化大省的地位，进一步激发了全省人民，特别是广大文艺工作者，在新的形势下推进文化强省建设提供了源源不断的精神动力和智力支持。

马老在巴蜀现当代文学史上具有承先启后的重要地位和作用，是继郭沫若、巴金、何其芳之后四川最具影响的作家，是当前中国文坛具有独特艺术风格的文学大家。我以为，马老至少在以下四个方面，为中国当代文学提供了独特的样本：一是坚定不移的人生信仰。“人无信仰，生不如死”，这是马老2010年8月为《光明日报》的题词。不论顺境逆境，马老始终相信正义的力量，坚守一生的人生信仰从不曾动摇，这也成为他始终拥有澎湃创作激情的源泉。几十年来，马老怀着对党和人民的深厚感情，以对国家前途和社会进步的敏锐观察，对革命、建设、改革和新时期伟大历程的倾情书写，把他历经危难、坚韧不拔、丰富多彩的人生阅历进行诗意的表达，展示了一位共产党员坚定的理想信念，凸显了一位人民作家鲜明的价值取向和人性光辉。《党校笔记》里充盈着对历史的科学态度，对当下的系统思考，对未来的高瞻远瞩，成为他这一品格最新的诠释。二是矢志不渝的文学精神。从马老弃理从文、投笔从戎、回归文学，几十年走过的风雨历程，可以清晰地看到，马老始终坚信文学的力量，秉持文以载道、文以明志、以文化人的信念，以小说、诗歌、散文，以及像《没有硝烟的战线》这样的影视剧本等各种文学样式，表达出他强烈的历史担当精神和深厚的人文关照情怀，为当代四川作家为人、为文树立了标杆。三是浓郁厚重的乡土情结。马老是纯正的四川人，长期在巴蜀大地上进行革命斗争和文学创作，对川人、川话、川情、川景饱含深情，成为当代作家中扎根巴蜀大地最深厚、理解川人精神最深刻、融入人民生活最彻底的文艺家之一。

马老的作品具有鲜明的地域特色和民族风格，从故事背景、人物对话，到形象塑造、社会风貌、礼仪习惯等，都透出浓浓的四川民俗文化气息，使人在赏心悦目之余深刻感受到四川人的智慧、幽默、不屈、创新精神。这一川人的精神和身份的重要指认标记，已成为当代巴蜀秉持的有悠久文化传统滋润的“文化名片”，成为人类社会长河中的一道永远亮丽、优雅、雍容、自信的风景。他的成就充分说明，越是民族的，越是世界的，越是具有独特艺术风格的作品，越具有独一无二的优势和魅力。四是知行合一的行为典范。马老是职业革命家、专业实干家、著名文艺家，他几十年如一日辛勤耕耘，以文学为媒介，打通了这三个看似毫不相干身份之间的通道，成为当代中国文艺界一位具有独特风格的作家。无论是《清江壮歌》《夜谭十记》《沧桑十年》，还是《没有硝烟的战线》《党校笔记》《未悔斋诗抄》等等，马老的作品都浸润着他丰富的人生实践经验。生动的人物形象、通俗传神的语言对话、跌宕起伏的情节设置、包罗万象的众生群像，无不植根于他丰富的生活实践。据我所知，《没有硝烟的战线》中有一场创办《XCNR》报纸的精彩斗争，安装收音机、记录广播、刻写蜡纸、油印、分发，就源于马老当年筹办同名地下报纸的真实经历，所以读来才那么真实、传神。

《没有硝烟的战线》，马老在《序》中说，其原型是我党隐蔽战线斗争英雄黎强，其中融合了他自己开展地下斗争的实际经验。正如大家所说，这使本书具有了鲜明的纪实性特征。这对当前红火而显混乱的谍战题材影视创作来说，无疑具有正本清源、示范导向的价值。读者从书中至少可以读出以下与多数谍战剧不同的信息：地下工作是党委统一领导下，多工种相互配合、各司其职的长期性、系统性行为，而非想当然的临时起意；地下工作有严密的组织性、纪律性，而非个人英雄主义的表演场；优秀地下工作者是党长期教育培养的结果，而非天生三头六臂的“大仙”；地下工作的根基在“地下”，也就是广泛的群众基础，而非几个精英人物就可以完成的。成书于20世纪90年代的剧本，一直到去年底才印刷发行，不能不说是一个遗憾。但剧本的成功出版，让更多人了解到地下工作者的艰苦、危险、忠诚、英勇机智、视死如归的斗争生活，理解他们为新中国诞生付出的鲜血、眼泪、痛苦和迎来胜利的欢快喜悦，也实现了包括黎强、马老在内，为革命、建设、改革作出突出贡献的革命家的愿望，也是足以值得欣慰的事。

《没有硝烟的战线》语言平实无华，以极具表现力的风格化四川话为主，体现了马老一贯的“摆龙门阵”艺术风格。书中人物众多、性格鲜明，情节脉络清晰、张弛有度，矛盾冲突集中、跌宕起伏。全书从抗日战争、解放战争，一直到“文化大革命”、拨乱反正，时间跨度几十年。书中意志坚定的共产党员、阴险可耻的叛徒走狗、垂死挣扎的敌特“国军”、摇摆不定的投机士绅、独特复杂的袍哥群体，以及受苦受难的人民大众相互交织，敌我斗争、敌特内部倾轧、潜伏与反潜伏较量轮番上演，小家与大家的冲突、个人情感和革命大局的矛盾多线并进，使整个故事既惊险生动，又有情有趣，使人读来不忍释卷。让人尤其印象深刻的，是马老倾注心血塑造的李亨这一隐蔽战线英雄的成长经历。马老是深谙我党地下工作经验、规律的革命元老，在书中，他没有刻意神化英雄形象，而是着眼一个普通青年目睹家国苦难，自发萌生寻求救亡图强之道，从一个纨绔袍哥子弟成长为一名优秀地下工作者的成长经历，传奇性和真实性交融，不浮夸，不矫情，体现了马老一贯实事求是的严谨文风和对革命者成长历程的深刻洞察。在本书第二章和第五章，作者分别借助于“领导”和周武哲之口，指出在隐蔽战线上斗争的同志“最重要的思想准备就是牺牲。我们必须忍受很多的牺牲。牺牲个人的名利幸福，牺牲家庭、牺牲友谊，有时还要牺牲爱情”，“必要的时候牺牲生命”。特别是很多没有经历过残酷敌我斗争的年轻人，把今天的幸福生活视为理所当然。殊不知，今天的自由和幸福，恰恰是千千万万像李亨一样的革命先烈，舍弃个人自由，牺牲名利、友谊、爱情，乃至生命，用艰苦卓绝的斗争换来的。当下社会面临信仰危机、道德危机、精神危机，人们更多强调个人权益、个人自由；多少年来，金钱至上、财富至上、个人至上，追求GDP主义，思物增长多，虑民收入少，见物不见人等等，正在或已经转化为几乎每天都看得见的一件件人为灾难，我们正在为多年积累的信仰危机、道德滑坡、诚信缺失承受惨痛的代价和成本。一个国家没有信仰，就没有正义、没有公平、没有尊严，就会是一盘散沙，乱象频频……一个人没有信仰，就没有追求、没有道德、没有诚信，就会是心中空渺，失去方向……一个人、一个民族、一个国家若丧失了精神与信仰的“GDP”，物质财富的GDP只能是一堆废墟……即使拥有再大的权力再多的财富也会崩溃或坍塌。中国在迈向未来社会的历史进程中，除了用经济驱动社会发展之外，还需要一种来自人们内心的文化力量来支撑人们的精神世界，以推动历史的发展。而这种信仰，就是马克思、恩格斯写进《共产党宣言》的为全人类谋福祉的思想，就是共产党人的理想与追求。在以李亨为代表的众多共产党员身上，我们再次感受了信仰的力量。无论身处何种险境，李亨等人始终坚守共产党员的理想信念，坚信人民必胜、正义必胜，终其一生信仰光明，九死不悔、矢志不渝追求光明。这也是马老负笈出峡追求真理、戎马倥偬征战沙场、以笔为刀不懈耕耘、历经磨难壮心不已的真实写照。

所有文学作品都带有作家自己的影子。“文章合为时而著，歌诗合为事而作”。马老作为时代的见证者，以近百年的人生阅历，保持对时代的敏锐觉察，保持对人生对生命的精神热度，形成了对“时”和“事”的独特理解。他用手中的笔，聚焦革命现实主义题材，饱蘸深情地书写中国人民不屈不挠、坚强智慧的革命斗争历程，记录下真实的时代人心，为社会主义现代化建设和民族复兴伟业贡献了独特的精神财富。他的作品，真正做到了思想性、知识性、艺术性、可读性四位一体。在马老等身的文学著作中，我们真切感受到他崇高的精神境界、恒久的人格魅力和对党、对人民、对中国特色社会主义事业的深厚情感。马老用行动，为青年作家如何坚守人民作家的良知与个性、如何处理民族与世界关系树立了典范。

文学是情感的形式，文艺家是自觉运用文艺形式表达和传递情感的活生生的人。因而，始终保持对时代的敏感敏锐敏捷，始终保持对生命生活与人的热情热忱热心，是创作一切优秀作品的精神之源。

伟大的时代呼唤伟大的文艺家和更多的精品力作。面对建设文化强国、文化强省的重大历史机遇，有着优秀历史文化禀赋和丰富现实文艺创作成就的四川文艺家，理所当然应以新的成就来呼应波澜壮阔的改革进程、如火如荼的发展实践。始终高擎民族精神火炬，响应时代的呼唤，倾听人民的心声，保持生命的热度，投入文化的自新，积极投身改革开放和现代化建设的火热实践，坚持“两为”方向和“双百”方针，以人民为师，以生活为师，把对时代精神的准确把握和独特体会转化为艺术创造的激情，创作出能够给人以启迪、给人以力量，努力创作生产更多无愧于历史、无愧于时代、无愧于人民的优秀作品，这是马老一贯的谆谆教诲。

祝贺马老宝刀不老、两部作品成功出版。

祝愿德高望重的马老身体健康、再作春山。

2012.4.6

（本文是在马识途《没有硝烟的战线》《党校笔记》四川研讨会上的讲话）

振兴川剧——高度的文化自觉与文化自信

三十四年前，中共四川省委响亮地提出了“振兴川剧”的号召，犹如空谷足音，预示着一个戏剧改革与发展高潮的到来，在全国戏曲艺术发展史上树立了一个崭新里程碑。“振兴川剧”作为一项以政府为主导、全社会共同参与的公益性文化工程，是四川文化强省建设的重要组成部分，体现了省委、省政府弘扬民族优秀文化、建设文化强省的坚强决心，是文化强省建设中一项独具地方特色、影响深远的创造性举措。坚持振兴川剧，实质上就是在弘扬民族文化、弘扬民族精神。

三十年来，在省委、省政府的关怀下，振兴川剧工作取得了突出成绩，在全国文化界产生了重大影响，川剧成为对中国戏剧发展具有深远影响的地方剧种，成为巴蜀文化的重要品牌和四川对外文化交流的靓丽名片。三十年中，振兴川剧所取得的累累硕果，与老一辈领导人、中央、省委、省政府的重视和关心密不可分，是广大的川剧艺术家、川剧工作者、热心观众齐心协力的结果。正是三十年坚持不懈地振兴川剧，才使川剧艺术达到了一个前所未有的高度，走在全国各剧种的前列，才使四川成为名副其实的“戏剧大省”。可以说，三十年来“振兴川剧”口号的提出与坚持，三十年来众多行之有效的政策措施的出台与落实，三十年来振兴川剧所取得的点滴进步和每一份荣光，是巴蜀大地上众多有思想、有追求、有担当的文化工作者高度文化自觉和文化自信的深切体现。今天，回顾振兴川剧三十年所走过的历程和取得的成绩，我们深感欣喜鼓舞；展望振兴川剧的未来，我们倍觉责任重大。

一、振兴川剧的提出与实施，是文化强省建设中一个影响深远的创举

川剧，是无数川剧艺人的智慧结晶与艺术蕴积。其所承载的文化价值、认知模式、历史民俗，无不体现着巴蜀文化的深厚底蕴与思想活力；其艺术内容的丰富性、舞台表现的完整性、技艺创造的独特性，使川剧拥有了独树一帜的艺术风格和不可替代的剧坛地位。川剧的艺术成就与文化价值早已超越了历史时空与巴蜀疆域，成为中华民族文化宝库中的一颗璀璨明珠。

在三百多年传承与发展的历史长河中，川剧有过辉煌，亦经历危机。十年浩劫中，虽备受摧残，但川剧人信念不改、信心不

失，薪火赓续，艺脉绵存。1978年春，邓小平同志在四川看川剧，对开放传统剧目作了重要指示，后经省委批准，四川省文化局分批开放了传统剧目，川剧很快得到复苏。但随着市场环境的变化，到20世纪80年代，在经历了初时的舞台繁荣之后，川剧市场渐趋冷清。针对剧目陈旧、演出减少、观众流失、队伍不稳、危机初露的局面，四川省委及时把握文化情势，召开文化工作会议，针对新情况，研究部署相关对策，1982年7月，四川省委批转省文化局党组《关于振兴川剧的请示报告》，响亮地提出了“振兴川剧”的口号，批准成立了四川省振兴川剧领导小组，通过总结戏曲改革中正反两方面的经验，制定了“抢救、继承、改革、发展”的八字方针，明确了“出人、出戏、赢得观众”的宗旨，确立了“树立长期任务的观点与制定近期奋斗目标相结合”的指导思想，并在实践过程中陆续充实了一些配套政策与措施，从抢救传统艺术、培养造就艺术骨干队伍、举行全省调演促进剧目生产、建立振兴川剧实验基地和加强理论研究等方面加以推进。此后，各地也相继建立了振兴川剧的领导机构，加大了对川剧的扶持力度。

2002年，根据形势的发展，四川省委、省政府提出“保护、继承、改革、创新”的振兴川剧新八字方针。在振兴川剧二十五周年之际，又出台了《四川省振兴川剧五年行动计划》，并针对新的情况，采取了一系列新的有力措施：包括采取择优、学费补贴，对四川艺术职业学院川剧表演专业给予支持；结合“西部助学工程”“春蕾计划”，改善川剧招生状况和为毕业生就业创造有利条件；加大川剧理念研究和保护工作力度；深化川剧院团等事业单位用人制度改革；大力支持民营剧团发展等。这一切都表明“振兴川剧”正持续向着更深更广的领域推进。

2006年5月，经国务院批准川剧进入了第一批国家级非物质文化遗产名录，在“保护为主，抢救第一，合理利用，传承发展”的指导方针及相关工作原则下，省委、省政府专门下发文件，对以川剧为代表的四川省非物质文化遗产保护工作作了具体部署，在“非遗”保护的大背景下，制度性的建设在探索中逐步完善，代表性传承人制度、传习班、传承演出、传习基地等行之有效的传承发展模式一一建立。至此，“振兴川剧”被纳入四川省长期的社会发展规划之中，成了各级党组织和政府的自觉的文化行动，川剧再次迎来了新的发展机遇。

新世纪，面对经济全球化带来的文化冲击，世界各国都加大了对民族文化保护的力度，我们党和政府也把对传统文化的保护与发展提到了新的高度。2011年中央召开了十七届六中全会，作出了《中共中央关于深化文化体制改革推动社会主义文化大发展大繁荣若干重大问题的决定》，省委九届九次全会上审议通过了《中共四川省委关于深化文化体制改革加快建设文化强省的决定》。为落实省委领导和省委宣传部对川剧发展的要求，全省各地创造了许多行之有效的新经验、新办法，值得肯定。省文化厅、省文联开展送戏进校园、下基层活动，让我省数十所高等院校学生观看了优秀川剧剧目。南充市政府实行文化惠民政策，拨出专款，在春节期间让观众免费进场看戏。遂宁川剧团与学校联合创办少儿川剧艺术学校，从娃娃抓起，普及川剧知识，培养少儿爱好者。乐山、绵阳、自贡、泸州、宜宾、南充等各地积极落实文化惠民政策，长期坚持送戏下乡，让老百姓看到喜欢的川剧。各地院团在坚持长年演出，巩固基本观众面的同时，还根据需求的变化，积极尝试旅游文化的结合，拓展川剧消费群体。

2011年8月，成都市召开成都市川剧发展座谈会，研究切实推动本市川剧事业发展的具体措施。会后，由市委宣传部、市文化局、市文联牵头，经多次征求川剧界专家意见，最终出台了《关于促进我市川剧发展的意见（试行）》，并成立成都市川剧发展促进工作组具体推动。《意见》从机制创新、人才引进、创作奖励、欣赏普及与传播、社会参与、专项资助、协调机制等八个方面予以推进。这个《意见》被群众称为“川剧八条”。这个“川剧八条”的出台，从指导思想、制度保障、经费配套、人才培养等方面有力推进成都市川剧事业发展，为新时期振兴川剧工作向纵深发展提供了切实可行的保障，调动了川剧界和社会各界参与振兴川剧的积极性，产生了良好的社会影响，为推动文化大发展大繁荣起到积极作用。

今天，我们应该意识到，振兴川剧是一个长久、科学的过程，同时也是一个辩证、发展的过程。自川剧孕育起，它的发展从来就不是一个一帆风顺的过程。三百多年中，川剧遇到了一次次危机，无论是封建时代的禁锢，还是战争年代的凋零，抑或是“文革”中的摧残，都不曾让川剧人放弃对它的珍视与热爱，逆境时他们坚守，留一丝薪火；顺境下他们奋起，开一片天地。正是川剧人的这份坚守，使川剧可以化危为机，不仅保留在历史的记忆中，更存活在当下的生活里，成为一个独特、真实的活态民族艺术形式，承载起巴蜀文化的具体价值与文化存在。三十年来，川剧所遇到的困难，是社会发展阶段中的特定情况下形成的，是新形势下遇到的新问题，具有某种偶然性与暂时性。因此，我们对振兴川剧一方面要有坚定的信心；另一方面也要明确这将是一个长期的过程。通过持续关注与不断投入，随着时代的前行、经济的发展、社会的变化、观念的转变，在满足群众文化精神生活的需求下，只要我们坚持不懈、锲而不舍，一定可以逐步密切川剧与人民群众的联系，迎来川剧发展的新机遇。

二、振兴川剧的努力与坚持，取得了继承、发展传统艺术的巨大成绩

振兴川剧三十年的不懈与汗水，在艺术抢救、剧目创作、人才培养、理论研究、图书出版等方面结出了累累硕果。三十年间，

川剧舞台上共绽放了22朵“梅花”（其中一人获梅花大奖、五人获二度梅）和一批“小梅花”，抢救录制传统代表剧目近百余部（折），出版工具书、专著、剧目等百余部（集），先后有几十个剧目在全省全国获各种奖励，这不仅为川剧振兴奉献了丰富的文化成果，还为川剧的持续发展提供了切实的艺术累积。

振兴川剧提出后的十年里，有关部门始终重视对川剧艺术的全面抢救与继承工作。十年间，先后为一百多位老艺人录制了近二百出代表剧目，还多次有计划地为一些著名鼓师、琴师、帮腔等进行了抢救性录制工作，为周企何、陈书舫、曾荣华、许倩云、陈淡然等老艺术家拍摄了舞台纪录片和艺术教学片，保留了一大批老艺术家精彩的音像资料，为后人的研究提供了宝贵的材料。通过开展持续的全省戏曲调演活动，结束了川剧舞台上老戏老演、革新不足的局面，形成了现代戏、新编历史戏、整理改编传统戏三者竞相争艳的新局面，涌现出了像《巴山秀才》《田姐与庄周》这样的优秀获奖剧本，也创作了如《岁岁重阳》《潘金莲》《四川好人》《红楼惊梦》《芙蓉花仙》等众多深受专家赞扬和观众喜爱的优秀剧目；并逐步培养造就、团结聚集了一大批技巧娴熟的优秀剧作家，形成了一支以魏明伦、徐棻为代表的体现高水准的创作队伍；众多青年演员锤炼了技艺，积累了舞台经验，绽放了晓艇、刘芸、古小琴、沈铁梅、陈智林、马文锦、田蔓莎、陈巧茹等一批艺有所成的“梅花”。川剧理论建设无论是在基础研究方面，还是在现状研究方面，都有了长足的进步，出版了《振兴川剧十年》《振兴川剧综论》《川剧音乐概述》《川剧舞台美术》《川剧词典》以及各种川剧著述和剧本集，为川剧的进一步良性发展奠定了坚实的基础。

自20世纪90年代以来，虽然振兴川剧的环境有所变化，但振兴川剧的努力并没有丝毫懈怠，一些长久的措施得到坚持，新的行动和投入也在加强，振兴川剧继续保持着良好的势头，取得了令人瞩目的成绩：出现了一大批川剧保留剧目，《山杠爷》《死水微澜》《变脸》《金子》《中国公主杜兰朵》等一批川剧优秀剧目获得文化大奖和其他奖项；《巴山秀才》《易胆大》《欲海狂潮》《李亚仙》《鸣凤》《夕照祁山》《红梅记》等形式与内容完美结合的剧目持续赢得荣誉；原创本土题材剧目《岁岁重阳》《槐花几时开》《黎明十二桥》《杨汉秀》等优秀现代戏在思想性、艺术性、观赏性三统一方面取得成功经验；首创川剧动画片《秋江》获得了观众的喜爱。培养造就了一大批优秀川剧艺术人才，优秀剧作家、导演和表演艺术人才不断涌现，魏明伦、徐棻、隆学义、谭愫、谢平安、胡明克、晓艇、刘芸、沈铁梅、陈智林、陈巧茹等都渐渐成了现代川剧艺术的标志性人物。反映川剧整理、研究高度的成果大量结集，先后编写、出版了《中国戏曲志·四川卷》《川剧剧目辞典》《川剧表现手法概览》《中国川剧通史》《川剧简史》《川剧词典》《四川民间戏曲雕刻选》《川剧艺术概论》

《川剧导论》《川剧精华》《四川戏剧选》《四川戏曲资源现状调查报告暨调查数据表》《新时期四川戏剧文学史论》《川目连艺术论》《〈聊斋志异〉与川剧聊斋戏》《魏明伦剧作研究》《川剧传统剧目集成》《名家论川剧》《老一辈革命家与川剧》等。理论研讨、学术互动继续从思想上深化着对川剧传承发展规律的认识与构建，理论研究在把握川剧艺术的基本特征和规律的基础上，把音舞美、表导化等综合因素纳入总体结构予以考虑，自1982年至今，通过舞台艺术专著、演出代表剧目、表演经验总结、回忆录等形式，先后为金震雷、陈全波、曾荣华、张光茹、袁玉堃、周企何、陈书舫、阳友鹤、周裕祥、许倩云、晓艇、李笑非、左清飞等一批著名的川剧表演艺术家整理出版了记录其表演成就的著作，成为研究川剧舞台成就的史料来源；此外，通过组织专门的理论讨论，把振兴川剧的研究工作引向纵深，使改革与创新建立在坚实可靠的理论基础之上，很好地指导了川剧改革的实践。

今天在为这些具体成果感到欣慰的同时，我们更深切地意识到“振兴川剧”口号的提出与实践，其意义早已不是三十年前对一个地方剧种的保护与发展这样单纯的含义所能包举的了。三十年坚韧的历程，清晰而深刻地显示了振兴川剧所具有示范先导、思想解放的伟大的意义。“振兴川剧”口号的提出，不仅有效地开创了川剧发展的新契机，而且它更是从战略层面上对全国戏曲振兴工作产生了巨大影响。正如文化部原副部长吴雪同志在四川省川剧调演大会上的讲话中所提到的，“‘振兴川剧’的号召，……带动（了）其他艺术品种的改革，……开创（了）戏剧工作的新局面，使文艺事业在精神文明建设中发挥更大的作用，这是高屋建瓴，有远见，有魄力的战略决策”。实践表明，振兴川剧工作不仅在四川的文化建设中举足轻重，而且在中国的社会主义文化建设中具有重要的战略意义。可以说，振兴川剧在全国起到了重要的示范先导作用，继川剧之后，振兴秦腔、振兴汉剧、振兴京昆等口号纷纷提出。1989年后，党中央提出弘扬民族优秀文化、振兴京剧的文化战略思想，为地方戏曲振兴为起点的文化建设掀开了思想与体制的新一页，迎来民族传统文化恢复与繁荣的新一轮高潮。

三、振兴川剧的伟大实践，体现出高度的文化自觉与文化自信

“振兴川剧”口号的提出，既是在改革开放的时代背景下，集中体现出在实现文化现代性的过程中，面对时代发展的挑战、文化冲击与思想喧嚣，以川剧为代表的地方文化和地方文化人从自身强大的历史与深厚的传统出发，自觉作出的思考与回应；同时，振兴川剧的长期伟大实践，不仅显示了巴蜀人民对自己文化的珍爱和地方领导所具有的长远文化眼光，更为重要的是，这种基于

对民族传统文化的自珍与自爱，从而有意识地把其当作一个战略性、复杂的系统工程来加以保护、发展、自适的长期实践，表明了我们在对待民族传统文化时所具有的自觉与自信，体现出一个时代、一个地域、一群文化人难能可贵的冷静与坚毅。今天，这种基于民族文化根基上的文化自觉与文化自信已经成了全党、全国人民的共识。正如党在十七届六中全会上通过的《中共中央关于深化文化体制改革推动社会主义文化大发展大繁荣若干重大问题的决定》中所说的那样："毋庸置疑，我们的经济繁荣很重要，军事实力增强也很重要，制度建设也很重要，但是最后中华民族能不能复兴，最根本的标志是中华文化的复兴，也就是形成自己一套独特的思想体系、价值体系、生活方式、社会科学、大众文化等等。只有当我们的整个文化体系具有现代性，具有领先性，能够吸引全世界的人民来学习，只有到了那个时候，中国的现代化才可以说是真正的实现了，中华文化才可以说真正复兴了，整个中华民族才可以说真正复兴了。"

毋庸讳言，振兴川剧的实践无疑具有明确的时代规定性，它体现出的是时代潮流下，文化因应在特定地域下具体的反映。但同时尤为可贵的是，它也表明了一种我们在文化发展中实事求是的态度和深刻反思的勇气。三十年前，川剧所面临的那场危机，不单是川剧一个剧种、一个地方戏曲、一种具体的传统文化样式的个体危机，从某种意义来说，它是整个中国传统文化在现代转型时所面临冲击与危机的缩影。进一步看，这个危机也不自三十年前始，其开端更可追寻到19世纪。在民族灾难深重的时刻，我们从体用之辨、主义之论、道路之争，终于探索出了一条适合中国国情的发展之路。这期间，深刻映衬着的恰是一个长久以来深深困扰我们的问题，即在实现由传统社会向现代社会的过程中，我们应该对民族传统文化抱一个怎样的态度。今天，在我们的物质文化建设取得跨越发展之后，尤要引起人们深思的是，是不是有一个超越文化而存在的模式可以普遍适用呢？历史发展的无数事实证明，在社会现代性的构建过程中，文化是一个永远无法超越的存在。今天，我们应该清醒地看到，在经济发展、社会重构的过程中，文化不是可有可无的点缀，更不是茶余饭后的娱资，它是一个国家、民族的存在方式，是塑造民族行为的深层思想与价值，是一个人、一个国家历史延续的方式。历史与现实表明，一个民族的觉醒，首先是文化上的觉醒。可以说，是否具有高度的文化自觉，不仅关系到文化自身的繁荣兴盛，而且决定着一个民族的未来。“在人类社会发展史上，社会发展到一定的历史阶段，总会出现特定的自我批判的时代。而且，越是在一个民族走向现代化的时代，这种自我批判的意识越强烈。这种批判，准确地说，是一种反省。或者是整体文化的反省，或者是局部文化的反省。通过反省，一个民族在特定历史条件下的新的文化或整体或局部获得崛起和兴盛的契机。”（廖全京：《川剧文化的过去、现在与将来——〈振兴川剧十年〉读后》）三十年前，振兴川剧的提出，既是先前开放传统文化的深化，又是时代变化形势下的自我调适。一方面它体现了我们对传统优秀文化的坚定信守；另一方面振兴川剧又强烈表现出对于川剧文化的反省，包括对川剧文化正面和负面的双重思索。通过这种理论上的反思和实际中的践行，我们推动了以川剧为代表的优秀传统文化的创新与发展，延续了中华文化的民族根脉，坚实了社会腾飞的文化根基，积蓄了国家复兴的内向动力，为社会持续、健康发展提供了自信的价值判断力和源源不断的思想支撑。

今天，我们需要把振兴川剧放到构建中国文化体系的框架下加以考虑，在全球文化的参照系下，自觉秉持一个对自身文化价值充分肯定的态度和对自身文化生命力无比坚定的信念。因为以川剧为代表的优秀巴蜀文化不仅历史悠久，而且民族根底深厚，深切反映了巴蜀人民的价值取向与认知方式，是中华优秀文化的有效构成和标志之一。肯定与坚持川剧等传统优秀巴蜀文化的价值，正是民族文化自觉、自信的具象体现。同时，我们也要深刻地意识到文化发展的阶段性、文化构成的多样性和文化建设的长期性，亦如我们在振兴川剧中所检视的那样，历史所遗留下的传统文化，并不都是精粹，也有糟粕，需要我们认真反思、不断深化认识、科学把握；需要我们以开放的胸襟与远大的情怀来对待人类历史上一切有益的文化样式，辩证取舍，积极吸纳；不陶醉在过去的光荣之中，以长远的眼光把握文化发展的潮流和趋势，勇敢地推进现有文化体系的转型，在未来的发展中创造新的辉煌，为人类文明作出新的贡献。

成绩归于过去，责任属于现在。《保护与发展——21世纪川剧》（四川人民出版社2012年版）一书总结了振兴川剧的过程，其实这也就是四川省民族优秀传统文化艺术与时俱进、推陈出新、创作精品、打造品牌的过程。振兴川剧必须保护继承，振兴川剧必须改革创新，振兴川剧必须各方面共同努力。

2012.8.8

（本文是《保护与发展——21世纪川剧》前言）

树老花犹盛　梦旧情却真

一个偶然的机会，读到沈重的文集《危楼旧梦》（中国文联出版社2013年版），一下就被它简洁的文辞、独到的视野和充盈其间的丰富情感所俘获，遥远的记忆和身边的日常生活都化为文字，从字里行间跳跃出来。

集子取名《危楼旧梦》。“危楼”者，作家对其居所之称也，文集中有《危楼以外》《身居危楼》等文，沈重亦自言连天花板上加固的钢筋都明明可见，可见身居此危楼确实堪忧。但就在这陋室中，沈重先生自宽自慰，倒于无奈中生出平和超然来。读记“危”之文，如品一枚青橄榄，苦涩之余生出咸甜滋味，在世俗的苦恼中生起超世的悠远，这是沧桑老人的经世豁达，更是传统文人的淡泊宁静。“旧梦”者，作者笔耕超过一个甲子，此次结集包括从20世纪四五十年代到21世纪的诸多散文作品，一篇篇看下来，半个多世纪在笔墨间缓缓流过，昨日还是英姿勃发的青年，徜徉在细雨纷飞的上海街头，斜靠着心爱的法国梧桐，思索人生的道路，流光匆匆如白驹过隙，转眼竟已是皓首银发的老人，远游他乡成故乡，含饴弄孙，忆往思故，正是浮生都是梦，浩叹不如吟。几十年的梦，自然可谓“旧”。慢慢品味，我对这个爱做梦的“老小孩”陡然又生出一些新的感慨来。

著名诗人和评论家孙静轩先生曾言，沈重是一株“晚开的黑月季”。沈重一生爱文。他文心聪慧，少年出名，本有望成为一颗冉冉升起的文坛新星，历史却让他在最富有创造力和想象力的阶段沉寂了。本来像他和他这样接受了一些先进文化、科技教育的知识分子，有着鲜明的民族意识特色，观察事物的角度，也有着自己心中的文艺写作方式和文艺创作的选择切合点，然而正是这种思想、这种选择，却被称作“小资产阶级知识分子”，“尾巴”经常要被“夹起”，甚至要被“割”掉，这就导致了他们时常被“运动”，被“洗涤”，其创作也受到不少的“搓揉”与“夹磨”。而在当时，这一切都是那么的“自然”，那么的“顺当”，他们的创作跟随着这种时代的脚步前行，感觉却没有越来越轻，越来越快活，而自己的心情未能像风一样自由，笔触可以随心举起尽情挥洒。等他重操旧笔，已届不惑之年，这无论是对他本人还是广大读者来说，无疑都是不小的遗憾。是故孙先生以沈重诗集之名来比喻沈本人，的确非常精到。但沈重尤使我敬佩者，恰恰在于他处逆境而不折，罹忧患而弥坚。沈重爱做梦。他坚信，美的梦，美的心灵，美的创造，是任何苦难都无法摧毁的，相反，希望和光明会因为苦难的哺育而嬗变、升华、生生不息。多年来，不管外界如何变化，世事哪般纷扰，他对文字，对生活，对世界的热爱始终不变，他用一个个由真善美编织起来的希望之梦，抵御现实中的一切邪恶、不公和丑陋。他就像一头雄鹰，当乌云蔽日之时，他收敛羽翼，靠近地面低低回翔，但豪情仍在胸中激荡。一旦时机来临，就会振翼而起，用激情澎湃的文字为易逝的年华打上永不退却的烙印。近30年来，他不仅在编辑本行取得了丰硕的成果，在诗歌、散文等文学创作方面也是佳作迭出，颇有可观。

《危楼旧梦》收入的作品主要是散文。沈重出生在江南水乡，生长在上海大都市。1949年夏天上海解放后，中国人民解放军第二野战军组建西南服务团，在招收青年学生时，他和许多同学怀着爱国、爱民之心和解放大西南、建设大西南、到祖国最需要的地方去的热情，积极响应，踊跃报名。这是一群没有任何个人要求，随时准备把一切献给祖国的热血青年。数年间，沈重与大家一道辗转大西南山林丛莽，在三线建设的一线挥洒热血汗水，最后扎根成都。人生就是一场创作。无论是如火如荼的建设时期，还是面对改革开放的历史巨变，他都以一颗灵慧的心去体悟种种际遇，创作的散文深刻隽永，风格多变，题材丰富，内容涉及乡村、城市、战争、自然以及文艺理论等各个方面。20世纪四五十年代，他正是青年，豪情壮志满怀，作品多呼唤光明，歌颂中国的新生，热情洋溢，带有鲜明的时代印记，如《上海解放三日记》，以简练传神的记叙表达对“神军天降”的欣喜，《我爱梧桐》以清新劲健的描写抒发对新中国的热爱，《月下漫笔》幽李白一默，薄古爱今，《唤醒沉睡的荒原》和《欢乐的小镇》，记社会主义建设者披荆斩棘开创事业，表现对祖国面貌日新月异的兴奋欢乐之情；80年代，沈重人到中年，情思深厚，所著《盼》《远归》《石桥的记忆》等文，以清丽流婉的文字，在似淡实浓的描叙中，表达对家人的牵挂，对故乡的眷恋；90年代至今，沈重对世界、人生的思考随着年龄的增长而更趋成熟，文章表现出对世事通透练达的领悟和观照，不仅仍然有《小鸟嘤嘤》等满溢柔情之作，更有《春从郊外墓窟来》《大漠之风》《也说朋友》等见解新颖的哲理散文，另外《莫高窟归来》对现实、历史、国民性的诘问让人震颤。这一段时期沈重的杂文尤使人耳目一新。如前所述，《危楼以外》等文，虽是叹息居所之陋，但仍有超然气度。对中国社会在转型期出现的一些问题，他寓庄于谐，眼光所及都是素材，嬉笑之间皆成文章，《且说挤车之苦》《平庸的梦》《引进“上帝”》等语言诙谐活泼，词句韵律感十足，针砭时弊入木三分，奇趣小文《牙祭》一句“什么时候，天下人牙齿的命运才会一样？”表达出对世人的悲悯情怀，让人在捧腹之余又掩卷沉思。《森林笔记》诸篇以四川特有的“龙门阵”笔调，向人们展示了苦乐伴生、妙趣新奇的川西北林区旧事，诡谲如迷的隐居老人、惊险刺激的跟漂、忠诚淳厚的猎人阿宗、神奇的山挂面、荒凉的藏区草原等等，让读者在惊叹之余深深被那块神奇的土地所吸引。难怪沙汀老在1962年7月22日的日记中留下了这样的记载："重读《四川文学》七月号……沈重那篇，最突出的是作者有相当好的文学修养。"这篇文章就是指"森林笔记"中的《驿道上》。《灯右随感》则表达了沈重的一些基本文艺观点，如《请讲得真诚些》作者一再强调写作以人民为本、以生活为师、以真实为灵魂的文艺观，对我们反思当今消费文化时代的文学创作中那种远离生活、虚假矫情的弊病大有裨益。

沈重的散文，无论风格是雄健，还是婉丽，无论题材是人生，还是自然，从抒情到记叙，从青年时的昂扬到老年的沉吟，总让读者感觉有一根线贯穿其中，像人的身体一样，尽管五脏四肢各有分工，但都被一根根血管连接贯通，组成不可分割的一体。啊，是了，这根形散神聚的线，就是贯穿沈重一生的"梦"呵！这个梦，是对理想的不懈追求，是对光明、美好、希望的不渝坚守，是真善美的不断生长，是正能量的持续传递。这，应该就是沈重的文字为什么看起来朴实自然，读起来又那么引人入胜，回想起来余味无穷的原因吧。

每一个梦都斑驳

都是人生的叹息

沈重这两句诗，正好放在这里，作为这篇序言的收笔，那些美丽的、纷乱的、斑驳的浮世旧梦啊，纵使时光流逝，仍光彩熠熠，让我们一品再品，吟咏回味。

2013.4.1

（本文是评沈重文集《危楼旧梦》）

经典在实践和历史中检验

以阿来先生长篇小说《尘埃落定》出版十五周年，研讨新形势下经典文学的发展之路，很有意思也很有必要。阿来是具有全国影响、在世界上拥有一定知名度的著名作家、学者，是当代四川作家的代表性人物。长期以来，他以坚定执着的奉献精神、孜孜不倦的文学追求和开放实干的现代视野，在文学的沃土上辛勤耕耘，取得了巨大成就，对巩固提升四川文学大省地位、促进四川文学走出盆地、走向世界作出了重要贡献；他在有效聚合世界资源为我所用、推动文化事业和产业共赢发展上的成功实践，为当前文化体制改革提供了可资借鉴的范本；他在省作家协会主席岗位上兢兢业业，不仅自己新作迭出，并且热心提携后进，培养新人，成为青年学习的榜样，用对四川文学发展作出的突出贡献来评价他是合适的。

《尘埃落定》是阿来的成名作、代表作，是四川文学，乃至整个中国文学在乡土叙事上发展的高峰。它以川西藏民族在大时代的命运波澜为切入点，用富有哲理和诗性的语言讲故事，依托魔幻与现实交融的精巧构思，运用高超的叙事技巧再现历史转换瞬间，通过以“傻子”为代表的一批典型人物的跌宕命运，展示了土司制度行将崩溃之际人与人、世俗权力与宗教信仰、旧制度与新制度、人性善与恶的剧烈对撞、冲突。它的“形”是讲述加绒藏族土司制度由盛而衰的过程，“质”却具有对具体事件和人物形而上的超越性，着眼于表现善与恶、得与失、正常与反常、理性与非理性、现实与非现实等人在历史、当下和未来的永恒矛盾，着力回答“我是谁？我为什么而活？”这一终极问题。正因为如此，有人评论《尘埃落定》“注定是一部可以从不同角度评说的长篇小说，史学家可以看到历史；文学家可以看到诗；文化人类学者可以看到异族文化；批评家可以看到拉美和现代派文学的影响”。我以为这样的评价是公允的。不少文学创作、研究领域的专家，对《尘埃落定》的艺术成就、文化价值、社会历史地位等都有各自专业的独到见解。借此，就不多作议论，仅谈谈对文学经典的一些看法。

一、关于纯文学式微的问题。这个问题已经争论了很多年。因不是专门的研究者，也无意卷入其中，在这里只是谈谈我个人的一些看法。首先是关于“纯文学”的概念问题。据我了解，目前好像还没有获得广泛认同的定义。从文学的丰富性、复杂性来看，估计也难得给出一个准确的概念。既然连“纯文学”是什么都没有完全搞清楚，就说纯文学式微甚至死亡，是否有点过于武断？这个可以讨论。其次是“纯文学”的定位问题。哪些是纯文学？我想，强调作品深刻的精神性、丰富的思想性、完美的叙述技巧、独特的个体体验等等，都是优秀文学作品应该具备的品质。但是否只有这样的作品，或者说只要是这样的作品，就叫纯文学？鲁迅的《狂人日记》是经典吧？但我听说有人把它当通俗恐怖小说读！我们应该反思，在说“纯文学”时，是否内心已经存在门户之见，把自我的创作同新的文学形式、新的文学传播渠道对立起来？真正的优秀文学作品应该是思想性、知识性、艺术性、观赏性高度融合的精神产品。但那些以“纯文学”为名，陷入文本纯粹的技术化操作，陶醉于叙事形式的不断花样翻新，偏执于各种流派、理论的生吞活剥，远离社会实践，远离民众生活，画地为牢，孤芳自赏的文学，决不是我们提倡的文学创作路数。三是“纯文学”式微的问题。这个问题是文学界自己提出来的，这本身就是一个值得重视的现象。始终保持自警、自省的精神，我们的文学就找到了不断前进的动力。中国现当代文学发展还不到100年，从国民性写作到革命写作、人性写作、社会写作，有些已经开花结果，但仍然还有广阔的挖掘空间。当前社会进入多媒体、自媒体高速发展时代，似乎人人皆可为作者，尤其同大众文学、通俗写作众声喧哗、名利双收相比，严肃写作似乎显得那么不合时宜。我想说的是，“泛写作”是社会进步、公众文化素养提高的必然结果，但这并不必然带来严肃写作的消亡。相反，大量充斥印刷、网络的雷同“作品”，必然反向刺激读者对个体体验独特、思想内涵深刻、宣扬人类崇高精神价值的经典阅读回归。在消费文化盛行的当下，文学界有危机感是好事，但不能妄自菲薄，甚至消极以对。我们要相信，文学是人类精神文明发展程度的集中体现，它起源于人的劳动和思维，只要人类智慧不灭，人们的审美冲动不停歇，文学就会不断发展进步。这是我们从事文学创作的自信之源，也是基本的精神坚守和价值追求。

二、关于经典阅读的看法。在这个问题上，人们似乎应该持乐观态度。据最新数据显示，去年诺贝尔文学奖公布后，四川文艺出版社、华夏出版社联合出版的《莫言自选集》在短短四个月时间，销量超过10万册。据说莫言2012年版税就高达2950万元。这固然有莫言获得诺贝尔文学奖后的放大效应，但同时也反映出民众对优秀文学作品是有内在需求动力的。关键是你的作品是否符合他们的精神文化需要，是否足够“经典”。有媒体统计，2012年，除莫言、刘震云等畅销作家外，路遥、贾平凹、麦家等的长篇小说销量都在40万册上下。我们常常痛心疾首地讨论的一个问题是：中国人不读书！尤其不读经典！关于这一点，我觉得应该有更宽泛的理解。从书店购买印刷品阅读，就是传统上卖出了多少本书，自然是衡量读者群的一个重要依据。但同时，非正规渠道印刷销售、网络阅读、手机阅读等更大数量的阅读群体，却被我们有意无意地忽略掉了。当然，这个涉及版权问题，不在今天讨论的范围。我只想说，事实可能没有我们想象的那么悲观。当前，我们正处在一个识字、读图、音像同步快速发展的时代，人们接受信息的方式、途径正在发生根本性变革。在这种情况下，要所有人都回归传统书桌，逐字逐篇阅读是不现实的。文学阅读面临新的问题。怎么办？顺势而为！伏案文本本身是我们关注的阅读，通过新媒体阅读也应该引起我们的重视，依托改编的影视、戏剧、音乐、包括高水平的网络游戏等传达经典的精神价值同样能给观众不一样的阅读体验。比如，《尘埃落定》被改编成川剧、舞剧、电视剧，就让更多人通过舞台、银屏关注了解藏族人民的命运和作品反映的审美诉求。在今天这样一个时代，关注经典阅读，不仅要看卖了多少本书（这个和作家的收益直接相关，可能大家关注更多一些），更要关注经典的跨媒介传播影响了多少人，研究经典在提高大众审美品位、提升精神境界、促进人的全面发展等方面发挥的重要作用。这是文学经典的根本价值追求，文学工作者应该以更宽广的胸怀来认识这个问题。

三、关于文学创作的看法。回归生活是创作的前提。文学是人学，写作者需要对人性和人的命运具有深刻而独到的体验、感悟，才能写出优秀的作品。比如阿来的诗歌、小说，无不浸润着他在独特的生长生活环境中所养成的个人气质。当前，部分作家片面强调技巧多样、内容猎奇、“主义”先行，两脚远离土地，深入生活犹如蜻蜓点水，作品“仙气”有余而“俗气”不足，出来的作品总给人凌空虚蹈的感觉，缺乏厚重踏实的生活体验，更难以创造广阔的想象空间和充实丰富的思想内涵。以人民为师、以生活为师，应该是严肃文学创作始终坚持的基本方向。强烈的使命感是创作的动力。不平则鸣、为民担当、以文化人等等，是中国传统文学精神的重要追求。当前，我们处在前所未有的大变革时代，经济、政治、文化和社会发展等方面发展突飞猛进，但同时转型期的各种矛盾也逐渐显现。这就要求作家要有对国家、对民族、对人民负责的态度，把人的全面发展、社会进步和国家强盛作为文学表达的重要方向，深入生活，关注现实，用文学的形式探索疏解矛盾的途径，为社会和谐稳定发展起到思想引领的作用。面对当前浮躁的社会，广大作者应该既有热情拥抱现实、敏感感知社会变迁的积极心态，又有冷静思考、沉着观察的定力，立于凡事之中，心在尘世之外，静心体悟，潜心创作。只有这样，才能生产出不流俗、不媚俗、经得起时间考验的经典之作、传世之作。

2013.4.11

（本文是《尘埃落定》出版十五周年感言）

笔尖纸头方寸地

作为一种文体，散文特别自由灵动。它源于古代笔记，形式灵活，篇幅不限，内容不拘一格，既可叙古今中外奇闻野史，也可抒思古感今伤春悲秋之情，市井人情、历史经纬、哲理思辨无不囊括其中。作家的人生历程、情感立场、价值判断等，都是决定散文风格的重要因素；散文又总是与时代精神紧密联系的，是作家学识修养与时代潮流交融激荡的结晶。纵览一个时期的散文，往往可见一个时代世态人情的嬗变。如民国的周作人、梁实秋、朱自清，对社会变迁的书写，表现文化转型时代文人的矛盾心态；“十七年”文学中秦牧、杨朔的散文表达出人们对美好生活的期待和热切向往；新时期以来巴金的《随想录》、韦君宜的《思痛录》等，反思历史，关注知识分子的良知和职责；20世纪末余秋雨、董桥等的文化散文，表现了对传统文化的审视，为散文增添了理性的深沉；当下一些优秀的青年散文作家如李娟、刘亮程关注文学与自然的对话以及社会剧烈变化对传统生活方式的影响，赋予了当代散文新的时代内涵。可以说，一篇篇散文，就是一段历史多姿多彩的横切面，也是一个作家生命历程和思想情感朴素直白的履历表。

李致同志是我的老前辈老领导，我们亦师亦友，他的做人、为事和作文都让我受教匪浅。他出生于旧式大家庭，成长于“五四”新文化、新思想的时代氛围中，受鲁迅、巴金等进步文学家的影响，学生时代就已经在报刊上发表一些不满现实、渴望光明的文章。但后来因时代历史的原因，他被迫中断了创作，直到20世纪八九十年代，改革开放的洪流冲破对思想的束缚，摒弃“文艺从属于政治”的桎梏，李致同志又开始重拾创作。他长期从事青年、出版、文艺和宣传工作，担任过总编辑、党政领导、文联主席等职务，一生既有风平浪静的安逸光阴，也有几次经历暴风骤雨的危急时刻，有狂飙突进的燃情岁月，也有壮志难抒的阴郁日子。在八十多年的人生历程中，接连不断的身份转换、起伏跌宕的生活经历、优秀人文作品的大量阅读，使李致同志的文学创作获得了丰厚的思想资源的滋养。这一时期，他回顾几十年风雨，写出大量以“往事随笔”为总题的散文，收入《往事》《回顾》《昔日》《我的四爸巴金》《铭记在心的人》等几部散文集。在巴金诞辰110周年之际，李致同志再以“往事随笔”——《四爸巴金》《铭记在心》《昔日足迹》三卷，收录160多篇文章，70多万字，200多幅珍贵照片（天地出版社2014年版）呈现给读者。这些作品情感丰富，内容广泛，是了解李致同志精神世界的重要窗口。特别是其中一些历史、文化、革命题材的作品，是他一生坚定理想信念，执着追求真善美，为国家民族兴盛上下求索九死不悔的心路展示，也为研究考察新中国筚路蓝缕的艰辛历程提供了大量难得的第一手资料，具有重要的文学和历史价值。

李致同志的散文纵横捭阖，时间跨度长，内容涉及面广。从时间的纵向看，抗日战争、解放战争、新中国成立、社会主义建设、改革开放等重大历史时期的种种往事历历可见；从人间百态的横向看，旧式家长、革命者、建设者、文学艺术家、底层劳动者等各色人物一一展示。读其散文，恍如徜徉于深远悠长的历史长廊之中，两边墙上画框中一个个历史瞬间从幽暗的迷雾中缓缓浮现，黑白的画面逐渐变得绚烂斑斓。其平实质朴的文字总是蕴含着浓烈的感情，爱憎分明，感慨良多，点滴日常事，映射的却是一个时代的风云变幻。如《大妈，我的母亲》记叙“我”的大妈，一位封建地主家庭妇女的一生经历，从侧面展示了从旧社会到新社会人情世态的变化，歌颂了人性的纯真善良；《看戏遇兵》《七星岗》以看戏与宪兵起冲突、买书被特务监视两件事，活画出反动政府的狰狞嘴脸，表现了人民对严酷压迫的不屈抗争和对美好自由生活的热切向往；《捐寒衣》从“我”不吃午饭省下钱捐给抗日战士做棉衣、抵制日货摔坏心爱的玩具、跑警报目睹敌人暴行等事中，表现抗战时期国人对日本侵略者的切齿痛根，释放出火热的爱国激情；《失去自由的日子》记载了“我”作为被捕学生的一员，亲眼目睹1947年6月1日国民党反动派逮捕进步人士并关押审讯的过程，展示出国民党统治穷途末路垂死挣扎的疯狂；《蹬三轮》《我淋着雨，流着泪，离开上海》《1969年春节》《特殊的纪念日》等文描写“文革”期间“我”被责令蹬三轮和交出信件、关牛棚、烧信件等事，刻画“四人帮”的倒行逆施、知识分子的坎坷遭际，流露着深深的无奈和伤痛，又于苦难中始终保持对真理和公义的执着信念，读来催人泪下；《终于盼到这一天》叙说“我”听说“四人帮”倒台的经过，洋溢着目睹祖国上空乌云飘散的喜悦，表达了个人与国家命运休戚与共的赤诚情怀；《川剧团访欧演出日记》主要记录川剧团在欧洲各国的演出状况，不仅表现了在封闭将近二十年后，中国艺术对世界产生的日益巨大的影响，蕴含着作者对传统文化的深厚情感和推动新时期文化发展振兴的热情，更是当代川剧演出活动和影响的重要资料，对四川乃至中国当代艺术活动研究来说都有重要价值。作者把自己多年见闻娓娓道来，不事雕琢，不由得让人回想起共和国数十年风雨历程的点点滴滴，心潮起伏，思虑悠远。

李致同志总是把人的经历言行作为记述的中心，从具体的人以及围绕他们发生的事情上生发开去，这是窥见历史真相的有效途径。德国人格奥尔格·西美尔在《历史哲学问题——认识论随笔》中曾说：“历史认识的理论可以定义如下：其探究的对象也是各种人物的构思、意图、愿望和感觉。换句话说，人是历史认识的主题。”而在各色人群中，知识分子作为传统意义上文化的记录者和传承者，为社会运行提供精神动力和智力支持，他们往往具有比别的群体更加敏锐的触角和更加深刻的见解，是预知风浪来临的海燕、变革急流中的弄潮儿、时代精神的风向标。换句话说，知识分子的心灵，是对他所处时代世界更精确的反映，考察他们的精神世界，则更有可能了解一个时代的底色。李致同志对知识群体生活和思想的记述，特别清晰地反映了时代风貌。他有一组记20世纪40年代成都进步青年团体“未名团契”“破晓社”众成员的文章因此显出重要价值。众所周知，解放前党的地下工作、进步青年的活动，由于各种原因，缺乏系统完整的文字记载，白色恐怖的腥风血雨中革命火种的燃烧极其隐秘，而大多数地下党人都把光荣隐藏，在当时就不可能为外人所知，加之这一批出生入死冒险斗争并作出杰出贡献的知识分子，是在40年代抗日救亡和反对国民党独裁的学生运动中成长起来，具有独立思想和民主观念，他们不为“三十亩地一头牛”，而为着理想，为着信念，在看不见硝烟的战场上，迎来了新的天地。遗憾的是，建国后不少人重新被打入“地下”了，即使他们有幸熬过“文革”的长夜，他们一生中的大好时光也已耗尽，历史留给他们的只有一声深长而无奈的叹息。他们大起大落的人生，他们曲折多变的故事，他们惊险多舛的命运，他们出人意料的结局……到现在就更渺然难知。现在很多人对这段历史的了解，主要源自带有艺术夸张色彩的影视作品，不仅是浮光掠影的印象，而且大多缺乏真实性。而比较有说服力，尤其兼具历史真实性和文学可读性的口述历史、回忆录等还是太少。理解中国共产党团结带领全国人民推翻“三座大山”、建立独立自主新中国、开创中国特色社会主义这一伟大历史进程，显然不能仅仅依靠面目刻板的历史教科书、学术典籍和宏大叙事的“意义”阐释层面。从私人忆旧的细碎点滴记载中挖掘时代大潮对普通人的思想冲击、命运改变，还原当时社会暗流涌动、岩浆蓄积的原生状态，从而营造出鲜活的在场感，更能引起人们的情感共鸣。比如《大姐，我叫了她半个世纪》，记录了一群普通青年在革命斗争中成长，于内战前夕如何串联起来，成立团体，参加声援反对内战集会等活动；《忆贾唯英》记叙了解放战争时期，“我”的革命引路人女地下党员贾唯英加入进步青年团体“未名团契”，在燕京大学、华西大学广交朋友，帮助中学生创办“破晓社”，引导青年学生读进步书籍、关心政治、讨论时事，并推荐“我”入党等事件。这些记载从私人生活的角度展现了进步思想与学生的满腔热血融合汇流，形成改天换地的强烈意志，进而影响国家命运的过程。其他还有《再见，三哥》《十二桥前的思念》等，记载在国民党统治下地下党员、爱国学生、进步人士的精神面貌和活动情况。大姐的成熟执着、三哥的正直忠诚、“贾姐姐”的热情坚毅、杨伯凯的长者风范……把模糊不清、千人一面的“革命者”化成了一张张富有个性的面孔，各自风采熠熠，个个亲切鲜活。可以说，小人物、大事件，小片段、大历史的独特叙事视角，赋予了李致同志作品以特殊的情感张力。

李致同志的散文具有丰沛的文学审美价值。他长于细节刻画，往往寥寥数语，人物的性格、形象就跃然纸上。如对老一辈无产阶级革命家的记述，在《我所知道的张爱萍》中写自己代表四川人民出版社请张老出诗集，张老自谦地笑道："我那个算什么诗？豆豉、萝卜丝……"在《怀念贺龙同志》中写贺龙不要别人叫自己首长，说："什么手掌、脚掌呵！"这些原汁原味的大白话，生动表现了老一辈革命家的质朴、本真、平和，读来可喜，崇敬之情油然而生。在众多记人的篇章中，李致同志对文学家、艺术家的记叙尤为眼光独到。李致同志是巴金老的侄儿，自己也从事文艺工作，因此与文化名人多有结交，熟悉他们的生平和言行，这成为他写文化人事得天独厚的优势。他始终以一颗善感的心去看待名人，对他们赋予"同情之理解"，绘制了一幅幅惟妙惟肖的文化名人剪影。李致同志写四爸巴金的文章最多，水准也最高，他用一支摇曳多姿的笔描画出巴金作为知识分子铁肩担道义的凛然严峻和作为师长甘为孺子牛对后学晚辈的关爱照拂：巴老以文学做武器与国家和民族的敌人作斗争，不屈不挠，战斗到底；甚至对自己，他都以超人的毅力严格要求，他主动退还部分稿费，他提倡讲真话，对自己的言行深刻反省，反对修自己的故居，不做"欺世盗名的骗子"；他鼓励青年人多读书，多思考，

“在生活的急流中搏斗”，自己出钱买书送他们；他患病手抖仍坚持为读者签名并称他们是“衣食父母”；捐出大笔钱款支持文学事业。巴老的铮铮风骨、坦荡胸襟、练达人情都得到了全面表现。在这些文章中，李致同志总是自然而然地表现出对尊者的恭谨。在《要有信仰》一文中他写巴金对自己十分关爱但也不乏批评，叹息“我说过我欠了巴老很多债，将认真反思和努力清偿”。《不知如何弥补》标题就是表达自己对工作太忙以至于无暇看望巴金的愧疚，一再地说“我真不知如何弥补这些遗憾和过失”。除了巴老，著名文学家曹禺、沙汀、艾芜、马识途，川剧表演艺术家周企何、谐剧创始人王永梭、剧作家魏明伦、徐棻等也在李致同志文中惊鸿照影，留下片段写真。李致同志用朴实的文字，对这些知名人物赋予深深的尊重、理解和同情，不仅记述其言行轶事，更力图刻画出一代革命家、知识分子的精神世界，他的写作因此也具有了炽烈真诚的情感内核。

说到这里，我想，任何读李致同志文章的人，都会在第一时间有一个共同的感受，那就是他字里行间洋溢的“真”：真挚、真实、真性情。巴金曾经赠李致同志四句话：“读书的时候用功读书，玩耍的时候放心玩耍，说话要说真话，做人得做好人”，又说“人各有志，最要紧的是做人”。就我多年所见，李致同志在公私两方面都严格奉行做好人（绝不是当下盛行的“庸俗好人主义”）、说真话的宗旨。李致同志对家人和朋友充满真挚情谊，在《姨妈》中，写自己当年因为经济原因，没有给姨妈购买卧铺车票，感到“无地自容”，又对后来姨妈去世不能再见十分遗憾伤怀；《带来光和热的人》中写自己对为供养家庭而付出艰辛劳动的三爸李尧林的孺慕之情，当得知李尧林的坟墓因“破四旧”被铲平时，“心像刀割似的绞痛”。情真意切，催人泪下。李致同志与朋友的感情更多是建立在志同道合的同志情谊基础上，在《再见！三哥》一文中革命战友三哥仙逝后，他不是一味悲痛，而是放言“我们的信仰不会变，到时在马克思那里再见！”，显出共产党人的豁达豪情。也许读者很奇怪，为什么我言必称“李致同志”，这在《找回名字》中，可以知道答案。受贺龙、胡耀邦等革命前辈的影响，李致同志对别人称呼自己官衔很不适，明确要求无论职务高低，党内一律称同志。这本是党内一贯的传统，但现在往往被各种“首长”、老板等奇怪称谓取代，导致领导称呼符号化、庸俗化，我想，这是李致同志等前辈革命者所不愿见的。李致的真，更体现在他对自己过失、错误的严厉自省上。他最耿耿于怀的一件事就是在“文革”中贴了时任共青团第一书记胡耀邦一张大字报。在那个疯狂的年代，这种事显得如此平常，以至于同样干过这事的很多人后来再也回想不起来，而李致却为此不安了数十年。在《大姐，我叫了她半个世纪》中，他说，自己过去一段很长的时间，满足于顶住压力没有乱揭发，敢于实事求是写材料，但后来知道破晓社结识的大哥余文正还能做到不怕划不清界限，帮助受难友人大姐贾唯英的家属，这让他感到非常惭愧，说“大哥是巨人，我是矮子。大姐，我相信你能原谅我，但我必须责备自己”。一般人往往宽以待己，而李致同志反其道而行之，对自己十分严苛，对自己作毫不留情的剖析，其为人之真诚、胸怀之磊落，展示出老一辈革命家令人敬仰的高风亮节。经历了战争与和平、理想与现实、崇高与卑微、真诚与虚假、正义与邪恶……凡此种种的世态炎凉和人事沧桑，更见出讲真话、吐真情的不易。也或许正是有了这些的经历，李致对信守巴老所言的“真”有了更刻骨铭心的自觉。正是在这一点上，他和巴老之间建立起了灵魂与灵魂之间沟通的桥梁。对个人荣辱得失举重若轻，对历史事件秉笔直书，对真理、真实孜孜以求，对真情、真感自由抒发，不怕“丢脸”，不惮大胆暴露自己、解剖自己，这不正是巴金老《随想录》所追求的人格和精神境界吗？

历史是由过去、现在和未来混合而成的长河，过去投射于现在，现在影响着未来，记忆因此就成了超越时空的现世存在。在这个意义上，对历史旧事故人的追忆，并非一种单纯的怀旧式感伤，回溯历史也不仅仅是了解已经发生的事件本身，更重要的是品味和体验其他人、其他时代、其他地域的思想、理念、情感，并将之与自己当下的遭际融合，获得精神资源和思想养料。如抗战时期，文学艺术家创作了大量的历史小说、戏剧和电影，田汉写《岳飞》，郭沫若写《屈原》《南冠草》等，就是用历史英雄人物的斗争精神鼓舞人民的抗日意志。当前，中国社会思想空前活跃，保守的、激进的、进步的、落后的……各种思想激烈碰撞，传统与现代、东方与西方、乡村与城市……各种文化理念和生活方式交织融合，既有的仪礼伦常被打乱、重组、拼贴，一元化的指导思想面对各方的冲击和解构，不少人陷入信仰缺失、价值观混乱、思想空虚的精神危机中。面对这纷繁复杂的情势，如何正确认识特定历史时期出现的特有现象，李致同志笔下那些革命者对党和人民的事业“咬定青山不放松”的坚定信仰和执着情怀，李致同志面对人生起落那所具有的淡定、平和，也许能为某些干涸的心灵提供滋养。

人生如书，人格致远。李致同志对理想信念、历史功过、人事是非、毁誉成败坦然直书，对别人不吝理解同情，对自己不惮苛刻剖析，在他身上，兼具了传统知识分子的担当情怀和优秀共产党员无私无畏的革命精神。他的书从叙事中见真情，在平常中蕴伟力，于细微传递正能量，不求技巧花哨，难见华丽辞藻，却具有直抵读者内心深处的强大穿透力。他的散文，是文学作品，也是个人化的历史记录，在四川乃至中国文学史上都有其独特的价值和意义。

2013.12.7

（本文是评李致《往事随笔》）

为什么

当下不少报告文学在人为地疏离社会生活现实，缺乏必要的社会参与建设热情，甚至将创作人为机械地纳入宣传和纪实的运作过程中，使报告文学成为简单的政治符号和利益的附庸，不是应景就是应时，不是急功近利就是不负责任。在这样的文化环境中，谭楷的报告文学新作《让兰辉告诉世界》（天地出版社2014年版），却依然深情地在努力接近和表达着对于社会生活的选择和感受，以生动情节、精彩叙事和可人形象，近距离反映社会现实、家庭伦理和大众诉求，所完成的是对地震灾区芸芸众生的惟妙惟肖的刻画，这是作家几十年一以贯之地对人物的生活境遇的关注和思考，更是作家社会眼光、审美追求、认识判断的个性表达。作品犹如一个裹满了芒刺的精神气囊，毫无知觉地刺穿你的肌肤，在你最柔软的心灵深处释放它的负氧离子，让每一个“吸入者”情不自禁地感动、流泪、遐思、振奋。

四川是“5·12”汶川特大地震主要受灾区，北川更是因“震在汶川，痛在北川”而举世闻名。长期以来，四川乃至全国的文学工作者聚焦“5·12”，聚焦恢宏壮阔的抗震救灾精神和悲壮丰厚的四川抗震文化资源，创作了一大批体裁各异、形式丰富的文学作品，文章形成了具有鲜明时代特点的抗震文学系列。谭楷是最早涉足抗震文学书写的著名作家之一，2009年5月即出版了长篇报告文学《大震在熊猫之乡》，向世人展示了地震中无比耀目的人性光辉。《让兰辉告诉世界》则从另一个视角，回答了人们关注的无数个“为什么”。

为什么会有这样一个人?

正如焦裕禄精神不是仅仅因为在兰考的470天就“速成”的一样，兰辉精神也不是天上掉下来的。“兰辉从哪里来”，正是《让兰辉告诉世界》试图为人们解答的重大问题之一。

兰辉说：“快乐，是因为心中的理想！”理想，无疑是成就兰辉的基本驱动力。但如果仅仅从这一点寻找答案，无疑又落入了大多数英模题材作品的窠臼。谭楷显然自有其野心。一方面，他从兰辉的成长经历深挖根源：贫穷的家庭生活、曲折的求学经历、纯粹的道德养成、爱和友谊环绕的生长环境、对乡亲积贫的切身体会和改变家乡现状的强烈使命感，以及杜甫沉郁而乐于担当的精神传统，中西方文史哲学的熏陶教育，等等，剥离了“理想”常常被加于的过分沉重的外衣，转而从一个普通人成长的维度入手，还原了一个有血有肉的青年人一步步走向领导岗位的真实轨迹，读来亲切，感人，给人以“本该如此”的认同。另一方面，作者把视野放到更宽广的历史长河中进行考察：作为大禹故里羌人对禹帝三过家门而不入一心为民除水患的顶礼膜拜、羌民族曲折而坚韧的生存经历、抗战中北川死士沸腾人心的“死”字旗……道义、担当、血性、善良是植根于羌族儿女血液中亘古不易的基因，即使他们平时都做着毫不起眼的小事，一旦爆发，都足以惊天动地。神性的呼唤，人性的高格，神性与人性的彼此交融，伟大事业与崇高精神的有机结合，真理的力量与人格力量的高度统一，成就了平凡而伟大的兰辉精神。

为什么会有这样一群顶天立地的干部？

《让兰辉告诉世界》主角是兰辉，但谭楷并不避讳以几乎同等的敬意颂扬其他干部的道义和担当。他让读者看到了一个个鲜活的典型人物，领会到了平凡与崇高的真实、信念与精神的伟大。

宋明、经大忠、王洪发、刘亚春、马晓燕、李跃进……一个个因地震而变得响当当的名字，构成了一个让人肃然起敬的干部英模谱。在这个谱系上，写满了忠诚、信念、责任、感恩、为民、大爱……种种描绘人性光辉和爱岗尽职的美好词汇。他们都是人民粥饭哺育的公仆，是受共产党教育多年的先锋模范。大灾临头，他们个个深知，在群众眼中，他们就是党，就是政府，甚至就是祖国，身先士卒、救民于水火是天然的职责。面对全世界铺天盖地的爱心援助，他们工作的实际成效，就是感恩回报的最好答卷。所以有了经大忠那一句“干部留下，让学生娃先撤”的雷吼，瞿永安当空拜父后立即投入救援的壮举。谭楷不怕别的英模抢了兰辉的风头，恰恰相反，正是在这样一个英模辈出的群像背后，反照出兰辉的行为并不孤独，北川大地上涌现出兰辉这样的英模是多么顺理成章的事。“北川精神就是一座大金矿，兰辉就是这座大金矿中一粒最闪亮的金子。”兰辉们后其身而身先、外其身而身存的价值取向，犹如夜空中的星辰，闪烁着耀眼的光芒，汇聚成宇宙中的大云，垂布四方，既成就了家国，也成就了自己。合乎情理，正是很长一段时间以来我们在创作英模题材文学作品时最需要解决的常识问题。谭楷做到了，而且表现得如此自然，让人信服。

为什么会有这样的民心？

谭楷的作品一向用词简洁，文笔老到，少事雕琢，意境丰盈，往往通过精选的事例在不动声色之间让人心生戚戚，感动落泪。《让兰辉告诉世界》秉持了谭楷一贯的写作风格，少煽情，多叙事，在多种视角随意转换讲述中，把兰辉同服务对象之间水乳交融、血肉相连的深情表现得淋漓尽致。其中一个细节是，来老县城打工的杨氏兄弟受惠于兰家友好关照，在地震时不顾自身安危，救兰父于瓦砾之中，而后兰辉又让出一套住房给杨氏兄弟使用。在这个带有某种宗教劝谕色彩的故事中，是兰辉包括其家人平等待人、受人敬重的真实写照，又何尝不是某种精神的传递和扩散呢？兰辉对学生娃拳拳之心从不停歇，对同事情义关怀，对朋友真诚坦荡，对群众一腔热情，他自己生活简单朴素帮助别人却大方洒脱，他工作劳累少有宁日，对群众疾苦却从不马虎应付……兰辉下葬那天，北川新县城万人空巷，沿途悲戚抽噎一片，人们舍不得他们的兰县长啊！这再次有力证明，无论谁，尤其是各级领导干部，只要你付出真心就能收获人民的真情；只要你扑下身子为人民干实事做好事，人民就不会忘记你。共产党靠群众路线从根本上改变了中国的历史进程，是夺取革命、建设和改革开放一个又一个举世瞩目胜利的法宝。在今天和以后任何时候，群众路线这个法宝都是成就事业最有力的武器。《让兰辉告诉世界》用饱含深情的笔触告诉我们："用生命践行党的群众路线的好干部"，兰辉无愧于这样的称号！

伟大的时代需要精品力作来记载，崇高的精神需要精品力作来弘扬。《让兰辉告诉世界》不仅仅是因为作品艺术的审美价值，更是因为作品从"意识到的历史内容"中提炼出来的"较大的思想深度"与作家的生命情感体验、艺术直觉以及作品的思想价值融化为一体，以其深刻的思想性、完整的艺术性带给人们以心灵和视觉的双重“震撼”，带给读者以艺术和思想的双重“盛宴”，引发了人们内心深处较大的震撼，产生了较强的共鸣效应。当现在很多人迷茫英模题材文学作品如何创新创造的时候，作为社会生活的瞭望者，谭楷树起了一个标杆。

2014.5.18

（本文是评谭楷报告文学《让兰辉告诉世界》）

时代精神的光荣绽放

在纪念邓小平同志诞辰一百一十周年之际，畅销的纪实小说《历史转折中的邓小平》（四川人民出版社2014年版）创下了中国近年来罕见的销售热潮，成为媒体关注的焦点和观众热议的话题。在主旋律作品时常遭遇印数和发行量尴尬的今天，这部领袖传记题材的纪实小说异军突起，脱颖而出，在全国乃至世界引起关注和反响，值得我们认真思索和研讨。

中共四川省委是这部纪实小说的组织、指导单位之一。作为具体工作的责任人和执行者，我有幸全程参与了作品的创作和制作，成为这一鸿篇巨制的亲历者和见证者。也正因为如此，我才有了更深切的感受。

这部纪实小说第一次全景式再现了历史转折的关键年代，邓小平同志以非凡的智慧和勇气带领中国人民实现拨乱反正，启动改革开放，开创中国特色社会主义道路的伟大历程。应该说，作品的成功，在于直面那段历史的坦率态度，在于走进伟人生活的平民视角，在于呈现命运改变的动人场景，在于重返峥嵘岁月的生活质感，在于超越故事本身的反思和憧憬；作品的成功，还在于有效集合了最权威、最优质的创作资源和制作力量，在于得到了各方的大力支持，在于全体主创满怀着对邓小平同志的深厚感情倾情投入，实现了思想与艺术的完美结合。这部纪实小说开创了中国领袖题材影视创作的新视野、新高度、新境界。正如中国文艺评论家协会主席仲呈祥所说，这是一部在中国文艺发展史上占有重要地位的史诗性作品，是具有中国特色的重大革命历史题材创作和领袖伟人传记创作的重大成果。

很多媒体评论说，这部纪实小说之所以引起广泛关注，看点在于对高层政治的“揭秘”，对相关人物的“脱敏”，对伟人生活的“平视”，对亲身经历的“感怀”。毋庸讳言，这些“看点”的确存在，但细细思索下来，这样的概括似乎过于简单。我想应该有这样三种力量成为这部纪实小说“抓人”“走心”“提神”的关键。

一是改变命运带来的震撼力。这部纪实小说通过对改革开放源头的生动探寻和真实反映，为观众全景式地展开了一段波澜壮阔、惊心动魄，甚至如粉碎“四人帮”时生死一线的历史画卷。这部纪实小说与那些遥远的年代戏、宫廷戏不同，剧中许多鲜为人知的决策过程、许多重大事件的发展变革，与我们今天的生活乃至命运休戚相关。这些历程及细节的生动展现，如小说中小平同志在高考招生方针上放宽“政审”，取消“单位同意”的明确指示；在知青问题上“让孩子们回来吧”的感人话语，常常让荧屏前的我们热泪盈眶，带给每一个亲历者或关联者强烈的心灵震撼。如果没有拨乱反正、没有恢复高考、没有知青返城、没有联产承包，如果没有改革开放，就没有中国的今天，我们、我们的父母和亲人的命运或将因此改变。纪实小说所呈现出来的这些让人刻骨铭心的鲜活记忆，极大地增强了我们对邓小平同志所开创的中国特色社会主义事业的情感认同和理念认同，并让我们对道路的选择倍感庆幸、对今天的幸福生活更加珍惜。

二是家国情怀唤起的感动力。“家国情怀”是一个人对自己国家和人民所表现出来的深情大爱，是对国家富强、人民幸福所展现出来的理想追求。“苟利国家生死以，岂因祸福避趋之”。纪实小说中的人物，无论真实还是虚构，都鲜明地呈现出这样一种热烈而真挚的情感。小平同志对“大家”和“小家”同样真挚的爱，以及为“三只鸭子”的拍案而起；陈景润、苏步青、李国豪等专家学者的忍辱负重；金锁、建红、田源放弃大学，追求理想的骇俗之举，常常让我们心底生出最温暖的情愫。纪实小说所呈现的这种感动让今天的观众既熟悉又陌生，剧中这些人物离我们并不遥远，也许就在我们身边、就是我们的父辈和朋友。这种高尚的情怀如同一种深层次的文化心理密码，拉近了小说中人和观众的距离，进而变成了观众发自心底的深情呼唤。把历史和今天两相对照，我们会更加深切地感受到，在实现民族复兴中国梦的伟大征程中，更需要我们每一个人像改革开放之初一样，常怀爱国之情，恪尽兴国之责，敢于担当、勇于奉献，合力同心为国家发展繁荣添砖加瓦，贡献力量。

三是时代精神催生的奋进力。改革开放是当代中国最鲜明的时代特色，是我们党最鲜明的时代旗帜，是中国人民最为自信和自豪的伟大创举。纪实小说《历史转折中的邓小平》无比生动地告诉我们，改革开放是大势所趋、人心所向，停顿和倒退没有出路。观看这部纪实小说，已经不再是一种单纯的艺术叙事欣赏，更是感受一种精神力量的蓬勃释放。这种精神是以“改革创新”为核心的时代精神，是与今天“全面深化改革”强烈共振的奋进精神。今天的“全面深化改革”是改革开放的必然延续，是改革进入深水区，顺应人民愿望和时代要求，以更大决心冲破思想观念的束缚、突破利益固化的藩篱的第二次大转折，是党沿着正确路线领导全国人民实现民族复兴中国梦的新的历史起点。这部纪实小说在这样的时点播出，无疑会极大地鼓舞和坚定全国人民毫不动摇地把改革推向前进的决心和信心，为开启我国新一轮改革浪潮，实现“两个一百年”奋斗目标，开辟中国特色社会主义事业更加广阔的前景注入强大的精神力量。

历史关照现实，历史启迪未来。纪实小说《历史转折中的邓小平》穿越时光，把震撼、感动和力量汇聚到今天这个伟大的时代，在亿万中国人民面前光荣绽放。对于作品所传达的精神，传播是我们的责任，而践行无疑是更大的责任。

2014.8.24

（本文是评纪实小说《历史转折中的邓小平》）

一丛镜像

林雪儿是我省优秀的青年作者，也是巴金文学院签约作家。和很多人不同，她并不算严格意义上的专业作家，她的本业是妇科医生。能创作出丝毫不逊色于任何专业作家的优秀作品，也许正是得益于这样的角色搭配。医生是最能洞悉生死玄机、最能看透贫富变幻的职业，如果碰巧这位医生又具有了文学家的敏感和深刻，那么，他就能用手术刀解剖世道人心，就能给读者呈现出一个完全不一样的文学世界。我想，林雪儿女士就是这样的一位“复合型”的作家。从《妇科医生》（上海文艺出版社2011年版）、《黑天使》（四川文艺出版社2012年版）到今天讨论的《亲爱的宝贝》（上海文艺出版社2014年版），不仅让我们享受到温婉婀娜的文字之美，更让我们体味到作者观察生活的深度、审视社会的锐度、关照人性的温度。林雪儿的作品，充盈着浓烈的生活清气、飒爽的担当义气和深入心窝的暖气，这样的作品，就是有筋骨、有道德、有温度的作品。

《亲爱的宝贝》是林雪儿最新长篇力作。她作为一位妇科医生，利用工作之余，三年内出了两部长篇，这本身就是一件让人敬佩的事。《亲爱的宝贝》是一部理想主义和现实纠葛交错冲突的作品，我把它总结为一句话：一位相信爱和美好的女子在纷繁尘世中的一场梦游。当然，人们可以从作者的创作、小说诸要素、作品的社会价值等方面评述、分析、解读。

“一个支点”，主要说小说的立意。林雪儿很聪明，她的小说基本都是以医生的视角切入，从她最熟悉的角度去观察世界、描写众生相，从而使其作品既富有鲜明的个人特色，又能深入生活肌理表达自己的观点。它携带着社会、历史、现实的诸多内容，纠结于个体的灵魂世界之中，呈现出深沉凝重的艺术魅力。这不由得让人想起古希腊科学家阿基米德那句名言：“给我一个支点，我可以撬动地球。”《亲爱的宝贝》支点就是梅青所在的产一科，从这一点出发，生死、成败、荣辱、贵贱、真假、爱恨、名利、争斗……坚守真爱的高贵，丑陋灵魂的龌龊，世俗欲望的无厌，走马灯似的，在产一科医生、产妇或衍生的各种社会关系人物身上一一展现出来，让人时而拍案而起，时而感动流泪，时而唏嘘不已。

“一丛镜像”，主要说小说的结构。“镜像”这个说法是受小说中一句话启发，一个又一个的镜像对称，构成了这部小说的灵魂。作者运用视角的不断转换来对每一个事件作全方位的多点透视，使小说立体的把握了事件本身的全部意义。梅青的闺蜜末莉是镜像，虽然她从未露面，但号称“为爱而生”的她，何尝不是宗教信仰般崇信爱情的梅青本人呢？梅青的丈夫单昊是镜像，这个一年只能回家5天的男人，似有似无却贯穿小说始终，他是梅青身心最温暖的港湾，是爱和责任的化身。谢庭学之流是镜像，正是这些所谓权力精英、资本精英、知识精英的虚伪、贪婪、逢场作戏、纵欲无度带给梅青的隔膜、生疏和对抗，恰好折射了女主人公内心难得的宁静和纯真、纯善、纯美。甚至从未出生却一直在与梅青对话的"亲爱的宝贝"也是镜像，他像天使，在遥远的天堂聆听母亲的私密日记，在地球大气层的另一边笑看人间的荒唐，他是懵懂的、纯净的，世界却是那么现实、复杂。

"一种大爱"，主要说小说的精神追求。无疑，《亲爱的宝贝》是一本关于爱的小说，但又不是单纯的风花雪月似的爱情小说。作者关注的，是对美好、关爱、怜悯、温暖、坚强、担当，以及包括爱情在内的人类一切美好品德的坚守，再现了人为之人的种种道德品性和人生信念和人生命运的巨大影响，在复杂的人物交错对广阔时代背景中显示出深厚的艺术内蕴和较高审美价值。这其中，既有梅青和单昊回肠荡气的爱情，也有菲菲舍弃生命孕育孩子的伟大母爱，既有产一科大家庭般的友爱，也有霜降这样的产妇与医生之间的互爱，既有产一科医生对弃儿丁点儿的无私关爱，也有大家对33的幼小生命之爱。甚至，连那一群没心没肺、世故麻木的谢庭学、C之流，面对梅青的简单和真挚，都要请她坚守好那份爱——爱，是可以传递的，可以感染人，可以净化灵魂，可以让你重新思考生命的意义，这可能就是作者创作时始终坚持的信念，这也正是这部小说最感动人、最让人身心温暖的地方吧。

《亲爱的宝贝》中怎样写和写了些什么实际上都渗透着一种精神，即直面现实和人生。它写出命运的变迁，生存状态的变迁，更写出社会历史的变迁，蕴藉着林雪儿多少苦心，散发着多少诗味，在这个问题上小说激发了人们的很多联想。

2014.10.22

（本文是评林雪儿长篇小说《亲爱的宝贝》）

以出版实绩写就理想

今年，是巴金先生诞辰一百一十周年。为深切缅怀他的生平业绩和历史贡献，学习和弘扬他的革命精神和崇高品格，作为巴金的家乡，四川三十多年来坚持出版了一系列巴金及与巴金有关的图书，从不同角度向外界展示了巴老的文学成就及人格魅力。

巴金先生被誉为五四新文化运动以来最有影响的作家之一，是20世纪中国杰出的文学大师、中国当代文坛的巨匠。巴老不仅是中国文学史上最杰出的作家之一，另一个不可忽略又让人倍感亲切的身份，则是一位杰出的出版家。他把自己一生最宝贵的年华献给了编辑出版事业，成为中国现当代文坛上，继鲁迅、茅盾、叶圣陶之后最有成就、最富牺牲精神的编辑出版家。巴老崇高的思想品格、丰厚的艺术作品，为我们留下了一笔弥足珍贵的精神财富。继承和发扬巴金等老一辈出版工作者的宝贵精神，对于激励当代出版工作者出版更多深受群众喜爱、思想性艺术性观赏性相统一的传世之作，对于弘扬社会主义核心价值观、推动出版事业繁荣发展具有重要意义。

我们缅怀和纪念巴金先生，就是要学习他视作者为朋友、把读者当上帝的出版品格。巴金曾说：“作家和读者都是我的衣食父母。”“我过去搞出版工作，编丛书，就依靠两种人：作者和读者。得罪了作家我拿不到稿子；读者不买我编的书，我就无法编下去。”他认为：“作家和编辑应当成为诚意合作、互相了解的好朋友。”“编辑的成绩不在于发表名人的作品，而在于发现新的作家，推荐新的创作。”巴金发现并推出曹禺、何其芳、萧乾、黄裳、师陀等一大批新人，在文坛上传为佳话。巴金还有句名言：“把心交给读者！”他心中始终装着读者，坚持将书价定得很低而不以营利为目的，这在出版业竞争十分激烈的20世纪三四十年代是极有远见和胆识的，也是极冒风险的。当下，我们学习巴老的这种出版品格，就是要坚定树立市场导向与读者本位观念，注重读者的主体性和个性化，重点关注读者的期待视野和审美经验，积极引导读者，成功搭建作者与读者的沟通桥梁，实现图书质量的整体提升。

我们缅怀和纪念巴金先生，就是要学习他兼容并包的编辑理念与重组文学景象的出版气魄。巴金在主持“文生社”工作的14年中，打破地域之隔，破除门户之见，中西并举，创译并重，海纳百川，广结人缘，使各方面条件都不占优的小小出版社迅速产生影响，形成品牌。巴金将兼容并包的编辑出版理念贯彻在对文学派系的一视同仁之中，不画地为牢，不存门户之见，不以个人好恶为是，唯文化建设和重组新文学大阵营为旨归。他以他的宽广气度与出版气魄获得了各方面作者的高度信任与尊重，“文生社”才有了源源不断的好稿子。出版行业要注重编辑人格魅力的发挥及以其凝聚人气，千方百计加强专业技术方面的编辑队伍建设和企业经营能力方面的经理人才建设，造就一批有理想、有追求、品格高、业务精、人缘好、善管理、懂经营、富于人格魅力的编辑出版家，以他们独特的人格魅力、事业追求上的理想聚集人气，开拓业务，形成核心，塑造品牌。

我们缅怀和纪念巴金先生，就是要学习他以出版实绩写就理想，极富文化自觉的出版追求。巴金先生在担任“文生社”总编辑期间，不计报酬、义务工作，组织主编了《文化生活丛刊》46种，《新时代小说丛刊》2种，《现代长篇小说丛书》14种，《文学小丛刊》17种，《文季丛书》26种，《烽火小丛书》15种等，组织翻译了果戈理、屠格涅夫、陀思妥耶夫斯基、狄更斯、福楼拜、托尔斯泰等世界文学巨匠的名作。他这种鲜明的文化使命感、文化责任意识，为今天的出版人树立了典范。一个合格的编辑出版工作者或出版单位，应该有文化公益性品质的坚守，应该确立正确的价值取向。而这种坚守和取向应该有把编辑出版工作视为提升国家综合国力和增强国家文化软实力、中华文化国际影响力的自觉意识；应该有把编辑出版工作者个人事业追求与出版物、出版单位的建设发展结合起来的清晰目标。我们应该看到，文化体制无论怎样改革，文化的公益性质是无法改变的。出版业作为文化市场的重要组成部分，一样要有公益性品质的坚守。今天，我们的出版工作者应当担起新时代文化道义，以高度的文化自觉、出版自觉做好重点出版和主题出版工作。

出版川军正是以巴金先生为标杆，坚持百花齐放、百家争鸣的方针，充分认清出版在文艺繁荣发展中的地位，始终坚持正确出版导向，在创造“多品牌、成系列、有影响”上狠下功夫，坚定不移实施精品战略，做实做强精品出版，编辑出版了许多无愧于时代、无愧于人民的精品力作。让我们为推动社会主义文化大发展大繁荣、为四川文化强省建设作出新的更大贡献！

2014.11.24

（本文是在四川纪念巴金诞辰一百一十周年出版座谈会上的讲话）

后　记

终于可以出版了，这本《心耘书香》。准备写“发自肺腑”的最后几句话，却又心存忐忑，隐约中有几许轻松和畅快，又有些遗憾和不安。

这本书既有序和跋，也有研究与评论，我都将其归类为书评。说来简单，思绪被书中的人和事牵跑了，或唤起愉快的体验，或引出沉重的思索，进而诉诸笔端，涂鸦成稿纸上的蛇行文字，大体如此。但坦白说，要写好一篇书评并不是一件容易的事。好的书评所创造的境界应该能够给读者以深入思考的余地和整体性的吸引。为此，书评者首先必须对所述著作的功能和作用要有一定把握；其次，对作者的创作理念意图要有所了解；再次，对各种作品体裁及其典型特征要略知一二。

尽管书评从根本上说是一种主观反应，但评论者的主观判断与作品的客观论证应该是有机统一、相互印证的。如果书评者缺乏来源于作品的客观性，那就站不住脚。书评者应该公平对待作者和作品，没有充分的事实依据，评论是难以被人接受的；反之，仅仅用作品中的事例堆砌，缺乏评论者鲜明观点的书评不是真正意义的书评，充其量，那只是一种读书报告。因此，在书评中，论证是非常重要的，尤其是观点的合理论证。评论一本书，不论是对这本书的总体或者是对其中的一部分甚至其中微妙的一小点，不论其态度是点赞或是吐槽，评者都必须进行严密的论证，提出自己的观点，并拿出相关的论据，说清楚自己这样认为的道理来，而且，还应该从正面与原著商榷，积极地阐明自己的看法。我常常以为应该对作品进行认真、细致的阅读、思考和分析，时时要问问自己为什么会有这种印象或那种反应，并向读者提供充分的证据以证实自己的观点。

书评，大概属于一种后阅读行为吧。书评于我，就如同与一个高尚的人交谈，书中人会伸手与你相握，彼此莫逆于心。本书评述的作者和作品大多具有全国性影响，均属“重量级”，如马识途、李致、徐棻、王世德、周克芹、张加力、包川、阿来、梁平、杨红缨、周华君、任光荣及其他。当今的评论家、学者们已经从不同的角度对他们进行研究，不断修正并丰富其作品内涵。要想从原来的研究格局着手进行探讨并有所超越，难度很大。因为这是以“书”为对象，探求创作的思想性、艺术性、学术性和知识性，对作品的内涵意蕴、价值取向、审美评判、文化精神等进行分析研究；对作家的创作经验、学识修养、题材风格、市场反应进行总结评述；对读者的阅读进行指导。这都需要实事求是、理性而有见识的分析，从而在作者和出版者、读者之间构建信息交流的渠道。由此出发，我心怀敬重，对他们及其作品作了简单的剖析和评论。

看着书稿我有一种一吐为快的释然。然而，再细读这些文字的时候，我眼前又浮现出这些大家因其深厚的底蕴聚积而成的高大形象。打铁先要本身硬，身短何以扶巨人。我虽然坚信自己写作的恰当性，但又因自己在学术、艺术修为上的不足而惴惴不安，唯恐在书评上失之公允。加之，在写作中，我明显感觉到自己笔力的不够，每每需要深入之处又戛然而止，使书中的一些内容显得仅仅有材料的堆积而无论点之凸显。恳请大家不吝赐教！

读书，乃养气也。好书都是有香气的，仔细品，便能体会到这般香味儿，吸入五脏六腑，精神为之一振，合上书页，头一昂，常常就会萌生写书评的冲动。然而书稿写毕，时有洪钟贯耳：“请记住，你的目标不只是完成书评的写作，而且要给评论本身加上一个难忘的结尾。在被评论的书已被人遗忘后多年，你都会为这篇书评而骄傲。”（爱德华·豪尔）这是我初心不改的追求，也是我为之努力的方向。

朱丹枫

2016年11月1日

图书在版编目(CIP)数据

心耘书香/朱丹枫著.—上海:上海人民出版社,2017
ISBN 978-7-208-14357-9

Ⅰ.①心… Ⅱ.①朱… Ⅲ.①随笔-作品集-中国-当代 Ⅳ.①I267.1

中国版本图书馆 CIP 数据核字(2017)第 035248 号

责任编辑 陈佳妮 舒光浩
装帧设计 叶 茂

心 耘 书 香
朱丹枫 著
世 纪 出 版 集 团
上海人民出版社出版
(200001 上海福建中路 193 号 www.ewen.co)
世纪出版集团发行中心发行 常熟市新骅印刷有限公司印刷
开本 890×1240 1/32 印张 10.5 插页 5 字数 194,000
2017 年 3 月第 1 版 2017 年 3 月第 1 次印刷
ISBN 978-7-208-14357-9/I·1612
定价 45.00 元